Thomas A. Ruhk · *Maskentanz*

W0248916

© 2013 Pandion Verlag
Gartenstraße 10, D-55469 Simmern
Telefon (0 67 61) 71 42

www.pandion-verlag.de

Alle Rechte vorbehalten

Titelfoto und Autorenporträt:
© Michaela Stümke

ISBN 978-3-86911-058-5

Thomas A. Ruhk

MASKENTANZ

Kriminalroman

PV

PANDION

Gewidmet

meiner Mama Edeltraud

… und allen Müttern dieser Welt

„When there's no more room in hell,
the dead will walk the earth."
(Entnommen dem englischen Filmplakat
von George A. Romeros „Dawn of the Dead")

nekros (Leiche), mantis (Weissager)
(altgriech.)

Handlungszeitraum
Ende Februar – Mitte März 2011

Erster Teil

Schachfiguren

1975

Fred Horjäger schrak zusammen, als der riesige Hirsch aus dem Dickicht sprang und über die Straße gelangen wollte.

In Horjägers Gedanken hing das Schäferstündchen mit seiner knackigen Sekretärin – Gott, dieser Hintern – wie der Duft schweren Parfüms fest.

Leider war viel Rotwein geflossen, bevor sie ihn endlich an ihr Hinterteil rangelassen hatte, und deshalb nahm er einen Schleichweg durch den Wald. Er brauchte den Führerschein und er konnte nicht darauf vertrauen, bei einer Polizeikontrolle einen ihm bekannten Beamten anzutreffen, der vielleicht ein Auge zudrücken würde.

Der Waldweg war eine sichere Route heute Nacht. Nur ein einsamer Fahrradfahrer war ihm vor ein paar Minuten begegnet. Horjäger hatte ihn fast zu spät gesehen und gerade noch vorbeiziehen können.

Bekloppter Scheißtyp. Wer fuhr denn zu dieser Jahreszeit mit dem Fahrrad im Dunkeln auf einer einsamen Waldstraße?

Sein Ärger verrauchte schnell, wich der birnenförmigen Silhouette eines weiblichen Gesäßes, und in Gedanken ließ er seine Hände erneut an ihrem Rücken hinuntergleiten. Schließlich packte er die Pobacken mit kräftigem Griff und …

Horjägers Todesengel schoss aus dem Gebüsch mit monströsem Geweih, wirkte riesig inmitten der Lichtflut aus den starken Scheinwerfern.

Er riss das Steuer des Wagens instinktiv nach rechts, als der Hirsch urplötzlich auf die nächtliche Straße preschte. Das Tier war weit größer als ein durchschnittlicher Mann, verdammt, das

Viech kam ihm und seinem alkoholvernebelten Gehirn wie einer der sagenhaften Titanen vor.

Fred Horjäger hatte noch nie von irgendjemandem gehört, der jemals einen Hirsch gerammt hatte. Waren es nicht immer nur Hirschkühe, die mit ihren Kälbern nachts vor die Autos rannten?

Horjägers Fahrzeug übersteuerte sofort und scherte mit dem Heck aus. Es gab einen furchtbaren Knall, als der linke hintere Kotflügel in das fast einhundertvierzig Kilogramm schwere Tier schlitterte. Der Aufprall warf den Wagen nach rechts zurück. Blut, Fellfetzen und Knochensplitter verteilten sich über die gesamte Breite der Straße, als der Hirsch augenblicklich einknickte und unter grässlichen Schmerzen den Teer der Straße anbrüllte.

Horjägers Auto rutschte an den Wegrand. Er hatte nicht die Spur einer Kontrolle über den Wagen. Ein zweiter Schlag erschütterte die Karosserie, als der betrunkene Versicherungsvertreter mit dem Auto die Böschung hinabrauschte und mittig auf einen Baum traf.

„Liebling“, hatte Karin nach dem Sex geflüstert, „du schläfst besser bei mir.“

„Nein“, war seine knappe, heisere Antwort. „Ich muss nach Hause, sonst wird Barbara misstrauisch. Die Kinder werden früh aufstehen und sie zu ihrem Geburtstag überraschen wollen.“

Fred Horjägers Auto kippte von dem Baum weg und rutschte weiter talwärts. Er fragte sich, ob das die Strafe des Herrn war. Die Motorhaube flog auf, verbog sich und bohrte sich mit brutaler Gewalt in das Dach, teilte es wie das scharfe Schwert eines Samurais.

Horjäger spürte einen stechenden Schmerz an der rechten Schulter. Er war sich jetzt sicher, gerichtet zu werden für das Verbrechen, seine Ehefrau in der Nacht vor ihrem fünfunddreißigsten Geburtstag hintergangen zu haben.

Er bekam nicht mehr mit, wie sich das Fahrzeug überschlug und von den großen Bäumen regelrecht verprügelt wurde. Der Motor versagte blubbernd, die Scheinwerfer erloschen. Der Wagen fiel knirschend auf die aufgeschlitzten Reifen zurück und stand inmitten des Waldes wie die abstruse Skulptur eines verrückten Künstlers.

Fred Horjäger atmete stoßweise. Er war völlig benommen. Sein Hemd war auf der rechten Seite durchnässt, er wusste nicht, warum. Irgendwo weiter oben brüllte der Hirsch zornig dem Tod entgegen.

Und erstaunlicherweise war „Verzeih mir“ das Erste, was Fred Horjäger von sich geben konnte.

Er versuchte, sich zu bewegen, aber es ging nicht. Sein ganzer Körper fühlte sich taub an, wie der eines Boxers nach zu vielen harten Treffern. Er ächzte schwer und gab einen hilflosen Laut von sich. Es wurde kalt. Die Scheiben seines Wagens waren allesamt zersprungen, frostige Luft drang ungehindert ein.

Horjäger drehte seinen Kopf nach rechts. Die Bewegung fiel ihm schwer.

Der Vertreter startete einen Versuch, den rechten Arm anzuheben. Er wollte den Sicherheitsgurt lösen und aus dem zerstörten Fahrzeug aussteigen.

Seltsam. Der Arm gehorchte ihm nicht.

Horjäger blickte in Richtung Schulter. Es sah beinahe so aus, als würde da etwas fehlen. Er gluckste unterdrückt und betrachtete fasziniert die dunkle Flüssigkeit, die stoßweise aus ihm hervorquoll.

‚Mein Arm ist nicht mehr da.‘

Stuhl und Urin schossen in seine Hose und er gab einen schrillen Schrei von sich. Angst schlug wie eine Welle über ihm zusammen, als ihm bewusst wurde, dass er ohne Hilfe in wenigen Minuten elendig sterben würde.

Weiter oben, auf der Straße, antwortete der verendende Hirsch auf seinen Schrei mit röhrendem Gebrüll.

‚Aussteigen‘, dachte Horjäger verzweifelt, ‚Ich muss hier raus. Auf die Straße. Nur dort habe ich eine Chance.‘

Er wollte die Beine anheben, aber er schaffte es nicht. Stattdessen ruckte er unbeholfen vor und zurück, versetzte die zertrümmerten Überreste des Wagens in eine kurze, schaukelnde Bewegung.

Es gab einen schwachen Lichtblitz irgendwo in seiner Nähe. Horjäger hielt den Atem an. War das der Schein eines fremden Autos? Oder eine Taschenlampe vielleicht? Seine Schulter pochte. Er konnte fühlen, wie sein Herz mit geschäftiger Emsigkeit das Blut aus ihm herauspumpte. Er grunzte vor Anstrengung, als er sich erneut hin- und herwarf, um irgendwie aus dem Sitz herauszukommen.

Es blitzte wieder – und plötzlich flackerte schwaches Licht auf. Es gab eine kaum erkennbare Reflektion auf den Baumstämmen, die einem Mahnmal gleich um den Blechhaufen herumstanden. Das Licht kam offenbar von irgendwo unterhalb des Autos. Fred Horjäger beugte sich so weit es ging zur Seite, drehte den Kopf nach links, um zu erkennen, was dort geschah.

Es knackte in seinem Genick, und er heulte gequält auf. Das Licht war unstet und flackerte wie die kleine Flamme einer Kerze.

Und dann wurde der Schein auf einmal stärker, voluminöser, eine Blase aus Licht, die sich ausbreitete und die Umgebung erleuchtete.

Es war Feuer. Der Wagen brannte. Was sich entzündet hatte, konnte Horjäger nicht erkennen – er sah nur den Widerschein des Lichts und hörte das Fauchen wachsender Flammen. Es roch nach verbranntem Gummi.

‚Ich muss meinen Arm finden', dachte er wirr. ‚Wo ist mein Arm? Ich muss hier raus.'

Der Motorblock war durch die mehrfachen Baumtreffer nach hinten geschoben worden und engte seine Beine ein. Fred Horjäger drehte sich nach rechts und versuchte, seine Füße aus der Umklammerung herauszuwinden. Er brüllte gequält auf und sah plötzlich durch den Nebel des Schmerzes hindurch im Fußraum des Beifahrersitzes eine längliche Form.

Es war sein Arm. Die Handfläche zeigte nach oben, wirkte ganz entspannt. Es sah aus, als würde jemand unter dem Beifahrersitz hervorkriechen wollen, eine unheimliche Gestalt, die sich wie eine Schlange winden konnte und …

Der Schulterstumpf kratzte über den Fahrersitz wie ein dicker Pinsel und hinterließ eine breite, rote Spur auf dem Stoff. Horjäger schrie – und erstarrte.

Ein huschender Schatten tauchte ganz am linken Rand seines Blickfeldes auf. Zuerst hielt er es für eine Täuschung, aber dann konnte er es wieder sehen.

Da bewegte sich etwas auf den Wagen zu. Es konnte kein Tier sein – der fremde Geruch und das Feuer hätten jedes Lebewesen außer einem Menschen abgeschreckt.

‚Der Fahrradfahrer!', schoss es Horjäger durch den Kopf. ‚Es muss der Fahrradfahrer sein!'

„Hilfe", stammelte er kraftlos. „Hilfe …"

Seine Augen brannten vor Schweiß und Tränen, und der Feuerschein blendete ihn. Er konnte nicht mehr richtig sehen. Horjäger erkannte nur einen vagen Schemen, der wie eine gespenstische Erscheinung in den Lichtkreis trat – und reglos stehen blieb.

„Hilfe", stieß er hervor. „Helfen Sie mir doch."

Die Gestalt kam einen Schritt näher. Horjäger nahm sie nur als verzerrten Umriss wahr, aber es war eindeutig ein Mensch. Die Person ließ die Arme hängen und machte keine Anstalten, ihm zu helfen.

Es sah viel eher so aus, als würde sie dabei zusehen wollen, wie er hier in seinem Wagen verbrannte.

„Helf' mir doch", sagte der Versicherungsvertreter und brach in Tränen aus.

Es wurde langsam unerträglich heiß. Der Fahrradfahrer – er musste es sein – kam noch einen Schritt näher. Horjäger sah, wie sich der Umriss mit einem erhobenen Arm vor der Hitze schützte. Die Konturen des Kopfes verschwammen zu einer undefinierbaren Masse aus Linien und schwarzen Punkten, wie durch eingetrübtes, gerade noch durchsichtiges Glas betrachtet. Der Fahrradfahrer mochte in Wirklichkeit ganz normal aussehen – aber für Fred Horjäger hatte er in diesen Sekunden nur einen ovalen Schädel, unbehaart, mit zwei schwarzen Augenhöhlen und einem offen stehenden Mund, der ihm wie ein gewaltiges Maul vorkam.

Es war ein Totenkopf.

„Hilfe", stammelte Horjäger entsetzt.

Keine Antwort. Nur das Feuer prasselte, fraß sich durch den Motor hindurch bis ins Innere des Wagens. Oben auf der Straße schrie der Hirsch, und Horjägers Armstumpf ließ unaufhörlich das Leben aus ihm herausfließen. Der Sitzbezug saugte es auf.

„Bitte."

Er fühlte, dass er schwächer wurde. Ihn verließ jegliche Kraft. Die Person stand vielleicht eineinhalb Meter von ihm entfernt. Für Horjäger waren es eineinhalb Unendlichkeiten.

„Kannst du sie schon sehen?", hörte er plötzlich ein fernes Flüstern.

Die Hitze ließ seine Schuhsohlen schmelzen. Fred Horjäger spürte, wie die Haare auf seinen Unterschenkeln verglühten.

„Kannst du die Tür schon sehen?", fragte die Stimme erneut.

Sie klang … gierig.

Horjäger heulte wieder auf. Er würde sterben, und Gott strafte ihn mit einem wandelnden Albtraum, der seine letzten Sekunden damit füllte, über irgendwelche Türen nachzudenken. Vielleicht sah er die Gestalt gar nicht wegen der Schmerzen so undeutlich … vielleicht sah sie wirklich so aus. Der Sensenmann war gekommen, um ihn mit sich zu nehmen, in eine Welt aus Hitze und brüllenden Hirschen.

‚Liebling', flüsterte Karin in seinen Gedanken. ‚Bleib heute Nacht bei mir. Du willst doch nicht dem Tod begegnen, oder?'

Horjägers Hose fing am Saum Feuer. Er resignierte. Der Blutverlust hatte ihn zu sehr erschöpft, um den Schmerz seines verbrennenden Fleisches in die Nacht hinauszuschreien. Es fühlte sich an, als kratze ihm jemand mit einem scharfen Messer die Haut vom Körper. Horjäger hörte das Zischen verbrennenden Fettes. Brandblasen ploppten auf seiner Haut wie Gasperlen in einem Sumpf auf und platzten sofort.

Er starb stumm, den Blick die ganze Zeit auf den Schemen mit dem fürchterlichen Kopf gerichtet.

Oben auf der Straße verendete der Hirsch.

Einige Zeit später ging ein Notruf bei der Polizei ein. Ein Mann war in seinem Wagen verbrannt, hatte einen Wildunfall gehabt.

Die Zentrale fragte nach, ob noch Hilfe möglich gewesen sei.

Der Anrufer verneinte. Der Fahrer habe bereits tot hinter dem Steuer gesessen, als das Auto in Flammen aufging, und glücklicherweise davon nichts mehr mitbekommen. Das Schicksal sei ihm gnädig gewesen, als er über die Türschwelle trat.

Der Polizist in der Zentrale alarmierte alle relevanten Einsatzkräfte und notierte dann den Wortlaut des Notrufes.

1.

Gegenwart, Ende Februar 2011

Niemand konnte sich an einen Himmel erinnern, der so grau war wie in diesem Jahr. Schwacher Wind blies träge Wolkenmassen, die wie schwebende Gebirge wirkten, langsam ins Landesinnere hinein. Seit Tagen zogen riesige Wolkenfelder von Frankreich herüber, wanderten über Luxemburg nach Deutschland und hingen dort wie gigantische Monumente über den Städten.

Im Schlepptau der Wolken folgte warme Luft, die bei wetterfühligen Menschen zu dieser Jahreszeit Kopfschmerzen verursachte. Schmutzige Schneereste, längst ihres weißen Schimmers beraubt, tauten binnen weniger Stunden und versickerten als braune Brühe im Boden. Man hätte meinen können, der Frühling stünde vor der Tür, doch im Fernsehen wurde es nur als ein nicht so ungewöhnliches Wetterphänomen bezeichnet.

Der hagere Mann, der gerade einen Karton auf die Ladefläche seines Kombis stellte, schleppte ganz andere Sorgen mit sich herum. Gedanken über das Wetter waren ihm fern, auch wenn er zu jenen gehörte, denen die frühe Wärme zu schaffen machte.

Finn Steinmann war im Begriff, seine Wohnung in Trier aufzugeben – zumindest für eine Weile – und nach Mainz zu ziehen. In zwei Wochen stand ein Termin an, der in seinem Leben einen Meilenstein markierte.

Steinmann schob den Karton weit in den Wagen hinein und seufzte. Er hätte nie vermutet, mit Mitte vierzig zum ersten Mal Vater zu werden, und ächzte, als er sich langsam aufrichtete. Es klang dumpf im Kombi. Eine alte Frau stolzierte mit ihrem Dackel an seinem Wagen vorbei und warf einen Blick hinein.

Finn drehte sich zur Seite. Sie stützte sich auf ihren Spazierstock und rümpfte die Nase.

„Herr Steinmann? Verlassen Sie uns etwa?"

Er wandte sich ihr vollends zu und stieß sich den Kopf an der Heckklappe. Er vergaß immer wieder, wie groß er war. Der Hund schnüffelte an seinen Schuhen, während sich der Polizist die schmerzende Stelle rieb.

„Hallo, Frau Rossberg. Machen Sie noch einen Abendspaziergang?"

„Natürlich. Der Hund muss schließlich noch sein Geschäft machen. Aber lenken Sie nicht von sich ab – das sieht mir doch ganz nach einem Umzug aus", entgegnete sie verschmitzt.

„Da haben Sie recht, Frau Rossberg. Ich verlasse die Stadt."

„Ach, Gott, wie schade. Wohin geht denn die Reise?"

„In die Nähe von Mainz. Wissen Sie, ich werde ..."

„Sie ziehen zu der Rothaarigen, nicht wahr? Die war doch schon mal bei Ihnen. Ich habe das Kennzeichen gesehen, das war doch ein Mainzer Kennzeichen, oder irre ich mich? Irre ich mich?"

„Nein, Sie haben schon wieder recht. Sie hätten zur Polizei gehen sollen, Frau Rossberg."

„Ha", sagte sie resolut, hob den Stock kurz an und stampfte damit auf den Boden. „Wusste ich es doch gleich. So wie sie beide sich angesehen haben ... freut mich für Sie, Herr Steinmann. Inge Müller meinte neulich noch, wie traurig es ist, dass ein stattlicher Mann wie Sie sein Leben allein verbringt. Ihre schönen blonden Haare haben nämlich manchmal schon einen gräulichen Schimmer."

Finn erwiderte nichts. Er wusste nicht genau, wer Inge Müller war und fragte sich, an welchem geheimen Ort in Trier über ihn und seine schulterlangen Haare geredet wurde.

„Hübsches Gesicht hat sie ja", meinte die Rentnerin. „Nicht mehr ganz jung kam sie mir vor, aber das sind Sie ja auch nicht, Herr Steinmann, nicht wahr?"

„Nein, Frau Rossberg."

„Meinem Mann wäre sie vielleicht ein wenig zu pummelig gewesen."

Friedbert Rossberg war vor zwei Jahren gestorben. Finn hatte ihn gekannt und manchmal mit ihm über den Lauf der Welt geplaudert. Irgendwann war er nicht mehr auf der Straße aufgetaucht, und dann hatte Steinmann in der Zeitung die Todesanzeige gesehen. Die Witwe erwähnte ihn immer wieder, wenn Steinmann mit ihr einen nachbarschaftlichen Plausch führte. Sie hatte nur noch ihren Dackel, dessen Haare auch schon verdächtig grau aussahen.

Genauso grau wie der Himmel.

„Sie ist schwanger", entgegnete Finn. „Deshalb ist sie … wie sagten Sie? Pummelig?"

„Ha", ließ Frau Rossberg vernehmen, hob den Stock und knallte ihn wieder auf den Boden. „Das habe ich mir gleich gedacht. Sind Sie der…?"

„Vater, ja", erklärte Finn. „Mitte März ist es soweit."

„Junge oder Mädchen?"

‚Ich werde verhört', dachte Steinmann. ‚Gleich greift sie in ihre Tasche und richtet eine Lampe auf mein Gesicht.' Die Bäckerei war nur hundert Meter entfernt. Morgen würde es die ganze Straße wissen.

„Herr Steinmann?"

Er räusperte sich. „Wir wissen noch nicht, welches Geschlecht das Kind hat. Bei allen Ultraschallterminen hat sich das Baby … bedeckt gehalten. Wir lassen es auf uns zukommen."

„Nun", sagte sie, „es wird werden, was es werden soll, nicht wahr?"

„Das hoffe ich doch", gab er zurück.

Die alte Frau rückte ein Stück näher und legte ihre faltige Hand auf seinen Unterarm.

„Dann lasse ich Sie mal weiterpacken und wünsche Ihnen viel Glück. In den heutigen Zeiten hat das jeder bitter nötig."

Er nickte ihr freundlich zu, nicht sicher, was sie damit gemeint hatte. Steinmann war froh, als sie mit ihrem Hund von dannen zog. Anneliese Rossberg war eine nette Nachbarin, aber er hatte befürchtet, dass sie ihm noch weitere Fragen stellen wollte.

Seine Beziehung zu Katja Neisinger war für Außenstehende schwierig zu verstehen – Gott, sie war sogar für ihn selbst schwer zu durchschauen. Seitdem Katja ihm eröffnet hatte, er müsse sich in ihrer Nähe aufhalten, wenn der Geburtstermin näher rückte, wurde sein Kragen jeden Tag ein wenig enger.

‚Nein, Frau Rossberg', dachte er betrübt. ‚Ich bin ein Lügner. Ich ziehe nicht zu Katja, sondern nur in ihre Nähe. Es gab vor acht Wochen Komplikationen mit der Schwangerschaft, und ich war nicht da, wissen Sie? Seitdem will sie mich erreichbar wissen.'

Finn wandte sich wieder dem Kombi zu und zählte die Kartons, die er bisher darin verstaut hatte. Viele waren es nicht, und dennoch schon fast alle, die er vollpacken konnte. Außer Kleidung besaß er nur wenige persönliche Dinge. Die Mainzer Gerichtsmedizinerin war ein einziges Mal bei ihm in der Wohnung gewesen und hatte sich geweigert, dort zu übernachten. Am Ende ihres Besuches waren sie in einer kleinen Pension gelandet, und fortan war das ihr gemeinsames Domizil in Trier geworden.

Das kleine Appartement, eine Ferienwohnung, die er durch einen glücklichen Zufall günstig in Mainz hatte anmieten können, war drei Auto- und sieben Gehwegminuten von Katja Neisingers Wohnung entfernt. Die Räume waren bereits möbliert, recht spärlich, wie die werdende Mutter angemerkt hatte.

Steinmann stapfte noch einmal in seine alte Wohnung, nahm die letzten beiden Kartons auf und ließ die Tür hinter sich ins Schloss fallen. Er spürte Müdigkeit in den Knochen und fand Gelegenheit, über das Wetter nachzudenken. Für Februar war es deutlich zu warm. Er schwitzte.

Während Finn langsam die weiß gefliesten Stufen des Treppenhauses hinunterstieg, überkamen ihn mehrere Erinnerungen an Hitze. In den letzten Jahren waren ihm Wärme und speziell Feuer ein grausiger Begleiter geworden. Er träumte immer noch fast jede Nacht von der Katastrophe am Fuß der Felsenkirche von Idar-Oberstein, wo eine dramatische Hetzjagd ein abruptes und tödliches Ende gefunden hatte. Einer seiner besten Freunde war damals verbrannt.

Die Katastrophe lag jetzt ziemlich genau sieben Monate in der Vergangenheit. Finn sah wieder das Feuer vor sich, hörte das drachenartige Fauchen der Gasbehälter, und dann zeigte ihm der beschissene Tagtraum in rascher Folge die Gesichter von drei Toten. Am Ende hielt er einen Jugendlichen in den Armen – eigentlich fast noch ein Kind – und blickte ratlos auf das Metallbruchstück, welches nicht nur den Jungen, sondern auch ihn selbst durchbohrt hatte. Steinmann ging mit den Kartons über den kleinen Hof und stellte sie in den Kofferraum seines Wagens.

Als er vorn im Armaturenbrett auf die Uhr des Kombis schaute, stellte er fest, dass er fast zwanzig Minuten für die letzten beiden Kartons gebraucht hatte. War er im Treppenhaus sogar ein paar Minuten stehen geblieben, ohne es zu merken? Sein Zeitgefühl stimmte nicht mehr. Er seufzte und fragte sich, wie schwer es seinen Freunden aus Idar-Oberstein fallen mochte, die vergangenen Ereignisse zu verarbeiten. Eines Tages würden sie alle sich darum kümmern müssen, dann, wenn die Überlebenden der Katastrophe genug Abstand zu den Dingen besaßen.

Bei einem der wenigen seither geführten Telefonate mit Horst Engel erzählte ihm sein pensionierter Freund, dass Oberkommissar Frank Müller immer häufiger dem Alkohol zusprach. Der Schutzpolizist war ohne Halt aus dem Zonenkrieger-Fall hervorgegangen. Sein bester Freund lebte nicht mehr, und – was vielleicht schlimmer wog – er war nicht in der Lage gewesen, ihm zu helfen.

Steinmann warf die Heckklappe des Wagens schwungvoll ins Schloss. Das laute Klacken zog in seiner Vorstellung einen Schlussstrich unter die Jahre in Trier. Er fuhr einer ungewissen, aber sicherlich auch bedeutsamen Zukunft entgegen. Man hatte ihm vor der Geburt Urlaub gewährt – sein Dienstort blieb vorerst immer noch das Präsidium in Trier. Man ließ ihn hier ungern gehen.

Steinmann setzte sich hinter das Steuer und startete den Wagen. Sein Sprit war fast verbraucht, die Anzeige leuchtete sofort auf. Er musste dringend tanken, sonst würde er nach wenigen Kilometern stehen bleiben. Immerhin lagen knapp zwei Stunden Fahrt vor ihm. Katja Neisinger erwartete ihn zu einer kleinen Mahlzeit und wollte ihm dann unbedingt helfen, wenigstens noch ein paar Kartons auszuräumen.

„Ich freue mich, wenn du hier bei mir bist", hatte sie noch am Vormittag am Telefon zu ihm gesagt.

Die Treibstoffanzeige von Steinmanns Kombi leuchtete. Er brauchte nicht weit zu fahren, um die nächste Tankstelle zu erreichen. Er bog rechts ab, rollte auf die Zapfsäulen zu und schüttelte den Kopf, als er den Preis für Diesel las. Für einen raschen Trip nach Luxemburg reichte weder die Zeit noch der kümmerliche Rest im Tank. Steinmann griff nach dem Geldbeutel in seiner Jackenbrusttasche.

Die Börse befand sich nicht darin.

Finn runzelte die Stirn und klopfte die anderen Taschen der Jacke ab. Als er nichts entdeckte, schaltete er die Innenbeleuchtung des Kombis ein und suchte den Geldbeutel.

‚Habe ich mein Portmonee in einen der Kartons gesteckt?', fragte er sich.

Finn stieg aus und ging zum Heck des Wagens. Er war im Augenblick der einzige Kunde der Tankstelle. Der Betreiber der Station blickte durch die Glasscheibe zu ihm herüber. Steinmann kannte den Mann. Er nickte ihm höflich zu, öffnete den Kofferraum und durchstöberte die Kartons. In einem befanden sich Küchenutensilien. Der Geldbeutel würde sich am ehesten darin befinden, denn er konnte sich erinnern, dass er ihn auf den Küchentisch …

‚Scheiße', fluchte er. ‚Ich habe die Börse auf dem Tisch liegen lassen.'

Finn ließ den Karton offen im Kofferraum stehen und schloss die Klappe wieder. Es blieb ihm nichts anderes übrig, als zurückzufahren und noch einmal hinauf in die Wohnung zu gehen. Er sah, dass der Mann hinter der Kasse misstrauisch auf seine Anzeigen blickte, aber Steinmann hatte nicht getankt.

Der Weg zurück war etwas langwieriger, da er durch ein Netz aus Einbahnstraßen musste. Nach einigen Minuten stand er wieder vor dem Appartementhaus, das er gerade erst verlassen hatte. Die Uhr zeigte halb neun, er lag bereits hinter seinem Zeitplan zurück. Er wollte Katja anrufen, sobald er auf die Autobahn rollte.

Steinmann lief die Treppe hinauf und sortierte seinen Schlüsselbund mit der rechten Hand. Der Wohnungsschlüssel hatte eine unverkennbare Form, er fand ihn schnell und ohne Probleme. Als er das Metall hastig in die Passform des Schlosses schob, schwang die Tür schon nach innen auf.

Finn blieb konsterniert im Treppenhaus stehen und runzelte die Stirn. Wo war er nur mit seinen Gedanken gewesen, wenn er zuerst sein Portmonee vergaß und dann die Tür nicht richtig zuzog? Vielleicht sollte er sich zu einem Psychologen begeben, um Rat fragen, oder um einfach nur den Druck von der Seele zu reden. In den letzten Jahren war so verdammt viel geschehen.

Großmutter Dorothea hätte jetzt wohl zu ihm gesagt, dass der bestmögliche Psychologe die zukünftige Mutter seines Kindes sei. Die einzige vertraute Schulter, die er besaß.

Er hörte die Stimme von Dorothea Steinmann immer seltener in seinem Kopf. Je älter er wurde, desto weiter rückte sie von ihm weg. Sie war gestorben, als er achtzehn Jahre alt war – nicht mehr lange, und ihr Todestag jährte sich zum dreißigsten Mal. Ob sie sich mit ihm über das Kind gefreut hätte? Mit Sicherheit. Gut möglich, dass sie ihren Urenkel sogar selbst zur Welt hätte bringen wollen. Finn konnte sich keinen besseren Geburtshelfer vorstellen. Aber es war nicht möglich. Drei Jahrzehnte und der tiefe Graben des unendlichen Schlafes trennten Dorothea und Katja. Er vermisste seine Großmutter.

Steinmann schaltete das Licht ein und ging geraden Weges zur Küche. Mit den wenigen zusammengerückten Möbeln und leeren Regalwänden kam ihm sein Appartement gespenstisch kahl vor.

Finn blieb ruckartig stehen, als er den Tisch erblickte, und stieß dabei mit der Schulter gegen den Türrahmen. Auf dem Küchentisch lag sein Geldbeutel neben der Wasserflasche, aus der er während des Packens getrunken hatte. Das schwarze Leder der Börse hob sich von dem kleinen, weißen Rundtisch überdeutlich ab. Aber es war nicht das Portmonee, welches ihn erschreckte, sondern der Dolch, der in der Tischmitte im Holz steckte. Die Klinge war mit Wucht hineingerammt worden, und der weiße Lack des billigen Discountertisches hatte sich daraufhin mit Rissen überzogen, sah aus wie die blasse, tote Haut eines verwesenden Leichnams.

Steinmann sprang instinktiv zur Seite, als ein Schatten hinter ihm lebendig wurde und mit gierig scheinenden Tentakeln nach ihm langte.

Der Kriminalhauptkommissar griff im Sprung nach der Flasche und schwang sie wie einen Hammer Richtung Schatten. Er hörte einen dumpfen Treffer und einen erstickten Laut – und dann sah er die Gestalt, welche wie ein wütender Derwisch auf ihn zusprang.

Er hatte nicht genügend Platz für ein Ausweichmanöver und prallte mit dem Rücken gegen die Küchenzeile. Es knackte unangenehm in seiner Hüfte. Stechender Schmerz jagte seinen Rücken hinauf, direkt in seinen Arm hinein. Seine Finger öffneten sich ohne bewusstes Zutun. Die Flasche donnerte auf den Boden und platzte auseinander.

Gleichzeitig löschte ein wuchtiger Schlag auf seinen Kopf alles Denken aus.

1975

Barbara Horjäger stierte mit hohlem Blick aus dem Fenster. Draußen war es dunkel, aber der Vollmond würde bald sein Licht auf das Haus werfen. Die Kinder lagen endlich im Bett.

Die Beerdigung ihres Mannes war vor zwei Wochen gewesen. Die Polizei hatte den Unfallhergang sehr genau rekonstruiert.

Er hatte zu viel getrunken und war dann den Schleichweg durch den Wald gefahren. Man hatte einen Rest von Alkohol in seinem Körper gefunden, obwohl er stark verbrannt war. An den Zähnen ließ er sich einwandfrei identifizieren, ja die Zähne, ganz der eitle Versicherungsvertreter.

Es schien einfach zu sein.

Aber das war es nicht – nicht für Barbara Horjäger. Sie wusste jetzt, wo er sich herumgetrieben hatte, so kurz vor ihrem fünfunddreißigsten Geburtstag. Sie hatte es in dem Moment kapiert, in dem sie, selbst zu kaum einem vernünftigem Wort fähig, im Büro anrief und seiner Sekretärin die schreckliche Nachricht übermittelte.

Die Reaktion dieser Schlampe war eindeutig.

Und so stierte Barbara Horjäger seit fast drei Wochen jeden Abend aus dem Fenster, unfähig, den Verlust ihres Mannes zu betrauern. Für die Kinder hielt sie die Fassade des liebenden Ehegatten aufrecht, aber in Wirklichkeit war er ein Pfau gewesen, ein Geck, der seine Assistentin nicht nach fachlichen, sondern optischen Qualitäten ausgewählt hatte. Sie wusste, auf welchen Körperteil der Mistkerl immer als Erstes sah, und genau dieser Körperteil war bei seiner rechten Hand Karin besonders hübsch ausgeformt. Barbara Horjäger erinnerte sich an seinen Blick, wenn er seinen Fortpflanzungstrieb kaum noch unterdrücken konnte, wenn er unter nur halb geschlossenen Augenlidern und aufgeblähten Nasenflügeln wie ein Zuchthengst aussah.

Ihre Mundwinkel verzerrten sich, als sie an die verfahrene Situation dachte, in die ihr Ehemann sie nun gebracht hatte. Sie konnte sich keine Arbeitsstelle suchen, weil die Kinder noch so klein waren. Alle Anverwandten, die vielleicht hätten helfen können, lebten in größeren Städten – man hatte sie damals belächelt, als sie in den spärlich besiedelten Hunsrück gezogen waren. Ihr Haus hatten sie vor vier Jahren errichtet; es sah ganz so aus, als würde sie es verkaufen müssen. Gott, ihr Märchenschloss, das sie mit so viel Hingabe geplant hatte, war noch nicht einmal verputzt.

„Scheißkerl“, flüsterte Barbara Horjäger. „Ich hätte es wissen müssen.“

Die Anzeichen waren schon früher da gewesen. Das ständige Verspäten von der Arbeit, begleitet von angeblicher Müdigkeit. Der eheliche Sex war immer seltener geworden, und wenn Fred sie doch einmal bestieg, war es ihr wie Fließbandarbeit vorgekommen.

Rein-raus, rein-raus, rein-raus mit gleichgültigem Blick. Nach einer Weile hatte er das Licht dabei ausgemacht, obwohl er sich eigentlich am wogenden Busen einer Frau ergötzen konnte.

Hatte sie etwas Falsches getan? Hatte sie ihn in die schlanken Arme seiner Assistentin getrieben? Hin und wieder ein Stück Kuchen zu viel gegessen? Die Haare nicht oft genug frisiert und die Fingernägel nicht nuttig genug lackiert?

Sie hasste ihn auch dafür, dass er sie nun mit solch unbeantworteten Fragen allein ließ. Barbara Horjäger war einst seiner Sekretärin Karin nicht unähnlich gewesen – damals, vor fünfzehn Jahren, als sie zusammenkamen.

Er, der aufstrebende Vertreter und sein schicker Sportwagen. Er war auch heute noch ein attraktiver Mann, sehr auf sein Äußeres bedacht.

Barbara Horjäger seufzte, als sie den Fehler in ihren Gedanken bemerkte. Attraktiv war er jetzt ganz sicher nicht mehr. Seine

Überreste waren in eine Urne gestopft worden. Sie hatte ihn nicht mehr sehen dürfen – zu verstümmelt sei er gewesen durch den Unfall. Man hatte ihr nur gesagt, dass ihm ein Arm ausgerissen und dieser wohl restlos verbrannt war.

„Er ist sicher sofort tot gewesen", war ihr gesagt worden. „Der Wagen sah sehr schlimm aus, und Ihr Mann hat noch im Tode hinter dem Steuer gesessen. Wir können stark davon ausgehen, dass er von seinen Verbrennungen nichts mitbekommen hat."

Barbara Horjäger kauerte im Dunkel ihres Wohnzimmers auf dem Sessel und wischte sich mit zittrigen Fingern eine Strähne aus der Stirn. Seit drei Wochen ging sie jeden Tag durch die gleiche Hölle. Es war immer dieselbe Abfolge. Die Kinder über den Tag bringen, ins Bett schaffen, und dann im Wohnzimmer den Verstand verlieren. Meistens schlief sie im Sessel ein, wenn überhaupt.

Am heutigen Abend war sie so erschöpft, dass sie in ihrem Sessel überraschend schnell einnickte. Nur in der kurzen Phase des Überganges vom Wachzustand in den Schlaf betrauerte sie den Tod ihres Mannes. In diesem winzigen Moment gab es keine Vorwürfe, sondern nur das sanfte Abgleiten, während sie in rasendem Stakkato Bilder vor sich auftauchen sah.

All die schönen Erinnerungen, kompensiert auf wenige Augenblicke und entschlackt um alles Negative.

Aber dann kam die Bestrafung. Ihr Gehirn verarbeitete den Tagesablauf, der geprägt war von verbitterten Gedanken. Genauso sahen dann auch ihre Träume aus. Sie sah Fred vor sich, wie er nackt mit barbusigen Frauen in seinem Wagen davonfuhr, während sie die Kinder auf dem Arm wiegte und sich wie eine fette, dumme Kuh fühlte.

Heute war jedoch etwas anders. Etwas passte nicht hierher. Sie brauchte eine Weile, bis sie die Veränderung erkannte. Die Kinder verharrten reglos in ihren Armen, und der Sportwagen fuhr und fuhr, ohne sich jedoch wirklich von ihr zu entfernen. Sie hörte das Lachen der Frauen.

Ein undefinierbares Geräusch unterbrach den Ablauf der Szene. Ein schwaches Klacken, wie von einem Stein, der gegen ein Fenster geworfen …

Barbara Horjäger schreckte aus dem Sessel hoch. Sie schnappte nach Luft und verkrampfte, weil sie in einer ungünstigen Position eingeschlafen war.

Da war es wieder. Das Klacken. Das Geräusch, welches sie aufgeweckt hatte.

Sie rieb sich die Augen und setzte sich aufrecht hin. Geisterten die Kinder durchs Haus? Ihr Kopf fühlte sich dumpf und schwer an.

Sie hasste die barbusigen Weiber in den Träumen. Sie hatten noch nicht einmal richtige Gesichter.

Titten und Arsch. Scheißtyp.

Barbara Horjäger ging langsam in den Flur. In den Kinderzimmern war alles ruhig. Noch vor etwas mehr als drei Wochen hatte man nachts das leise Schnarchen ihres Mannes hören können. Jetzt lag das ganze Haus still.

Es klackte wieder. Die Witwe war inzwischen wach genug, die Richtung zu bestimmen, aus der das Geräusch kam.

Es musste die Küche mit dem schönen, breiten Fenster sein, von dem man bei Tageslicht auf den Rasen blicken konnte. Fred hatte dort eigentlich schon vor zwei Jahren ein Spielgerüst für die Kinder aufbauen wollen.

Aber die Firma, die Firma, die Firma.

Hatte er sie schon da mit anderen Frauen betrogen? Vielleicht war der eine oder andere Versicherungstermin, der angeblich zu keiner Unterschrift geführt hatte, in Wirklichkeit ein Schäferstündchen – und ganz sicher war es dabei auf gewisse Weise doch zu Abschlüssen gekommen.

Barbara Horjäger schluchzte leise, als sie die Küche betrat. Sie fand gerade genug Kraft, um diesen Raum einigermaßen sauber zu halten. Die Putzfrau, die sie sich geleistet hatten, kam schon seit einem halben Jahr nicht mehr.

Die in hellgrünen Farbtönen gehaltene Küche war jetzt in silbrigen Schimmer getaucht. Das Fenster war genau drei Meter breit und bot einen herrlichen Blick auf den nächtlichen Rasen, den der Vollmond in eine fluoreszierende Fläche verwandelt hatte. Am Ende des Grundstückes – in etwa zwanzig Metern Entfernung - standen drei große Laubbäume, die vor dem Mond ein Bollwerk bildeten und einen großen Schatten auf den Rasen warfen. Das Licht vom Firmament war so hell, dass die Baumumrisse klar und scharf auf dem Gras zu sehen waren.

Wie lange Finger, die nach dem Haus griffen.

‚Schon komisch', dachte Barbara Horjäger. ‚Es sieht fast so aus, als würde unter den Bäumen jemand stehen.'

Sie hielt den Atem an, als sie sich der großen Scheibe näherte. Ihre Augen verengten sich zu Schlitzen, und sie versuchte, das Silberlicht des Mondes zu kompensieren. Stand da tatsächlich jemand unter den Bäumen?

Sie quiekte erschrocken, als sie ganz deutlich eine Bewegung sah. Ein Arm schwang zurück und dann nach vorne, und plötzlich knallte etwas gegen die Scheibe und fiel auf die Terrassenplatten.

Ein kleiner Stein.

Jemand warf Steine gegen ihr Küchenfenster.

Jemand, der auf ihrem Grundstück stand.

Barbara Horjäger wich hastig einige Schritte zurück. Ihre Augen waren weit aufgerissen, als sie sah, wie sich der Steinewerfer in Bewegung setzte und in das Licht des Mondes trat.

„Oh Gott", entfuhr es der Witwe.

Der Fremde auf dem Rasen hatte lockiges, gewelltes Haar. Er trug ein dunkles Blazer-Jackett über der Hose.

Die gleiche Frisur wie Fred. Das gleiche Jackett wie jenes, welches er am Tag seines Todes getragen hatte.

Das Herz der Frau beschleunigte aus dem Stand auf eine hohe Frequenz. Sie blieb wie angewurzelt stehen und starrte in lähmender Furcht auf die Gestalt, die sich weiter dem Haus näherte und genau auf das Küchenfenster zu hielt.

‚Er hat mich gesehen', dachte Barbara Horjäger wirr. ‚Ich träume noch. Ja, ja, ich träume. Ich sitze im Sessel. Die Kinder liegen friedlich im Bett. Es ist Fred, es muss Fred sein. Er ist sicher böse auf mich, weil ich ihn dazu getrieben habe, mit anderen Frauen zu schlafen. Er kommt mich jetzt bestrafen, weil ich ihn dafür hasse.‘

„Geh weg“, flüsterte sie atemlos. „Geh weg.“

Jetzt erkannte sie ihn besser. Er kam immer näher. Sie sah seine hohen Wangenknochen und die dunklen, geraden Augenbrauen. Er wirkte im Silberlicht eigenartig jung, beinahe zierlich.

Barbara Horjäger sackte auf den Boden. Fred hatte die Richtung vorgegeben – schon immer. Er war ein Alphatier, und sie wusste, dass ehemalige Freunde von ihr sagten, sie sei nur sein höriges Weibchen. Wenn er jetzt kam, um sie zu holen, war es ihr gleich. Sie hatte sowieso keine Kraft mehr.

Er erreichte die Scheibe und blickte in die Küche hinein, fixierte die nur drei Meter von ihm entfernt auf dem Boden kauernde Frau. Er legte den Kopf schräg, als würde er lauschen, und setzte dann ein seltsames, gieriges Lächeln auf.

Sie ahnte, dass er sie ganz genau sehen konnte und ihre Angst aufsaugte. Barbara Horjäger brach in Tränen aus und schlug die Hände vor das Gesicht. Sie zitterte und fror, kippte auf die rechte Seite und blieb wie ein Embryo liegen. Sie hörte nur noch ihren eigenen Atem und wartete darauf, dass er wie ein Gespenst durch die Scheibe kommen würde und sie irgendwohin schleifte. Vielleicht mitnahm zu den barbusigen Frauen. Zu den Frauen, die keine Gesichter besaßen.

Barbara Horjäger röchelte und durchlebte bange Minuten. Nach einer endlos scheinenden Zeit, in der nichts geschah, wagte sie es, den Kopf anzuheben. Sie hechelte dabei wie ein Hund, japste nach Luft. Sie befürchtete, direkt in sein grimmiges Gesicht zu sehen, weil er es irgendwie geschafft hatte, wie Nebel durch das Glas zu fließen und jetzt gekommen war, um sich alles zu holen.

Aber niemand stand vor ihr. Auch nicht vor dem Küchenfenster. Sie drehte den Kopf in alle Richtungen, aber der Raum war leer – und sie allein.

Hatte sie geschlafwandelt? Hatte sie sich das alles nur eingebildet? Sie erhob sich mit weichen Knien und atmete tief durch.

‚Ruhig', sagte sie sich. ‚Du musst ruhig werden.'

Sie ging ganz vorsichtig zum Fenster und suchte mit ihrem Blick nach Fred. Nichts war mehr zu sehen. Die Witwe legte die Hand auf die kühle Scheibe und durchlebte einen letzten Angstschub, der durch ihren Körper lief.

‚Ich muss mir das eingebildet haben. Ich bin irgendwie im Traum hierher gegangen und erst auf dem Boden wieder aufgewacht.'

Dann senkte sie den Kopf und sah – einer Eingebung folgend – nach unten auf die Terrassenplatten.

Barbara Horjäger brach erneut in Tränen aus und hielt sich den Mund zu, um nicht zu schreien.

Auf dem Boden vor dem Fenster lagen mehrere Steine.

2.

Gegenwart, Ende Februar 2011

Steinmann versuchte, seine Augen zu öffnen. Ein schwacher Streifen Licht drang durch die Lider hindurch. Jäh einsetzende Kopfschmerzen ließen ihn seufzen.

Sein Schädel fühlte sich wie ein geschlagener Gong an – zumindest dröhnte er so.

Der Kriminalhauptkommissar atmete tief durch. Er lag auf dem Rücken. Der geflieste Küchenboden war kühl. Nach einigen Augenblicken gelang es ihm, sich auf die Seite zu rollen.

War der Angreifer noch in der Wohnung? Stand er womöglich in der Nähe, darauf lauernd, dass Steinmann zu sich kam?

Finn entschied, erst einmal liegen zu bleiben und zu Kräften zu kommen. Er lauschte angestrengt. Sein eigener Atem – schwer und schnaufend – machte es ihm nicht gerade einfach. Als er sicher war, dass niemand in der Küche auf sein Erwachen wartete, öffnete er erneut die Augen.

Die Wohnung lag in Dunkelheit. Nur durch die Fenster drang ein wenig Helligkeit von der Straßenlaterne, die direkt vor dem Haus stand. Ein Auto fuhr gerade vorbei. Der Lichtkegel der Schweinwerfer wanderte schnell über die Decke, ehe die Küche wieder in diffusem Schimmer versank.

Steinmann winkelte einen Arm an und drückte die Handfläche auf den Boden. Die Kühle tat ihm gut. Es war nicht seine erste Ohnmacht. Er wusste, wenn er sich jetzt zu erheben versuchte, würde eine Schwindelattacke auf ihn warten.

Es half nichts. Er musste aufstehen. Er hatte keine Ahnung, wie lange er hier gelegen hatte und wie spät es inzwischen war.

Der Schwindelanfall war gewaltig, aber Finn spürte gleich, dass er sich nicht übergeben würde. Er drückte sich vom Boden ab und saß zwei Minuten auf den Knien. Vorsichtig tastete er nach seinem Kopf. Eine klebrige Flüssigkeit bedeckte seine Stirn.

Steinmann griff nach der Arbeitsplatte der kleinen Einbauküche und zog sich nach oben. Rechts, am Ende der Platte, stand ein Besen. Der Polizist taumelte zu ihm hin und drehte rasch den Stiel aus der Bürstenfassung. Jetzt war er zumindest bewaffnet und konnte sich wehren, falls der Angreifer noch in der Wohnung war. Seine Dienstwaffe lag im Handschuhfach.

Steinmann dachte über das nach, was er gesehen hatte, bevor er niedergeschlagen worden war. Der Unbekannte war kleiner gewesen als er, dunkel gekleidet.

Das Gesicht des Angreifers hatte ihn schockiert. Er konnte sich beim besten Willen nicht mehr an ein bestimmtes Detail erinnern, nur daran, dass das Antlitz dieser Person auf gewisse Weise … chaotisch … gewesen war.

Wie ein Flickenteppich. Ein besseres Wort fand er nicht.

Steinmanns Blick fiel auf den Küchentisch. Der Dolch steckte immer noch im Holz. Ein neues Detail war hinzugekommen.

Jemand hatte etwas mit einem Filzschreiber darunter gekritzelt.

„Wir lassen es nicht zu!“ stand dort.

Das Geschreibsel sah völlig verrückt aus. Kein Wort glich dem anderen. War „Wir“ noch mit weichem Schwung gezeichnet, folgten in „lassen“ harte, gezackte Linien, und direkt danach schien ein Kind den Stift in die Hand genommen zu haben.

Finn überlief ein Schauer. Er packte den Besenstiel fester und ging vorsichtig in den Flur. Das Licht war in der ganzen Wohnung ausgeschaltet. Er wagte es nicht, den Lichtschalter zu betätigen.

Steinmann sah schnell in alle Räume hinein. Niemand war mehr hier. Er musste sofort zu seinem Wagen. Dort lag sein Mobiltelefon. Katja würde wohl oder übel auf ihn verzichten müssen – die Spurensicherung hatte Vorrang.

Der Eindringling hatte sogar die Wohnungstür hinter sich zugezogen. Steinmann fasste den Knauf nicht mit bloßen Händen an. Es konnte sein, dass Fingerabdrücke darauf waren. Ob die Gestalt mit dem seltsamen Gesicht Handschuhe getragen hatte, wusste er nicht zu sagen. Darauf hatte er nicht achten können.

Er ging immer noch leicht benommen die Treppe hinunter und nutzte den Besenstiel als Stütze. Das helle Klacken des Holzes dröhnte unangenehm in seinen Ohren.

Polizisten erhielten öfter Drohungen. Meist waren es dingfest gemachte Straftäter, die bei ihrer Verurteilung Gott und die Welt verfluchten. Streifenbeamte gerieten immer wieder in Konflikt mit uneinsichtigen Falschparkern oder betrunkenen Kneipenbesuchern. Es gab keine Gewöhnung dabei, aber es stellte sich eine gewisse Routine ein.

In diesem Fall sah die Sache ein wenig anders aus. Finn hatte keine Ahnung, wer der ungebetene Besucher war. Vorsichtig lugte er aus der Haustür und beobachtete die nächtliche Straße. Nach einigen Augenblicken überwand er sich und lief zu seinem Kombi.

Finn setzte sich in den Wagen und warf einen prüfenden Blick in den Rückspiegel. Er hatte eine Beule auf der Stirn, ziemlich weit oben am Haaransatz. Etwas Blut war ausgetreten, aber nicht viel. Eine kleine Schnittwunde verzierte seine rechte Wange, wahrscheinlich von den Glassplittern, die unter ihm gelegen hatten, bevor er zu Boden gestürzt war.

Er sah auf die Uhr. Er hatte recht genau dreiundvierzig Minuten verloren. Es war fast Viertel nach neun.

Obwohl es ihn drängte, Katja Neisinger anzurufen, wählte er zuerst die Nummer seines Kollegen Aslan.

„Atürk."

„Finn hier. Aslan, nimm zwei deiner Leute und komm rüber zu meiner Wohnung."

„Sollen wir beim Packen helfen?"

„Ich wurde niedergeschlagen, Aslan."

Es wurde still im Hörer.

„Bist du in Ordnung?“, fragte der türkischstämmige Kriminalhauptkommissar schließlich.

„So weit schon. Aber der … Bursche … hat mir eine Nachricht hinterlassen, die … sieh es dir selbst an.“

„Ich bin in fünfzehn Minuten da“, sagte Atürk. „Halt die Stellung.“

Finn nickte, obwohl ihn sein Freund von der Spurensicherung nicht sehen konnte. Er unterbrach die Verbindung und lehnte sich hinüber zu seinem Handschuhfach. Die P99, seine Dienstwaffe, lag dort im Schulterhalfter. Er stieg aus dem Wagen und legte das Halfter an. Nur mit einem Besenstiel bewaffnet fühlte er sich nicht wirklich sicher.

Steinmann sah zum Himmel und wählte dann Katjas Nummer. Sie meldete sich sofort, wie immer.

„Hallo. Steckst du im Stau?“

„Nein, ich … werde es heute nicht schaffen, Katja.“

Sie schwieg einen Herzschlag lang. „Was ist passiert?“

Im letzten Moment entschied er sich, ihr nur die halbe Wahrheit zu sagen.

„Ich wurde bei einer Rangelei leicht verletzt, wir sind hier noch am ermitteln.“

„Oh Gott, ist alles okay mit dir?“

„Mir geht es gut, Katja, mach dir keine Sorgen. Alles in Ordnung, nur eine Schramme am Kopf. Nichts, was ich nicht schon gehabt hätte.“

„Was ist denn passiert?“

„Ach, das erzähle ich dir später. Ich wollte dich nur wissen lassen, dass ich heute nicht mehr nach Mainz komme. Morgen früh bin ich aber zeitig da.“

„Meldest du dich später noch einmal?“

„Mach ich.“

„Versprochen?“

„Versprochen“, erwiderte er.

„Bis dann.“

„Ja“, sagte er knapp.

Als die Verbindung beendet war, starrte er auf das beleuchtete Display, bis es dunkler wurde. Unsicherheit war ihrer beider Weggefährte geworden. Katja hatte ihm sogar angeboten, bei ihr in der ersten Zeit nach der Geburt zu wohnen, damit sie sich die Aufgaben teilen konnten. Es war nicht so, dass er das nicht wollte – aber Finn wusste nicht, was dann geschehen würde. Seit seinem achtzehnten Lebensjahr lebte er allein. Frauenbekanntschaften waren nie über kurze Geschichten hinausgegangen.

Das Geräusch sich nähernder Fahrzeuge riss ihn aus seinen Gedanken. Aslan war überpünktlich und kam mit drei Beamten seines Teams, zwei Männern und einer jungen Frau. Die Kollegin kannte er nicht, mit den Männern hatte er schon zu tun gehabt. Die Polizisten grüßten sich mit Handschlag.

Aslan blickte kritisch zu Steinmanns Stirn hinauf. Er war deutlich kleiner als der Norddeutsche, aber wesentlich bulliger.

„Okay, Finn“, sagte Atürk. „Gib uns mal eine Lage.“

„Folgt mir“, entgegnete Steinmann und berichtete dem Team, was vorgefallen war.

Der Trupp erreichte seine Tür. Finn kramte in der Tasche nach dem Schlüssel, aber dann fiel ihm ein, dass er die Tür dieses Mal ganz bewusst nicht zugezogen hatte.

Steinmann sah auf die Uhr seines Mobiltelefons. Es war jetzt zwanzig vor zehn.

„Verhaltet euch in meiner Wohnung wie bei einem ganz normalen Tatort. Hier wurde jemand niedergeschlagen und wir müssen herausfinden, ob der Täter Spuren hinterlassen hat.“

Die leeren Räume erleichterten die konzentrierte Suche, aber bis auf das Messer und den handgeschriebenen Text entdeckten die Polizisten nichts, was zur Identität des Angreifers führen konnte. Da die Straßen trocken waren, gab es keine Schuhabdrücke auf den Fliesen. Fingerabdrücke ließen sich nicht finden.

„Es wurden auf jeden Fall Handschuhe benutzt“, sagte Aslan nach einer ganzen Weile. „Man würde nicht vermuten, dass überhaupt jemand hier war.“

„Es war kein Gespenst, Aslan“, brummte Finn verärgert und strich sich vorsichtig über die Beule. „Die habe ich nicht von einem Phantom erhalten.“

„Schon klar“, gab sein Kollege zurück. „Was hältst du davon, auf der Wache etwas zu schlafen und dann morgen früh nach Mainz zu fahren? Du siehst müde aus. Wir schauen uns hier weiter um und befragen die Nachbarn. Das ganze Programm, du weißt schon. Wenn sich etwas herausfinden lässt, erfährst du es als Erster. Einverstanden?“

Steinmann überlegte ein paar Sekunden und nickte. Er fühlte sich schlapp. Vielleicht war der Schlag auf den Kopf doch härter gewesen, als es zunächst den Anschein gehabt hatte. Er starrte noch einmal auf den Küchentisch, der inzwischen mehrfach fotografiert worden war.

„Wir lassen es nicht zu!“

Was bedeutete das?

Zweiter Teil

Schachbrett

3.

März 2011

Um 1.37 Uhr wurde die Langeweile in der Zentrale der Wache von Idar-Oberstein unerträglich. Kommissar Schneider war davon dermaßen angeödet, dass er versucht war, sein Frühstück zu vertilgen, aber dann entschied er sich doch dafür, sein Kreuzworträtsel fortzusetzen.

Heute Nacht wollte einfach nichts passieren. Die Streifen drehten monoton ihre Runden und bis auf einen entlaufenen Schäferhund war Aufregung ein Begriff vergangener Zeiten. Das einzig Interessante war die erste Streifenfahrt von Oberkommissar Müller und seinem neuen Dauerpartner. Die ganze Inspektion beobachtete gespannt, ob es dem Neuling gelingen mochte, den Eispanzer zu brechen, der sich vor einem knappen halben Jahr um Frank Müllers Gemüt gelegt hatte. Es ging das Gerücht um, dass der Neue mit Absicht von außerhalb in die Inspektion kommandiert worden war, um Müller einen Neuanfang zu ermöglichen. Der Verlust des Kollegen, den die große Wache von Idar-Oberstein zu beklagen hatte, lastete auf Frank Müller am schwersten. Ein junger, frischer Mann konnte da vielleicht Wunder wirken.

Kommissar Schneider ließ seinen Stift in regelmäßigen Abständen auf das Rätselheft fallen. Er hing jetzt schon seit zwei Tagen an ein paar Wörtern, die ihm partout nicht einfallen wollten. Sein Bericht über die Nachtwache würde sehr kurz ausfallen, dessen war er sich sicher.

Das änderte sich, als um 1.40 Uhr das Telefon klingelte.

„Polizeiinspektion Idar-Oberstein ...“

„Hallo?“, rief eine aufgeregte Stimme. „Hier ist Oscar Konradt aus Herrstein. Ist da die Polizei?“

Schneider hatte spontan das Bild eines älteren Mannes vor Augen. Es kam oft vor, dass Anrufer so nervös waren, dass sie sich erst einmal vergewisserten, auch wirklich die Polizei am Apparat zu haben – selbst wenn es ihnen gerade gesagt worden war.

„Ja, hier ist die Polizei, Herr Konradt. Mein Name ist Schneider. Was kann ich für Sie tun?“

„Sie müssen jemanden schicken, unbedingt, hier geht was nicht mit rechten Dingen zu.“

„Was ist denn passiert?“, hakte Schneider nach, griff den Stift und schob das Rätselheft zur Seite.

„Meine Frau schleicht ums Haus herum, hören Sie? Ich habe sie gesehen, ganz deutlich, im Garten.“

„Okay, Ihre Frau ist im Garten, das habe ich verstanden. Das hört sich nicht bedrohlich an, Herr Konradt, warum sollten wir jetzt eine Streife schicken?“

„Weil … es nicht sein darf, dass meine Frau im Garten ist. Es ist falsch, hören Sie?“

Die Stimme des Mannes klang schlagartig weinerlich.

„Haben Sie Ihrer Frau gesagt, dass sie nicht im Garten herumlaufen soll?“

„Nein.“

„Hat sie Ihnen gedroht? Ist sie vielleicht bewaffnet?“

„Nein.“

„Was macht Ihre Frau denn im Garten, Herr Konradt?“

„Sie hat mich angesehen. Sie hat mir genau in die Augen gesehen. Und dann ist sie verschwunden, aber ich konnte hören, wie es unten an der Tür …“

Oscar Konradt schwieg plötzlich. Schneider konnte hören, wie der alte Mann hastig atmete.

„Sie ist im Haus“, vernahm der Polizeikommissar Konradts Stimme wieder. Der Mann schluchzte. „Ich glaube, sie kommt die Treppe hoch.“

„Herr Konradt?"
„In Gottes Namen, geh weg", rief der Alte.
‚Wieso hat der Mann Angst vor seiner eigenen Frau?'
„Herr Konradt, was ist da bei Ihnen los?"
„WAS WILLST DU VON MIR?", schrie der Mann.
Das Mikrofon des Telefons konnte seine Stimme nicht mehr korrekt aufnehmen. Konradts Worte hörten sich wie eine infernalisch kreischende E-Gitarre an. Ein bösartiges Rasseln, wie die Angriffswarnung einer Klapperschlange, ertönte im Hörer. Schneiders Finger krampften sich um den Stift. Dann vernahm er einen dumpfen Knall.
„Herr Konradt?", hakte der Beamte noch einmal nach.
Einige Sekunden lang war nur Rauschen in der Leitung, dann wurde aufgelegt.

„Porta60 an 60-20. Wo seid ihr gerade? Kommen."
„Hier 60-20. Wir sind zwischen Katzenloch und Kirschweiler Abfahrt. Kommen", antwortete Oberkommissar Frank Müller und verlangsamte die Fahrt des Streifenwagens.
Auf dem Beifahrersitz regte sich im Halbdunkel Müllers neuer Partner.
„Hier Porta60. Fahrt sofort nach Herrstein. Genaue Adresse folgt. Kommen."
Müller gab seinem Kollegen mit einer Handbewegung zu verstehen, dass er von ihm die Übernahme des Gesprächs erwartete. Der junge Mann nickte. Ob er nervös war, konnte Müller nicht sagen.
Eigentlich war es ihm auch egal.
„Hier 60-20", gab der Neue mit fester Stimme zurück. „Wir machen uns auf den Weg. Worum geht es?"
„Kommen, Tremante", flüsterte Müller, ohne seinen Kopf zu drehen.
„Bitte?"
„Sie haben ‚Kommen' vergessen. Ohne ‚Kommen' wird Schneider nicht antworten."

„Oh", sagte Tremante, drückte erneut auf den Sprechen-Knopf und ließ dann ein lautes „Kommen" hören. Die Zentrale meldete sich prompt.

„Hier Porta60. Wir haben einen Notruf von einem Herrn Konradt erhalten. Er fürchtete sich vor seiner Frau, die im Garten herumlief, und nach dem, was ich hören konnte, hat sie ihn angegriffen. Ich weiß nicht, was euch erwarten wird. Moment, ein weiterer Notruf kommt rein."

Müller sah kurz hinüber zu Abramo Tremante. Der Sohn italienischer Einwanderer hatte gerade erst die Polizeischule und kaum zwei Jahre aktiven Dienst hinter sich. Warum er sich ausgerechnet nach Idar-Oberstein hatte versetzen lassen, war Müller ein Rätsel. Angeblich sah sich Tremante schon nach einer Wohnung in der Edelsteinstadt um.

„Porta60 an 60-20. Kommen", quäkte es wieder aus dem Lautsprecher.

Müller nickte und gab zu erkennen, dass er das Gespräch nicht annehmen wollte.

„Hier 60-20. Kommen", meldete sich Abramo Tremante.

„Hier Porta60. Der neue Notruf hat mit der Meldung von Herr Konradt zu tun. Die Nachbarn haben einen Schrei gehört."

Während Tremante die genaue Adresse notierte, beschleunigte Frank Müller den Streifenwagen. Die Meldung über eine Frau im Garten rief schmerzhafte Erinnerungen wach. So ähnlich hatten seinerzeit auch die Ereignisse rund um die „Zonenkrieger" begonnen. Müller träumte manchmal von dem Mädchen mit dem zertrümmerten Kopf, welches er und Herbert Lanzinger damals vorgefunden hatten.

Abramo Tremante sah aufmerksam aus dem Seitenfenster. Frank Müller wusste, dass sein Kollege im Ruhrpott geboren war. Der Ortsname Herrstein war ihm wohl bereits ein Begriff, nicht jedoch die Straße, die es dort anzufahren galt. Frank Müller steuerte den Streifenwagen zielsicher in die geschichtsträchtige Gemeinde hinein. In der Nähe eines kleinen Supermarktes führte eine steile Straße den Berg hinauf.

Zwölf Minuten nach Oscar Konradts panischem Notruf erreichte Streifenwagen 60-20 den Zielort. Müller meldete sich bei der Zentrale ab und schob sich aus dem Fahrzeug. Geräuschvoll sog er die milde Luft tief in seine Lungen.

„Das ist meine Premiere, Oberkommissar", sagte Abramo Tremante und schwang sich ebenfalls aus dem Auto heraus. „Mein erster ‚Erster Angriff'."

Er kicherte über das Wortspiel, aber seine Stimme klang unsicher.

„Nicht nervös werden, Junge", knurrte Müller und sah nach rechts, wo sich zwei Gestalten aus dem Dunkel einer Hecke schälten.

Eine Frau mittleren Alters kam mit einer dünnen Weste auf den Streifenwagen zu. Sie hatte die Arme um sich geschlungen, in dem Versuch, die Wärme in der Weste zu halten. Neben ihr tappte ein etwas unbeholfen wirkender Mann, der die Polizisten mit hektischen Augenbewegungen betrachtete. Müller nahm an, dass der Gute nicht viel zu sagen hatte und jetzt fürchtete, die Beamten könnten ihm seine heimlich aufgebaute Pornosammlung wegnehmen.

Dann tat die Frau etwas, was sie in Müllers Augen unsympathisch werden ließ – sie griff in ihre Hosentasche, zog ein Handy heraus und warf einen Blick auf die Uhrzeit. Der Oberkommissar der Schutzpolizei konnte sie förmlich keifen hören, wenn sie die Geschichte am nächsten Tag im Bekanntenkreis erzählte.

„Stellt euch vor", würde sie sagen, „es hat eine Viertelstunde gedauert, bis die Herrschaften angerückt sind. Die warten doch erst mal ab, bis sich jeder Einbrecher aus dem Staub gemacht hat. Aber wehe, du fährst mit fünfundfünfzig durch die Stadt, dann wirst du vier Mal geblitzt."

Am Anfang seiner Polizeilaufbahn hatte sich Frank Müller wie der sprichwörtliche Freund und Helfer verhalten. Sein Enthusiasmus war in den letzten Jahren merklich abgestumpft. Seit Herbert nicht mehr neben ihm saß, hatte sich auch sein Humor verabschiedet, mit dem er früher solchen Menschen begegnet war.

Müllers Gesicht versteinerte zu einer harten Maske. Abramo Tremante musterte ihn von der Seite.

„Wir haben nichts mehr gehört", meinte die Frau zur Begrüßung.

„Sie haben auf der Wache angerufen?", fragte Müller.

„Ja. Wir haben Oskar schreien hören", gab sie zurück und sah den Mann neben sich aufmunternd an.

„Schlimm", war das einzige Wort, welches der Mann über die Lippen brachte.

„Haben Sie nachgesehen?", wollte Tremante wissen.

„Nein", sagte die Frau erschrocken, während ihr Gefährte eine abwehrende Handbewegung machte. „Es ist nicht das erste Mal, dass er nachts zu hören ist. Es war nur noch nie so ... laut."

„Oscar Konradt schreit öfter?", hakte Frank Müller nach.

„Seit Gerdas Tod schon", erklärte die Frau.

„Gerda?"

„Seine Frau. Sie ist vor vier Monaten an Krebs gestorben."

„Schlimm", brummte der Mann neben ihr wieder.

Frank Müller fühlte ein Kribbeln im Nacken. Er sagte nichts zu dem ungleichen Pärchen, warf Tremante aber einen bedeutungsvollen Blick zu. Sein junger Kollege stand mit weit aufgerissenen Augen neben ihm.

„Wir kommen später auf Sie beide zurück", bestimmte der Oberkommissar. „Sie wohnen nebenan?"

„Ja, gleich hier", gab die Frau zurück und deutete auf ein kleines Einfamilienhaus.

„Gut", sagte Müller und ging ohne ein weiteres Wort zu Oscar Konradts Wohnhaus. Abramo Tremante sah das Gebäude misstrauisch an und folgte dem Streifenführer.

Als die Nachbarn außer Hörweite waren, sprach er Müller unruhig an. „Konradt hat seine tote Frau gesehen?"

„Scheint so", murmelte Müller. „Ich nehme an, der arme Kerl

hockt zitternd in seiner Wohnstube und fürchtet sich vor einem Schatten an der Wand."

„Oder jemand wollte ihm einen Schrecken einjagen", meinte Tremante.

„Wir werden es gleich herausfinden. Ich gehe besser voraus."

Tremante nickte und ließ dem Oberkommissar den Vortritt. Das Haus war über eine Treppe zu erreichen, typisch für ein Gebäude in Hanglage. Eine kleine Mauer grenzte das Grundstück zur Straße ab und umfasste einen angelegten Garten. Weißer Quarzkies bildete eine große Fläche, aus der mehrere Buchsbäume und einige Efeusträucher herausragten. Rechts war eine steile Garagenauffahrt. Was sich auf der Rückseite des Hauses befand, ließ sich nicht einsehen.

Die Fenster von Konradts Haus waren unbeleuchtet. Sofern dem Mann nichts zugestoßen war, musste er tatsächlich in der Dunkelheit kauern. Ein Bewegungsmelder befand sich auf halber Strecke, reagierte aber nicht auf die Polizisten.

Müller folgte der Treppe bis zur Haustür und drückte den Knopf neben dem Namensschild. Es ertönte jedoch kein Klingeln im Haus.

„Der Strom muss ausgefallen sein", stellte Müller fest.

„Was machen wir jetzt?", fragte Tremante leise.

„Wir nehmen unsere Stablampen und sehen hinter dem Haus nach", antwortete der Oberkommissar. „Schneider sagte, Konradt habe sie im Garten gesehen."

Ein mit Waschbetonplatten ausgelegter Weg führte an der Front des Gebäudes zur linken Außenseite hin. Er geleitete Müller und Tremante um das Haus herum. Grüner Maschendrahtzaun bildete die Grenze zwischen Konradts Grundstück und dem seiner Nachbarn. Der Abstand der Häuserwände betrug nur wenige Meter, es war kein Wunder, dass der Witwer gehört worden war.

„Oberkommissar Müller?"

„Ja?"

„Was glauben Sie, hat er gesehen? War es wirklich seine verstorbene Ehefrau?"

Müller drehte sich nicht um, als er antwortete.

„Ich habe in meiner Laufbahn schon viele Dinge erlebt, Tremante, glauben Sie mir das. Ich bin sicher, er hat etwas gesehen – aber vielleicht auch nur im Wahn, verstehen Sie?“

„Ja.“

„Okay, ruhig jetzt.“

Die Schutzpolizisten gelangten auf eine hübsch angelegte Holzterrasse, hinter der drei Etagen eines kleinen Gemüsegartens den Rest des sanft ansteigenden Grundstücks bildeten. Die Handschrift einer Frau war deutlich zu erkennen. Ein Mann hätte eine solche Anlage eher zweckmäßig gestaltet, aber die drei Segmente waren liebevoll angeordnet, von annähernd rechteckiger Form. Inzwischen begann der Garten ganz langsam zu verwildern. Es wäre an der Zeit gewesen, die Anlage zu pflegen, aber wenn die Aussage der Nachbarn stimmte, war Gerda Konradt irgendwann im November gestorben. Es war niemand mehr da, der zu den Pflanzen sprach. Am Rand der Terrasse stand eine schmutzige, grüne Gießkanne, die eher zu einem Friedhof als zu einem Gemüsegarten gepasst hätte.

Frank Müller leuchtete mit der schweren Stablampe einmal über die Gartenfläche, ehe Tremante seine Aufmerksamkeit auf die Rückwand des Hauses lenkte.

„Herr Oberkommissar? Die Tür ist nicht verschlossen.“

Müller drehte sich um und fasste die offen stehende Terrassentür ins Auge. Der Lichtkegel verschwand im Inneren des Hauses.

Einen schrecklichen Moment lang wünschte sich Frank Müller, Herbert Lanzinger würde neben ihm stehen. Er hätte jetzt sagen können, ob Gefahr drohte oder nicht.

Jetzt lag es allein an ihm, die Situation zu beurteilen.

„Okay“, murmelte Müller. „Tremante, Sie leuchten vor mir alles ab, verstanden?“

„Ja.“

Der Oberkommissar steckte seine Lampe in die Gürteltasche und zog die P99 aus dem Halfter. Dann nahm er eine sehr viel kleinere Leuchte aus einer Tasche und steckte sie in eine flache

Haltevorrichtung, die auf dem Schulterstück seiner Schutzweste befestigt war. Ihr Licht war deutlich schwächer und erfasste nicht so viel Fläche, dafür hatte er jetzt beide Hände frei.

Jemand hatte geschrien, die Tür stand offen, kein Licht brannte im Haus. Es konnte bereits Gefahr im Verzug sein. Er musste handeln.

Tremante packte die Stablampe mit beiden Händen und hob sie wie eine Kamera neben seinen Kopf. Die Fingerknöchel traten weiß hervor, so fest hielt er sie im Griff. Schweiß sammelte sich auf der Oberlippe des jungen Mannes.

„Los geht's", raunte Müller und trat in den offenen Türrahmen hinein.

Tremante leuchtete an ihm vorbei. Die Luft war stickig. Der Polizeikommissar versuchte sofort, einen Lichtschalter zu entdecken. Als er ihn gefunden hatte, hielt er die Lampe darauf gerichtet, bis Müller den Schalter erreichte. Der Streifenführer drückte mehrmals darauf herum.

Es blieb dunkel.

„Kein Strom?", fragte Tremante leise.

Müller nickte. „Scheint so. Sein Anruf bei Schneider brach ja auch einfach ab."

Dann entschied er sich zu einem offensiveren Vorgehen.

„Herr Konradt?", rief er. „Können Sie uns hören? Hier ist die Polizei. Sie hatten angerufen."

Nichts regte sich im Haus. Kein Laut war zu hören, mit Ausnahme der Atemzüge der beiden Schutzpolizisten.

„Können Sie sich irgendwie bemerkbar machen?", rief Müller erneut.

Als eine Antwort ausblieb, deutete der Oberkommissar auf die Tür zum Flur. Tremante folgte ihm nicht.

„Was ist?", fragte Müller und wandte sich halb um.

Der schmale Strahl der kleinen Leuchte auf Müllers Schulter streifte sein Gesicht. Tremantes Lippen waren zusammengepresst. Sein junger Kollege deutete auf den Boden. Müller folgte seinem Blick.

Mehrere rote Punkte lagen wie eine Brotkrumenspur auf dem Holzboden. Sie reflektierten das Licht. Es war eine Flüssigkeit.

„Tempo“, sagte Müller und folgte den roten Punkten weiter ins Haus hinein.

Sie waren in unregelmäßigen Abständen auf den Boden getropft, bis hin zu einer Treppe, die hinauf zum oberen Stockwerk führte. Die Tropfen waren hier größer, breitflächiger. Das alte Holz des Bodens saugte die Flüssigkeit bereits auf, als würde es sich davon ernähren wollen.

Müller versuchte, mit seinen Schuhen nicht auf die Spur zu treten und ging schnell die Treppe hinauf.

„Hallo?“, rief er noch einmal, aber er ahnte, dass keine Antwort kommen würde.

Tremante folgte ihm und wandte sich immer wieder schreckhaft um. Die Treppe knarzte wie in einem alten Horrorfilm.

Oben angekommen blieb Frank Müller erst einmal stehen und seufzte schwer. Die Schulterlampe beleuchtete eine grausige Szene. Tremante bekreuzigte sich.

Der alte Mann lag in einer Blutlache nur vier Meter von ihnen entfernt. Es musste sich um Oskar Konradt handeln. Er war unzweifelhaft tot. Jede Hilfe kam zu spät.

Müller wandte sich an seinen jungen Begleiter. „Ihre erste Leiche?“

„Ja“, gab Tremante zurück. „Gewöhnt man sich daran?“

„Nein.“

Der Tote lag auf dem Boden eines kleinen Schlaf- und Wohnzimmers. Der Raum war nur auf eine einzige Person ausgelegt – nebenan befand sich eine zweite Schlafstube. Die Konradts hatten getrennt genächtigt.

Das Telefon, mit dem der Witwer die Wache angerufen hatte, hing an einem verdrehten, angerissenen Kabel von einem kleinen Beistelltisch herunter. Müller konnte sich nicht erinnern, wann er zuletzt ein so altes Gerät gesehen hatte. Es war seltsam – direkt vor ihm lag ein gewaltsam zu Tode gekommener Mensch, aber seine Gedanken beschäftigten sich mit dem Telefon.

Frank Müller zwang sich, Konradt genauer zu betrachten. Tremante sah aus, als müsse er sich gleich übergeben.

Der alte Mann lag flach auf dem Rücken. Der oder die Mörder hatten seine Arme zu den Seiten ausgestreckt, in gerader Linie vom Körper. Konradts Füße waren an den Knöcheln zusammengebunden, nicht sonderlich fest, sondern gerade so, dass sie in ihrer Position blieben.

Seine Körperhaltung entsprach insgesamt der Form eines Kreuzes.

„An die Arbeit", sagte Müller leise.

4.

Finn Steinmann gähnte herzhaft, als sein Wagen vor dem Haus stoppte. Es war kurz nach sechs Uhr morgens. Sein Urlaub war aus zwingenden Gründen mit sofortiger Wirkung beendet worden. Da sein Vorgesetzter Steinmanns Arbeitsweise kannte, hatte er ihm keine Details verraten, sondern nur vage Informationen mit auf den Weg gegeben.

Katja stand mit versteinerter Miene im Türrahmen, als er sich von ihr verabschiedete.

„Es muss etwas Besonderes sein“, versuchte er zu erklären. „Ein einfacher Totschlag würde meine Anwesenheit nicht erfordern.“

„Sicher.“

Sie hatte es nur mit Widerwillen akzeptiert.

Nun stieg er am Ziel aus seinem Wagen und sah sich um. In dieser Kante des Landkreises Birkenfeld war er noch nie gewesen.

Vier Polizeifahrzeuge standen vor dem Haus der Konradts. Ein Schutzmann hielt mürrisch Wache, um allzu neugierige Anwohner fernzuhalten.

Steinmann faltete den Kragen seiner beigefarbenen Jacke ordentlich um, grüßte den Kollegen und ging langsam die Stufen zum Haus hinauf. Kurz bevor er die Eingangstür erreichte, streckte ein Beamter im weißen Schutzanzug den Kopf nach draußen.

Es war Oberkommissar Peter Siborski, der leitende Polizist des Erkennungsdienstes der Inspektion von Idar-Oberstein.

„Kaum ruft man ihn, schon kommt er“, sagte der knapp vierzigjährige Siborski und zwang sich zu einem kurzen Lächeln.

Steinmann reichte ihm die Hand und klopfte ihm kurz auf die Schulter.

„Okay, was mache ich hier?“, wollte er wissen.

„Komm rein und sieh es dir an“, entgegnete Siborski. „Wir haben es erst entdeckt, als wir ihn abtransportieren wollten.“

Steinmann folgte ihm und betrachtete die Markierungen am Boden. Eine Blutspur verlief einer Perlenkette gleich durch das gesamte Haus. Finn wusste, dass die Spurensicherer akribisch alle Tropfen markierten und auf jede erdenkliche Weise vermerkten. Immer wieder zuckten Blitzlichter durch die Räume, wenn Techniker Bilder anfertigten. Finn schwieg, bis Siborski ihn die Treppe hinaufführte, einen der oben liegenden Räume betrat und dann mit respektvoller Ruhe zur Seite ging.

Steinmann steckte bedächtig die Hände in die Jackentaschen und sah auf den Toten hinab. Einige wenige Informationen waren ihm auf den Weg mitgegeben worden.

„Er rief also auf der Wache an und sprach über seine Frau?“

„Richtig. Schneider hörte am Telefon, wie Konradt in Panik geriet, dann brach die Verbindung ab. Die Nachbarn vernahmen einen Schrei und riefen ihrerseits auf der Wache an. Frank Müller hat Konradt dann so vorgefunden.“

„Und ihr habt ihn schon bewegt?“

„Ja, aber nachdem wir … als wir es sahen … haben wir ihn wieder so hingelegt, wie Müller und Tremante ihn beim Ersten Angriff entdeckten.“

„Was hat er über seine Frau gesagt?“

„Er hat gesagt, sie würde bei ihm im Garten stehen und ihn ansehen.“

„Wo ist die Frau jetzt?“

Siborski kratzte sich am Kinn. „Sie ist im November letzten Jahres gestorben, Finn.“

Steinmann runzelte die Stirn, kniete nieder und stützte sich mit einer Hand am Boden ab.

‚Ein alter Mann meldet sich auf der Wache und fühlt sich von seiner toten Frau bedroht‘, fasste Steinmann in Gedanken zusammen.

„Wie geht es Frank Müller?“, wollte er wissen, ohne den Blick von Konradt abzuwenden.

Das Gesicht des knapp über siebzigjährigen Mannes war eine Maske des Entsetzens. Sie war nicht durch Schmerz entstanden, das sah anders aus. Er schien etwas Furchtbares gesehen zu haben, bevor er gestorben war.

„Den Umständen entsprechend", sagte Siborski leise.

„Trinkt Frank noch?"

Der Spurensicherer zuckte mit den Schultern.

„Womit ist der Mann erschlagen worden?", kehrte Steinmann zu dem Toten zurück.

„Ich glaube, es war ein Hammer", erklärte Siborski. „Der Hammerkopf ist genau oben auf die Schädeldecke geprallt."

Finn beugte sich nach vorne. Oskar Konradt besaß nur noch wenige Haare. Die Einschlagstelle ließ sich in Form und Größe gut erkennen. Ein kleiner, länglich verlaufender blauer Fleck bildete sich am Rand der Bruchstelle.

„Das könnte vom Hammerstiel stammen", sagte Siborski. „Der Metallkopf ist durch die Knochenplatte gedrungen, der Stiel prallte dann ebenfalls auf die Haut."

„Was ist mit der Blutspur?"

„Die läuft quer durch das ganze Haus."

Steinmann beugte sich erneut nach vorne und betrachtete die Wunde an Konradts Kopf eingehender. In der Wohnung dominierte der Geruch alter Möbel, alter Bilder und alter Menschen, die das an Metall erinnernde Aroma des ausgetretenen Blutes überdeckten. Er versuchte sich vorzustellen, wie Konradt gestorben war, und fragte sich, warum das Schicksal sein Leben in solchem Horror hatte enden lassen.

„Sehr viel Blut ist aber nicht ausgetreten", meinte Finn. „Der Hammer kann nicht so viel Flüssigkeit aufgenommen haben, um die ganze Wohnung zu versauen."

„Ja, es ist viel zu viel. Wir haben von Konradt und auch vom Boden Proben genommen und zur Analyse geschickt."

„Was denkst du?", fragte Steinmann und sah sich die Hände der Leiche – insbesondere die Fingernägel – genauer an. „Hat der alte Mann den Mörder noch verletzen können?"

Siborski schüttelte langsam seinen Kopf. „Ich glaube nicht. Er wirkt alles andere als kräftig auf mich. Scheint nicht mehr viel gegessen zu haben in der letzten Zeit."

„Da stimme ich dir zu. Konradt ist aber nicht das, weswegen ich hierher gerufen wurde, oder?"

„Nein."

„Zeig es mir jetzt, bitte."

Siborski rief einen der anderen Techniker zu sich.

„Wir heben ihn jetzt leicht an", ordnete der Erkennungsdienstler an, „und legen ihn ein Stück auf die Seite."

Finn kauerte weiterhin in der Hocke neben der Leiche und wartete, bis sich die beiden Kollegen richtig postiert hatten. Da die Leichenstarre inzwischen voll ausgeprägt war, ließ sich Konradt wie ein Brett anheben. Die Versteifung des Körpers würde in rund einem Tag wieder nachlassen. Steinmann empfand diesen Zustand als am weitesten vom lebendigen Menschen entfernt. An den Augen setzte die Starre zuerst ein. Man konnte von Glück sagen, wenn sich die Lider im Moment des Todes schlossen – der entseelte Blick einer Leiche verlieh dem Körper etwas Wächsernes, Puppenhaftes.

Vor ein paar Jahren war Finn Zeuge eines Missgeschickes bei einem Leichenabtransport gewesen – eine verstorbene Frau rutschte den Helfern aus der Hand und fiel zu Boden. Sie prallte mit dumpfen Plopp auf den Boden, wie ein Sack Zement. Die Augen waren dabei weit geöffnet, und Steinmann bildete sich lange ein, eine Regung in ihrem Blick gesehen zu haben.

Er ließ von seinen Erinnerungen ab und sah auf den Gegenstand, der unter dem alten Mann lag – ein Stück Papier, in der Größe eines DIN-A4-Blattes.

Nein, es war ein Foto, mit Reißbrettstiften am Boden fixiert.

Es dauerte einen Moment, bis Finns Gehirn die Aufnahme erfasste, die zwei Personen darauf richtig zuordnete, obwohl ihm die beiden bestens bekannt waren. Das Bild zeigte ihn und Katja Neisinger. Es war aus dem Inneren eines Autos aufgenommen worden. Man konnte den oberen Rand eines Lenkrades erkennen und einen Teil des Armaturenbrettes. Jemand hatte das Bild heimlich geschossen, aus einer niedrigen, geduckten Position hinter dem Steuer eines fremden Fahrzeuges. Finn beugte sich über den Kofferraum von Katjas Wagen. Das war letzte Woche gewesen, er erkannte die Szene wieder. Auf dem Bild war Finn, wie er Einkäufe einlud, während seine schwangere Freundin seitlich versetzt von ihm stand und mit nachdenklichem Blick ihre rechte Hand auf den Bauch legte.

Unten am Rand stand etwas Handschriftliches, mit Filzstift geschrieben.

„Wir zeigen euch die Tür“, war dort zu lesen.

Steinmanns Haut zog sich unangenehm zusammen. Die einzelnen Wörter waren in unterschiedlichen Schreibstilen auf das Bild gebracht worden. Drei oder sogar vier verschiedene Personen hatten den Satz zusammen geschrieben.

Steinmann schnappte nach Luft, als er die Botschaft verstand. Jemand bedrohte Katja und ihn – und das Kind. Tausend Fragen schossen gleichzeitig durch seinen Kopf. Wo war die Verbindung zwischen ihm, dem Täter und dem Ermordeten? Handelte es sich hier um eine ganze Gruppe von Leuten, die ihm nachstellten?

Er versuchte sich krampfhaft an etwas aus jenem Moment am Auto zu erinnern. Hatte er einen Blitz der Kamera bemerkt und nicht näher darauf geachtet? Vielleicht jemanden gesehen, unbewusst und nur am Rande, eine Gestalt, seltsam eingesunken in einem Auto?

Nein, sagte er sich nach ein paar Sekunden. Die Aufnahme hatte auch keine gute Qualität – das Bild war relativ grob, da im Inneren des Fahrzeuges keine guten Lichtverhältnisse geherrscht haben konnten. Wer auch immer das Foto geschossen hatte, war vorsichtig und heimlich vorgegangen. Es ging nicht darum, ein besonders gutes Bild anzufertigen, sondern einzig und allein um die Kraft der Botschaft: „Sieh her, ich – oder wir – beobachten dich.“

Finn richtete sich langsam auf. Er gab keinen Laut von sich und versank in Gedanken. Siborski gewährte ihm ein paar Augenblicke, dann unterbrach der Spurensicherer das Schweigen.

„Was kannst du uns über das Bild sagen, Finn?"

Steinmann räusperte sich und strich sich müde durchs Gesicht. „Es dürfte eineinhalb Wochen alt sein. Geschossen wurde es auf dem Kundenparkplatz von Hertmanns, da bin ich ganz sicher."

„Das große Kaufhaus in Mainz?"

„Ja."

„Ist dir etwas …"

„Nein. Gar nichts. Ich habe nicht bemerkt, dass uns jemand beobachtet hat. Ich kann mich auch nicht daran erinnern, welches Auto an diesem Platz stand. Es herrschte reger Betrieb auf dem Parkplatzgelände."

„Natürlich", entgegnete Siborski. „Bleibt die Frage, was das Bild hier zu suchen hat."

Finn nickte. Der immer noch ungeklärte Überfall in seiner Wohnung drängte sich in den Vordergrund. „Ich wurde vor etwas mehr als zwei Wochen in Trier in meiner Wohnung niedergeschlagen."

„Wer hat dich angegriffen?"

„Das wissen wir noch nicht."

„Siehst du da einen Zusammenhang?"

„Jetzt schon."

Die anwesenden Kripobeamten stellten ihre Tätigkeit ein und wandten sich ihm zu. Unter den weißen Schutzanzügen sahen sie alle gleich aus. Steinmann erkannte erst jetzt ein paar von ihnen wieder.

„Was ist passiert?", hakte Siborski nach.

„Ich war auf dem Weg zu … Katja."

Er deutete auf seine Freundin auf dem Bild. „Ich musste allerdings nach zehn Minuten Fahrt noch mal zurück in mein Appartement, weil ich etwas vergessen hatte. Es war jemand dort, jemand, der mich hinterrücks angriff und niederschlug. Als ich wieder zu mir kam, steckte ein Messer im Küchentisch, und dazu war eine Textzeile mit Filz geschrieben worden. Der Satz lautete *„Wir lassen es nicht zu“*, und er zeigte das gleiche seltsame Schriftbild wie dieses hier. Die Aufnahme von Katja und mir auf dem Parkplatz ist danach aufgenommen worden.“

„Kanntest du Oskar Konradt? Irgendeine Beziehung zu ihm oder jemandem aus seiner Familie?“

„Nein“, schüttelte Steinmann den Kopf. „Ich sehe diesen Mann heute zum ersten Mal.“

„Warum ist er dann getötet worden? Und warum hat man ihn auf ein Bild von dir und Katja gelegt?“

„Das kann ich dir nicht sagen – noch nicht. Ich hoffe nur, der arme Kerl dient nicht einfach nur als Lockvogel für einen von mir verhafteten Straftäter, der sich jetzt an mir rächen will.“

„Gäbe es da einen? Ist einer von deinen Spezis in Freiheit?“

„Nein. Die schweren Jungs sitzen alle noch ein.“

„Dann stecken wir im Moment in einer Sackgasse“, seufzte Peter Siborski enttäuscht.

Finn sah auf die Uhr. „Wir halten in zwei Stunden ein Meeting in der Inspektion ab. Dann sammeln wir alle Fakten. Bis dahin müssen wir so viel wie möglich über Oskar Konradt wissen, und natürlich über seine Frau. Das ist der Punkt, an dem wir ansetzen müssen.“

5.

8.30 Uhr

Zehn Polizisten waren im Besprechungsraum der Inspektion zusammengekommen. Auf Wunsch Steinmanns hatten sich auch Frank Müller und Abramo Tremante eingefunden.

Oberkommissar Siborski gehörte der kleinen SOKO ebenso an wie Stefanie Gorges, mit der Finn Steinmann den Großteil des Zonenkrieger-Falls bestritten hatte. Wie er hörte, stand sie kurz vor der Beförderung zum Oberkommissar. Sie trug eine Kurzhaarfrisur, was sie etwas jugendlicher wirken ließ. Als er sie zuletzt gesehen hatte, waren ihre Haare schulterlang gewesen.

„Oskar Konradt lebte seit dem achtzehnten November des letzten Jahres allein“, eröffnete Finn die Runde mit Blick auf seine Notizen. „Seine Frau erlag an diesem Tag einer Brustkrebserkrankung. Den Nachbarn zufolge zog sich Konradt daraufhin aus dem Dorfleben weitestgehend zurück. Er hat aber in mindestens drei Nächten Schreie ausgestoßen, die so laut waren, dass die Nachbarn es hören konnten.“

„Hat ihn jemand darauf angesprochen?“, fragte Tremante.

„Anscheinend nicht“, gab Steinmann zurück. „Man hat es stillschweigend hingenommen. Wir können nur spekulieren. Leider gibt es keine Nachkommen mehr – der einzige Sohn der Konradts starb unverheiratet vor einigen Jahren an Zucker. Eine ältere Dame in der Straße gab zu Protokoll, Konradts Frau hätte nach der Geburt des Sohnes keine weiteren Kinder mehr bekommen können. Ergänzungen eurerseits?“

„Oskar Konradt hat noch einen Bruder“, fügte Stefanie Gorges hinzu. „Der Mann lebt in Hannover. Wir konnten ihn noch nicht erreichen. Zwei weitere Brüder fielen noch in den letzten Tagen des Zweiten Weltkrieges."

Steinmann rieb sich die Nase. „Egal, wie lange ich darüber nachdenke, mir fällt keinerlei Verbindung zu Oskar Konradt ein. Ich kenne niemanden aus seiner Familie. Und ich kann mich auch an niemanden erinnern, den ich vielleicht einmal dingfest gemacht habe, der Menschen umbringen könnte und dabei etwas mit Türen im Sinn hatte."

Frank Müller hatte die Ellenbogen auf die Knie gestützt und die Hände zusammengefaltet. Die meiste Zeit sah er zu Boden, aber nun hob er den Kopf.

„Was meint der Täter mit diesem Spruch auf dem Bild überhaupt?", sagte er. „Von welcher Tür spricht er? Und wie stehen wir zu Konradts Anruf? Er sagte Schneider, er würde seine Frau im Garten sehen. Zu dem Zeitpunkt wussten wir noch nicht, dass sie seit einem Vierteljahr tot ist. Als wir ihn fanden, sah er aus, als habe er dem Teufel ins Gesicht geblickt."

Steinmann nickte und schaltete ein Laptop ein. Nach ein paar Augenblicken öffnete er eine Datei mit den Tatortfotografien. Das in namenlosem Horror verzerrte Antlitz Oskar Konradts wurde sichtbar. Finn runzelte die Stirn und zoomte das Gesicht noch näher heran, bis die Schlagwunde am oberen Bildrand verschwand. Stefanie Gorges räusperte sich vernehmlich, als Konradts Gesicht übergroß auf dem Bildschirm prangte. Zwei andere Kollegen, die ebenfalls nicht am Tatort gewesen waren, rutschten unruhig auf ihren Stühlen hin und her.

„Es fällt noch mehr auf", sagte Siborski, „wenn man den Rest des Körpers nicht sehen kann. Er sieht zu Tode erschrocken aus. Diese Leichenmaske ist nicht durch Schmerz entstanden."

Abramo Tremante, der jüngste SOKO-Angehörige, wandte den Blick schließlich vom Laptop ab und sah aus dem Fenster des Besprechungsraumes. Draußen stürmte es unangenehm. Die warme Luft aus dem Südwesten sorgte immer wieder für heftige Böen.

„Was hat der Mann gesehen?", fragte Tremante leise.

Dann zuckte er zusammen – er schien peinlich berührt, weil er seine Gedanken laut ausgesprochen hatte.

„Das ist eine wichtige Frage“, sagte Finn jedoch sofort. „Nicht erschrecken, junger Kollege. Von ausgesprochenen Gedanken lebt die Ermittlungsarbeit der Polizei. Man kommt von einem auf das andere. Lasst uns doch einfach mal davon ausgehen, dass Konradt tatsächlich seine Frau gesehen hat. Mal rein hypothetisch. Wie könnte das vonstatten gegangen sein?“

„Er hat fantasiert“, sagte Siborski sofort.

Stefanie Gorges lächelte schief. „Die typisch pragmatische Antwort eines Spurenguckers. Nur die Fakten zählen.“

„Was meinst du damit?“, fuhr Siborski wie das berühmte HB-Männchen hoch. „Sollen wir deiner Meinung nach hier rumspinnen und Gespenstern nachschnüffeln?“

Als alle durcheinander sprachen, bat Steinmann mit ruhiger Stimme um Zurückhaltung.

„Ich möchte keine Grundsatzdiskussion vom Zaun brechen. Wir sammeln Meinungen, mehr nicht. Also, Peter hat gesagt, er hält es für eine Fantasterei von Oskar Konradt. Das müssen wir berücksichtigen. Was noch?“

„Er hat wirklich seine Frau gesehen“, sagte Tremante.

Siborski schüttelte den Kopf. „Die Frau ist seit dem achtzehnten November tot, Mann.“

„Das bezweifele ich nicht“, gab Tremante zurück. „Ich sagte auch nicht, dass es seine Frau war, sondern dass Konradt sie gesehen hat.“

Frank Müller nickte beifällig. „Gut argumentiert. Schaut euch sein Gesicht doch noch mal an.“

Alle blickten auf das unangenehme Bild auf dem Laptop. Müller sprach weiter.

„Er hat ganz bestimmt seine Frau gesehen. Dass sie es nicht wirklich gewesen sein kann, wissen wir alle. Sie ist tot, Punkt. So wie Herbert Lanzinger. Nicht mehr da. Nur noch eine Erinnerung im Schlaf, bis die Nacht vorüber ist. Aber er hat sie gesehen.“

Stefanie Gorges schluckte, als Frank Müller seinen besten Freund mit rauer Stimme erwähnte. Der Polizeioberkommissar fing sich aber gleich wieder und setzte seine Ausführungen fort.

„Konradt wurde unzweifelhaft ermordet, also war jemand da. Wenn er nicht fantasiert hat, stand jemand vor ihm, der wie seine verstorbene Frau ausgesehen hat."

„Das dürfte die wahrscheinlichste Lösung sein", sagte Finn.

„Okay", meinte Peter Siborski. „Damit kann ich etwas anfangen."

„Woher kannte der Täter die Tote?", warf Steinmann in die Runde.

„Warum sollte er sie gekannt haben?", fragte Stefanie Gorges.

„Weil er sie vielleicht täuschend echt nachahmen konnte", gab Finn zurück und deutete auf das Laptop-Bild. „Konradt sah sich seiner Frau gegenüber. Sie ist aber im November gestorben. Schneider hat ihn am Telefon gehabt, der Mann war völlig außer sich."

Siborski griff zu seinem Mobiltelefon und drückte eine Taste.

„Siborski hier. Seht euch bitte alle Bilder im Haus an, auch die Fotoalben. Ich will eine gute Aufnahme von Konradts Frau haben – und prüft nach, ob irgendwo ein Bild fehlt."

„Also suchen wir", erklärte Stefanie Gorges und sah auf die Notizen, „eine Frau mit großer Ähnlichkeit zu Gerlinde Konradt?"

Steinmann nickte. „Das ist eine Möglichkeit. Der Täter muss sie persönlich gekannt haben. Wir müssen ihren Freundeskreis recherchieren. Wenn dort jemand über auffällige Ähnlichkeit zu ihr verfügt, müssen wir nachhaken. Gleiche Größe, die gleiche Figur oder andere Merkmale. Wir brauchen etwas Fantasie und Vorstellungskraft, wer mit Schminke und dem Spiel von Licht und Schatten nachhelfen könnte."

Abramo Tremante räusperte sich. „Auf der Polizeischule wurde immer wieder gesagt, dass ein Mörder oftmals aus dem engeren Umfeld stammt. Aber es wurde nicht gesagt, dass dabei noch eine Gespenstershow gemacht wird. Muss man dafür nicht sehr abgebrüht und kalt sein?"

„Mit Sicherheit", brummte Müller. „Ich glaube nicht, dass wir im Bekanntenkreis den Täter finden. Es bleibt immer noch die Herkunft des Fotos von Finn und Frau Neisinger zu klären."

„Hast du sie schon darüber informiert?", fragte Stefanie Gorges.

„Nein", gab Finn zu und sah auf die Uhr. „Sie hat heute Morgen einen Kontrolltermin, und zwar in genau fünfundzwanzig Minuten. Ich will ihr so eine Story nicht am Telefon auftischen. Ich habe schon bei der Sache in meiner Wohnung … geflunkert."

„Was wirst du tun?", hakte Gorges mit weiblicher Strenge nach. „Sie ist involviert. Du kannst sie nicht im Unklaren lassen."

„Ich fahre nach dem Meeting nach Mainz und rede mit ihr. Wenn sie sich aufregt und irgendwas … passiert, dann bin ich wenigstens vor Ort. Ich komme direkt wieder zurück."

„Du kannst aber in der heißen Phase der Ermittlung nicht dauernd hin und her pendeln", sagte Siborski. „Wann kommt das Kind?"

Finn zuckte mit den Schultern und sah den Oberkommissar an. „Noch maximal zwei Wochen."

„Also möglicherweise jede Minute?"

Steinmann nickte müde.

„Scheiße", murmelte Siborski.

6.

Mainz, 10.24 Uhr, am selben Tag

„... ich muss also bei den Ermittlungen bleiben, Katja. Verstehst du mich?“

Die Ärztin blickte Steinmann mit einer Mischung aus Trauer, Wut und Resignation an und verschränkte die Arme auf dem mächtig gewölbten Bauch.

„Du weißt, dass unser Kind auf die Welt kommen könnte, ohne dass du dabei bist? Also genau das, was wir vermeiden wollen? Der Grund, warum du in den letzten Wochen bei mir sein sollst?“

„Ja, natürlich“, antwortete Finn leise.

Er war gezwungen, sich auf Glatteis zu begeben.

„Katja, da unten läuft ein Mörder frei herum. Es kann sein, dass er es auf mich abgesehen hat – schlimmer noch, vielleicht sogar auf dich und das Baby. Ich muss ihn aufhalten. Ein Gefühl sagt mir, dass dies nur der Anfang war. Ich muss es stoppen.“

„Finn, du denkst an den Anfang, aber du denkst nicht zu Ende.“

„Was meinst du damit?“

„Du hast gesagt, er hat uns bei Hertmanns fotografiert.“

„Ja.“

„Was sagt dir, dass er nicht weiß, wo meine Wohnung ist? Vielleicht geht es ja genau darum – dich nach Idar-Oberstein zu locken und mich dann anzugreifen.“

Steinmann fand kein rechtes Gegenargument und schwieg ein paar Sekunden. Katja Neisinger fasste es als Zustimmung auf. Noch bevor er etwas sagen konnte, klingelte sein Handy. Es war Stefanie Gorges.

„Hallo. Was gibt es?"

„Wir haben erste Ergebnisse von den Blutproben. Das am Boden stammt nicht von Konradt."

„Das haben wir ja schon vermutet."

„Richtig. Aber es scheint sich um altes Blut zu handeln."

„Was meinst du mit ‚alt'?"

„Es ist … schlecht. Das Labor sagte, dass gewisse Zerfallsprozesse eingesetzt haben, lange bevor es auf den Boden tropfte. Es ist viel zu stark eingedickt, als sei ihm das Wasser schon einmal entzogen worden. Es passt nicht zum vermuteten Tatzeitpunkt. Man hat mich sogar nach einer zweiten Leiche befragt."

„Das Labor glaubt, das Blut kommt von einem weiteren Toten?"

„Ja. Tremante hat sich schon drei Mal bekreuzigt, seitdem wir das erfahren haben. Er scheint zu glauben, dass … ach, es ist alles ziemlich verrückt."

„Haben wir sonst noch etwas erfahren?", hakte Steinmann nach.

Er wusste, es gab eine rationelle Erklärung hinter den Vorfällen. Sie standen erst am Anfang der Ermittlungen. In späteren Jahren würden sie über die Vorstellung lächeln, die tote Gerlinde Konradt sei wahrhaftig aus dem Grab gekrochen, um ihren zurück gebliebenen Mann zu sich zu holen.

„Nein. Die Blutprobenanalyse ist ja noch lange nicht vollständig. Ein genaueres Ergebnis werden wir erst morgen früh erhalten. Das Labor hielt es einfach für notwendig, diese spezielle Information schon vorab rauszurücken."

„Okay, danke, Stefanie. Ich bin bald wieder zurück."

Steinmann steckte sein Mobiltelefon in die Hosentasche. Einen Moment hielt er inne, dann wandte er sich Katja zu.

„Neuigkeiten?", wollte die Gerichtsmedizinerin wissen. „Was war das mit Blut von einem anderen Toten? Gibt es einen neuen Mord?"

Steinmann verneinte und schilderte ihr die ungewöhnliche Aussage des Labors. Katja Neisinger hörte aufmerksam zu –

schließlich betrafen Untersuchungen wie diese ihren Alltag in der Gerichtsmedizin. Ein kleiner Anflug von Bedauern zeigte sich auf ihrem Gesicht. Es würde eine lange Zeit dauern, bis sie wieder in ihren Beruf zurückkehren konnte.

Finn nahm Katjas Hand in die seine und zog sie an sich.

„Ich weiß nicht so recht“, sagte er, „was wir nun tun sollen.“

„Welche Optionen haben wir denn?“, antwortete sie mit einer Frage.

„Du könntest zu deinen Eltern gehen“, meinte Steinmann.

„Oh“, seufzte Katja. „Mein Vater freut sich, wenn ich meine Füße für ein paar Tage unter seinen Tisch strecke. Die Frage ist nur, ob ich da auch in Sicherheit bin und ob ich meine Eltern nicht ebenfalls in Gefahr bringe. Papa ist Mitte sechzig, vergiss das nicht. Gegen einen aggressiven Killer hätte er keine Chance, von meiner Mutter gar nicht zu reden.“

„Ich habe daran gedacht, Personenschutz für dich zu beantragen. Wenn wir Glück haben, gibt man dem statt und teilt dir jemanden zu.“

„Reicht dafür die Bedrohungslage schon aus?“

Steinmann zuckte mit den Schultern. „Versuchen können wir's.“

„Also nicht.“

„Normalerweise bekommen nur Politiker oder prominente Persönlichkeiten direkten Schutz oder aber jemand, der einer ganz konkreten Bedrohung ausgesetzt ist. Kronzeugen und solche Leute.“

„Und in unserem Fall ist es nicht konkret genug, richtig? Gelte ich als gefährdet genug, wenn ich erst einem Mann mit einem Messer begegne?“

„Ja, so könnte man es ausdrücken.“

Katja Neisinger schürzte die Lippen. Eine Sorgenfalte bildete sich auf ihrer Stirn. Sie sah müde aus.

„Finn, bleib bitte hier.“

Er strich ihr sanft über die roten Haare. „Ich kann nicht, Katja. Da läuft ein Mörder frei herum, verstehst du? Ein Ungeheuer, das pervers genug war, Oskar Konradt noch in den Wahnsinn zu treiben, bevor es ihn erschlagen hat. Wenn ich der Schlüssel zu dieser Sache bin, muss ich dabei sein."

„Und wenn ich mit dir komme?"

Finn schrak zusammen. Damit hatte er nicht gerechnet. „Wie meinst du das?"

„Wir könnten in eine Pension gehen. Du bestreitest die Ermittlungen und ich bin trotzdem in der Nähe. Abends nach Dienstschluss bist du bei mir. Die Geburt können wir im Krankenhaus von Idar-Oberstein genauso bewältigen wie hier. Falls der Kleine überhaupt pünktlich kommt."

Steinmann rieb sich die Augen. „Das ist eine Option und gleichzeitig ein Risiko."

„Finn, du wurdest in Trier angegriffen, in Mainz hat man uns fotografiert und in Idar-Oberstein ist ein alter Mann gestorben. Es ist ganz egal, wo wir oder speziell ich mich aufhalte – wenn diese drei Ereignisse wirklich miteinander verbunden sind, wäre nur eine steinerne Festung ein sicherer Ort. Hast du eine Ritterburg zur Hand?"

„Nein."

„Ich auch nicht. Wir haben also nicht viele Alternativen. Ob ich Personenschutz erhalte, wissen wir nicht, weil die Bedrohung nicht greifbar genug ist. Meine Eltern möchte ich weder belasten noch in Gefahr bringen. Leider kann ich mich auch nicht auf eine Berghütte verziehen, weil jeden Moment unser Kind auf die Welt kommen könnte."

Steinmann stemmte die Arme in die Hüften und senkte den Kopf auf die Brust. „Lass mich zuerst Personenschutz beantragen. Ich will nichts unversucht lassen."

„Klar", nickte sie zustimmend. „Tu das."

Er schwieg ein paar Sekunden. Dann lächelte er plötzlich.

„Es ist also ein Junge?"

„Bitte?"

„Unser Kind. Du hast eben ‚der Kleine' gesagt."

Katja Neisinger strich sich verlegen eine Strähne aus der Stirn. „Ich denke, es ist ein Junge, ja."

„Genau weißt du es nicht?“

„Mir hat kein Arzt heimlich das Geschlecht verraten, falls du darauf hinaus willst. Ich … bin einfach überzeugt davon, dass es ein Junge ist.“

„Was macht dich so sicher?“

Sie biss sich auf die Unterlippe. „Ich habe ihn gesehen. In einem Traum, weißt du? Ich war in einem Krankenhaus und er ist auf die Welt gekommen. Ganz schmerzfrei. Er war einfach da und hat mich angeschaut.“

Finn sah auf ihren Bauch hinab. „Kam ich in den Traum auch vor?“

Katja Neisinger schluckte, und Steinmann spürte, dass er irgendetwas in ihr wachgerüttelt hatte. Sie schien schlagartig den Tränen nahe zu sein.

„Nein, Finn, du warst nicht da. Ich habe nach dir gerufen, aber du warst nicht da. Es war überhaupt niemand da außer mir und dem Kind. Sogar der Raum war dunkel und irgendwie dreckig und …“

Er küsste ihre Hand. „Schon okay, alles okay. Du hast das Kind im Traum ganz allein auf die Welt gebracht. Das zählt doch.“

„Darum geht es nicht, Finn. Es war … als ob du nicht zu mir kommen könntest, verstehst du? Ich wusste nicht, ob du vielleicht verletzt bist oder tot oder bei einer anderen Frau oder …“

Ihre Stimme brach ab. Sie erschauerte sichtlich und griff sich an die Unterseite des Bauches.

„Du musst keine Angst haben, Katja. Ich werde da sein, wenn es so weit ist.“

„Versprochen?“

„Versprochen“, lächelte er sanft.

„Machst du dich jetzt lustig über mich?“

„Nein. Großmutter hat mich vor dreißig Jahren vor diesem Moment gewarnt. Ich musste nur gerade daran denken.“

Er sah, dass sie ihn nicht verstand. „Meine Oma hat mir immer erzählt, dass Schwangere kurz vor der Geburt oft schlechte Träume haben. Visionen vom Weltuntergang, durch den sie ganz allein durchmussten. Die Männer waren nur selten in diesen Träumen dabei. Sie hat gesagt, wenn ich einmal eine Frau habe, soll ich auf diese Zeichen achten und sie ernst nehmen."

„Dorothea wusste anscheinend viel über das Thema."

„Natürlich", sagte er. „Sie war Hebamme."

Katja Neisinger zog überrascht eine Augenbraue hoch. „Hebamme? Hast du nicht erzählt, sie sei eine Druidin und Kräuterfrau gewesen?"

„Das eine schließt das andere nicht aus, Katja. Das Druidentum war ihr Hobby, und die Kenntnisse über die Kräfte der Natur rührten sicher daher. Sie musste aber auch Geld verdienen und das tat sie als Hebamme. Ich bin ländlich aufgewachsen, in einer Gegend, in der Hausgeburten noch sehr populär waren. Ihr Hobby und ihr Beruf haben sich ergänzt."

„Was hast du denn noch von ihr gelernt? Warst du manchmal dabei, wenn ein Kind zur Welt kam?"

„Nein", gab Finn zu. „Dafür war ich noch zu klein. Aber sie hat mir beigebracht, wie man Wehen und Schmerzen veratmet. Das hat mir geholfen, als ich mir als junger Bursche den Arm gebrochen hatte."

„Sie hat mit dir Atemübungen gemacht, als du dir den Arm gebrochen hast? Wie ist das passiert? Wie alt warst du da?"

„Ach, das erzähle ich dir ein andermal. Weißt du noch, wie ich mit der Speerwunde verletzt im Wald lag, als wir den Dunklen Druiden gejagt haben?"

Katja Neisingers Miene wurde düster. „Wie könnte ich das vergessen? Ich dachte damals, du kippst mir weg, als wir am Handy miteinander sprachen."

„Das wäre ich auch fast, aber ich habe mich an Dorotheas Übungen erinnert und mich daran gehalten."

„Wenn ich also so weit bin, …"

„Dann werden wir das zusammen bewältigen, Katja. Du bist nicht allein, wenn das Kind auf die Welt kommt."

Sie nickte und er sah, dass sie versuchte, ihm zu glauben. Steinmann stand vor dem Dilemma aller werdenden Väter. Sein

Bewegungsspielraum, ihre Nöte und Ängste zu lindern, war knapp bemessen. Er betrachtete es als seine Pflicht, so viel Angst wie möglich von ihr zu nehmen – also traf er eine Entscheidung.

„Hast du die Tasche für das Krankenhaus bereits gepackt?“, fragte er.

„Ja. Schon vor einem Monat.“

„Gut. Ist da alles drin, was du brauchst?“

„Das Nötigste für eine Woche“, erwiderte sie.

Steinmann schüttelte den Kopf. „Das wird vielleicht nicht reichen, wenn du mit nach Idar-Oberstein kommst. Lass uns noch ein paar Tage mehr einplanen und hoffen, dass wir den Mörder schnell erwischen.“

7.

A 60, Raststätte Heidenfahrt, 11.52 Uhr

Steinmann stand neben seinem Kombi und beobachtete Katja Neisinger, die sich auf den Weg zur Toilette gemacht hatte. Sie watschelte schwerfällig vorwärts. Auf der Autobahn rauschten zahllose Fahrzeuge vorbei. Ein großer Schwertransporter donnerte gerade mit ohrenbetäubendem Krach über den Asphalt.

Finn sah hoch zum Himmel und betrachtete die schnell vorbeiziehenden, tief hängenden Wolken. Eine warme Brise fuhr über ihn hinweg. In einer romantischeren Welt wäre sein Kind an einem schönen Tag auf die Welt gekommen. Er hätte niemals vermutet, unter solchen Umständen Vater zu werden.

Sein Handy meldete sich mit dem Vibrationsalarm und einem ganz speziellen Klingelton – es war das Präsidium in Trier, seine eigentliche Dienststelle.

Er hatte während des Packens in Katja Neisingers Wohnung mit dem Leiter der Kriminaldirektion gesprochen und Personenschutz für sie beantragt. Der Leiter wollte die Lage prüfen und sich dann wieder mit ihm in Verbindung setzen.

„Ich habe keine guten Neuigkeiten für Sie, Herr Steinmann. Die Personalsituation ist so angespannt, dass wir Ihnen keinen ausgebildeten Mann zur Verfügung stellen können. Das hilft Ihnen jetzt nicht weiter, tut mir leid, dass ich Ihnen nichts anbieten kann. Überdies ist die Bedrohungslage in Ihrem Fall nicht deutlich genug auf Ihre Lebensgefährtin bezogen, aber das wissen Sie ja selbst."

„Ja, aber ich habe trotzdem gehofft, Unterstützung zu bekommen. Es war den Versuch wert, danke."

„Danken Sie mir nicht. Sie sind derjenige, der in einer schwierigen Situation steckt, nicht ich. Haben Sie an die Möglichkeit gedacht, eine private Sicherheitsfirma zu beauftragen? Da gibt es die eine oder andere, die sich einen guten Namen gemacht hat."

„Ich habe es in Betracht gezogen. Mir fehlt nur die Zeit, mich auf die Suche nach einer Agentur zu machen."

„Natürlich, die Ermittlungen binden Sie stark ein. Ich mache Ihnen einen Vorschlag: Ich lasse Ihre Kollegen hier ein paar Abfragen durchführen und halte Sie auf dem Laufenden. Das ist das Mindeste, was wir tun können. Sind Sie damit einverstanden?"

Steinmann bedankte sich und versprach dem Direktionsleitenden, ihn über den Fortschritt der Ermittlungen auf dem Laufenden zu halten.

Er hatte nicht wirklich damit gerechnet, für Katja einen Personenschützer zu bekommen. Selbst bei direkt ausgesprochenen Drohungen von Angesicht zu Angesicht durfte die Polizei nicht präventiv eingreifen, geschweige denn ein Schutzprogramm aktivieren. Mit Oskar Konradt lag zwar ein Tötungsdelikt vor, das Foto konnte – geschickt argumentiert – aber auch zufällig unter die Leiche geraten sein.

Steinmann lehnte sich gegen seinen Wagen und verschränkte die Arme. Sein Vorgesetzter hatte ihm Unterstützung zugesagt, darauf vertraute er. Die Männer und Frauen in Trier wussten am ehesten, welche Sicherheitsagentur geeignet war und tatsächlich über gut ausgebildete Leute verfügte. Er hoffte, schnell Nachricht von den Kollegen zu erhalten. Konstante Sorge um Katja Neisinger würde ihn zu sehr von den Ermittlungen ablenken.

Sein Gefühl trog ihn nur selten. Finn war sich absolut sicher, dass der Tod des alten Mannes nur der Beginn eines perfiden Spiels war, dessen Regeln die Polizei noch nicht kannte.

Oskar Konradt konnte er nirgendwo in seiner Biographie unterbringen. Das „alte" Blut, wie Stefanie Gorges das Labor zitiert hatte, war Finns Ansicht nach der Schlüssel zum nächsten Akt des Dramas.

‚Der Witwer wurde erschlagen von einem Unbekannten. Dieser hat sich ihm womöglich schon mehrfach in der Gestalt einer verstorbenen Frau gezeigt. Kurz vorher greift mich jemand in Trier an und will *etwas* nicht zulassen. Die gleiche Person ist wahrscheinlich Konradts Mörder.‘

Steinmann erinnerte sich nur an den äußerst kurzen Moment, bei dem er das Gesicht des Angreifers gesehen hatte. Er konnte keine klare Beschreibung geben. Die Bilder in seinem Kopf riefen widersprüchliche Schlussfolgerungen hervor. Bis jetzt fand er keine rechten Worte.

Es war ein Gesicht gewesen und gleichzeitig viele.

Der Angriff kam aus dem Nichts, als sei der Täter vorher Teil der Wände gewesen – oder unsichtbar.

Finn wusste, dass diese Gedanken auf Sinneseindrücken basierten, aber mehr Informationen standen ihm nicht zur Verfügung. Er ärgerte sich maßlos, nicht von vornherein misstrauischer seine Wohnung betreten zu haben. Als er die Tür unverschlossen vorfand, waren seine Alarmglocken im Kopf still geblieben.

Das Gesicht in den Schatten hatte ihm aufgelauert, ihn niedergeschlagen und nur wenige Tage später ein Bild von ihm und Katja Neisinger geschossen.

Finn legte die Handflächen auf die warme Motorhaube des Kombis. Er dachte an die zweite Filzstift-Zeile, diejenige, die unter dem Foto stand.

„Wir zeigen euch die Tür.“

Er wusste nicht, was damit genau gemeint war, aber das Pronomen „euch“ umfasste mehr als eine Person – nämlich mindestens seine und Katjas, vielleicht auch die des ungeborenen Kindes. Durch eine Tür ging man im Allgemeinen hindurch.

Eine Metapher für ein bevorstehendes Ereignis?

„Wir zeigen euch die Tür.“

Wie passte Oskar Konradt in die Reihenfolge hinein? Die mysteriöse Blutspur, die durch das ganze Haus führte, stammte wahrscheinlich von einer weiteren Leiche. Steinmann wusste, dass es sich nicht um die verschiedene Ehefrau handeln konnte – sie war nicht als Zombie zurückgekehrt, um ihren Mann zu töten. Das Blut konnte aber von keiner lebenden Person stammen. Katja hatte es ihm erklärt, während sie die Tasche packten.

In Russland waren Mediziner seit vielen Jahren dazu genötigt, das Blut gerade Verstorbener zu entnehmen und zu konservieren – in Deutschland wurden Leichenblutkonserven noch leidenschaftlich in Ethikdiskussionen breitgetreten. Überschritt man jedoch einen Zeitpunkt – ziemlich genau einen Tag – war das Blut nicht mehr steril, sondern von Zerfallsstoffen verunreinigt und nicht mehr nutzbar.

Wenn das Labor von Idar-Oberstein also von „altem" Blut sprach, musste es mindestens über einen Tag alt sein – ein Widerspruch zum Tatzeitpunkt, der ja nur sehr wenige Stunden her war.

„Entschuldigung", sagte plötzlich jemand neben Steinmann.

Der Hauptkommissar schrak zusammen und drehte sich um. Eine Frau – ein paar Jahre älter als er – stand mit einer Zigarette neben ihm. Er war so mit seinen Gedanken beschäftigt gewesen, dass er sie nicht bemerkt hatte.

„Haben Sie mal Feuer für mich?"

„Äh, nein, ich rauche nicht", stammelte Finn, aber dann fiel ihm ein, dass ein Feuerzeug im Handschuhfach lag.

„Warten Sie", brummte er, und öffnete die Beifahrertür des Kombis. „Ich habe hier doch etwas."

„Super", rief die Frau und sah ihm zu, wie er das Fach öffnete.

Steinmann schob das Schulterhalfter für die Dienstwaffe zur Seite und zog das dahinter liegende Feuerzeug hervor.

„Hier", sagte er und hielt es ihr hin.

Die Frau ließ sich nicht anmerken, ob sie die Pistole gesehen hatte, steckte sich die Zigarette an, nickte ihm dankend zu und reichte ihm das Feuerzeug zurück. Finn winkte ab.

„Behalten Sie es", erklärte er. „Sie brauchen es eher als ich."

„Okay", lächelte sie. „Gute Fahrt dann."

„Ja, gute Fahrt", antwortete Finn.

„Und viel Glück für Ihre Frau“, sagte die Raucherin, klopfte ihm sachte auf die Schulter und vollführte eine bogenförmige Handbewegung an ihrem Bauch.

„Danke“, brummte Finn.

Er sah hinüber zur Tankstelle und erkannte im Gewühl der Menschen Katja Neisinger, die langsam auf ihn zusteuerte. Das war nun das zweite Mal, dass ihn jemand für verheiratet hielt. Er lächelte und beschloss, es für sich zu behalten.

„Was grinst du so?“, fragte sie, als sie am Wagen ankam. „Sehe ich schon so unförmig aus?“

Steinmann hielt ihr die Tür auf. „Willst du eine ehrliche Antwort oder die politisch korrekte?“

„Mistkerl“, schimpfte sie und wuchtete sich mühsam auf den Beifahrersitz.

Dann sah sie das noch offene Handschuhfach und die darin liegende Waffe. „Hast du deine Pistole überprüft?“

„Nein.“ Er beugte sich hinüber und schloss die Klappe. „Da war eine Frau, die Feuer wollte.“

Der Anblick der Dienstwaffe beschäftigte Katja. „Glaubst du eigentlich, dass uns jemand verfolgt? Vielleicht sogar jetzt, in diesem Moment?“

Steinmann schwieg und kratzte sich an der Stirn. Was sollte er ihr nun antworten? Dass die P99 entsichert im Halfter ruhte, bereit zum Schuss? Dass er unter seinem Sitz einen Handknüppel verwahrte? Dass er sich immer wieder umsah, seitdem er das Bild unter Konradts Leiche gesehen hatte?

Ein plötzlicher Blitz links vom Fahrzeug ließ Katja aufschreien.

‚Jemand schießt auf uns!‘, dachte Steinmann, fuhr auf dem Sitz herum, griff unter sich und stieß die Tür des Kombis auf. In zehn Metern Entfernung standen zwei Kinder – ein Junge und ein Mädchen - Arm in Arm neben einem Kleinwagen und wurden von einer alten Frau fotografiert.

„Noch ein Bild, Oma“, rief das Mädchen und lächelte in die Kamera.

Der Junge starrte Finn ängstlich an, der wie ein wildes Pferd mit geblähten Nüstern aus dem Auto sprang. Katja Neisinger schlug die Hände vor dem Gesicht zusammen. Die grauhaarige Frau zog ihre Enkelkinder an sich und fixierte Steinmann mit abweisender Miene. Er war sicher, dass sie die Kleinen mit ihrem Leben verteidigt hätte. Langsam steckte er den kurzen Knüppel in den Gürtel und hob beide Arme.

„Alles okay", sagte er nach ein paar Sekunden. „Es ist nichts passiert. Haben Sie keine Angst. Ich bin Polizist. Wir sind nur erschrocken. Meine Freundin ist schwanger, und ..."

Der Junge reckte den Kopf in die Höhe und sah an Steinmann vorbei in den offenen Wagen hinein. „Die Tante hat aber einen dicken Bauch", sagte er.

Katja Neisinger fand die Ruhe, dem Jungen mit einer Hand zuzuwinken. Steinmann setzte sich wieder in das Auto. Die alte Frau beobachtete ihn mit Argusaugen.

Finn rieb sich das Gesicht. „Oh, Mann."

„Also ja", sagte Katja.

„Was meinst du?", fragte er unter seiner Hand hervor.

„Du befürchtest, dass wir unter Beobachtung stehen."

„Ich bin mir ziemlich sicher, Katja. Vielleicht nicht gerade ununterbrochen und ausgerechnet hier, aber doch immer wieder."

„Hoffentlich kann dein Vorgesetzter in Trier ...", begann sie und schrie wie aus heiterem Himmel spitz auf.

„Mach sie weg, mach sie weg! Auf deiner Schulter, mach sie weg!"

„Was? Was ist denn?", rief Steinmann und befürchtete erneut einen Angriff.

Katja Neisinger fummelte bereits am Türöffner herum und stieg hastig aus dem Wagen. „Eine Spinne! Auf deiner Schulter, eine Spinne!"

Finn runzelte die Stirn und verdrehte den Kopf. Auf seiner rechten Schulter saß tatsächlich eine Spinne. Er wischte sie mit einer Handbewegung zur Seite. Das Tier fiel auf den Beifahrersitz und regte sich nicht. Die langen Beine der Spinne waren gekrümmt und an den Körper gezogen.

„Sie ist tot“, sagte Steinmann laut und stieß die Spinne mit dem Finger an. „Schon ausgetrocknet. Wo kam die denn her?“

„Tot?“, fragte Katja Neisinger von außerhalb des Kombis. „Bist du dir sicher?“

„Ja“, antwortete er in beruhigendem Tonfall und warf die Spinne aus dem Fenster. „Alles ist in Ordnung. Für heute hatten wir, glaube ich, genügend Aufregung. Steig bitte wieder ein.“

Sie zögerte einen Moment und setzte sich misstrauisch in den Wagen.

„Tut mir leid“, stöhnte sie. „Ich kann das Krabbelzeugs nicht ab.“

Steinmann strich ihr über das Haar und lächelte. „In Leichen wühlen und dann wegen einer Spinne den Verstand verlieren?“

„Die haben acht Beine“, schmollte Katja, und ihrer Meinung nach schien damit alles gesagt zu sein.

„Ich habe mit meinem Chef gesprochen, als du auf der Toilette warst“, sagte Finn. „Es gibt keinen Personenschutz für dich. Zu wenig Personal, zu wenig Bedrohung. Wir werden in den nächsten Tagen lernen müssen, nicht überall eine Gefahr zu sehen. Ich habe die Kinder eben ziemlich erschreckt.“

Katja Neisinger sah müde aus dem Fenster, als Finn den Wagen anrollen ließ.

8.

Steinmann brachte sie in einem kleinen, gemütlichen Hotel im Ortsteil Tiefenstein unter. Das Hotel lag direkt an der Hauptverkehrsader, die in der Mitte des Tals einen Strich durch die Stadt zog.

Das Betreiberehepaar Klein empfing sie freundlich und warmherzig. Angesichts des offenkundigen Zustandes von Katja Neisinger hakte sich die Hauschefin Sarah Klein strahlend bei ihr unter.

„Wir drei schauen uns jetzt mal die Räume an", bestimmte sie mit resoluter Entschlossenheit. „Die Männer können den Papierkrieg unter sich ausmachen. Zu Ihrem Glück und unserem Pech sind nur einige Zimmer belegt, Sie haben also freie Wahl."

„Danke, das ist wirklich sehr nett", entgegnete Katja, die sich sofort wohlfühlte.

Sie blickte zu Finn hinüber, aber der steckte mit dem Hotelier mitten in den Formalitäten. Die Chefin geleitete Katja eine breite, lange Treppe hinauf. Oben angekommen bog der Gang sofort nach rechts ab. Ein Stuhl mit einem niedrigen Bistrotisch stand direkt in der Abzweigung und bot Rast für ältere Menschen – oder eben hochschwangere Frauen, die sich mühsam die Stufen hinaufschleppten. Drei Zimmer lagen auf der rechten Seite, drei links.

„Die sind alle frei", erklärte die Hotelchefin. „Im anderen Trakt sind ein paar gebucht. Hier haben Sie völlige Ruhe. Es ist noch keine Saison."

„Kommen viele Gäste zu Ihnen?", fragte Katja Neisinger interessiert.

„Aber ja", erklärte Sarah Klein. „Früher waren es vorwiegend Edelsteinhändler, aber seit ein paar Jahren werden Wanderer immer zahlreicher. Das hat die Anforderungen ziemlich verändert, muss ich sagen."

Katja hörte aufmerksam zu und ließ sich die Zimmer zeigen. Sie war zuletzt vor zwei Jahren im Hunsrück gewesen, der mit ausgedehnten Waldflächen und den vielen kleinen Ortschaften angenehm beschaulich wirkte.

Sie überlegte nicht lange und wählte schließlich das mittlere Appartement auf der rechten Gangseite aus. Es hatte einen großen Wohn- und Schlafraum sowie ein helles Badezimmer mit einer Wanne.

Sarah Klein bemerkte Katjas Blicke. „Da passen Sie ganz bestimmt noch hinein", meinte sie lächelnd.

„Glauben Sie?"

„Aber sicher. Setzen Sie sich aber nur rein, wenn Ihr Mann in der Nähe ist. Ich weiß, wovon ich rede. Mein Sohn hat mich fast zum Platzen gebracht, als ich mit ihm schwanger ging. Es dauert nicht mehr lange, oder?"

„Nein", schüttelte Katja den Kopf. „Es kann jeden Moment losgehen."

„In unserem Krankenhaus sind Sie gut aufgehoben, falls das Kind während des Aufenthaltes kommen sollte."

„Ich kenne das Hospital, ich habe dort schon ein paar Tage gearbeitet."

„Ah, ja", sagte Sarah Klein.

Etwas schien sie zu beschäftigen. „Darf ich Ihnen eine Frage stellen? Ihr Mann kommt mir bekannt vor … ist er bei der Polizei?"

Katja Neisinger hatte ganz vergessen, dass Finn in Idar-Oberstein eine kleine Berühmtheit war. „Ja, er ist Polizist."

Das war nun schon das dritte Mal, dass jemand von ihr dachte, sie sei mit Steinmann verheiratet. Sie beschloss, es für sich zu behalten.

„Ich kann mich an ihn erinnern", sagte Sarah Klein und faltete die Hände zusammen. „Ich habe ihn auf der Beerdigung von Herbert Lanzinger gesehen."

Katja hatte den ums Leben gekommenen Oberkommissar kaum gekannt. Sie wusste, dass Finn immer wieder an die Ereignisse des letzten Sommers dachte.

„Sie kannten Finns Kollegen?"

„Er war ein Schulkamerad von mir."

Ein paar Sekunden schwiegen beide Frauen. Als Katja einen Tritt im Unterleib spürte und sich an den Bauch griff, lachte Sarah Klein.

„Ich konnte sehen, wie sich Ihr Hemd nach vorne gewölbt hat! Da will sich jemand bemerkbar machen."

Katja nickte und setzte sich ächzend auf das Bett. Die lange Fahrt und die Aufregung an der Tankstelle hatten sie erschöpft. Ihr war nach Schlaf zumute.

Sarah Klein verließ das Zimmer, ohne dass die Gerichtsmedizinerin es bemerkte. Sie war überrascht, als Finn mit den Taschen an ihrer Stelle vor dem Bett stand.

„Oh, Verzeihung", sagte er leise. „Ich wollte dich nicht wecken."

„Habe ich geschlafen? Ich habe gerade noch mit Frau Klein gesprochen."

„Das war vor zehn Minuten", erklärte Steinmann und setzte sich zu ihr.

„Es ist nicht mehr viel übrig geblieben von der zähen Katja Neisinger", knurrte die Ärztin resigniert.

„Die kommt wieder, mach dir keine Sorgen", meinte er und nahm ihre Hand. „Du schläfst am besten weiter. Ich fahre zur Inspektion, aber ich melde mich regelmäßig bei dir, okay?"

„Okay", murmelte Katja schläfrig.

Finn deckte sie zu und suchte nach ihrem Mobiltelefon. Als er es gefunden hatte, legte er es neben sie auf das Bett und fand sie bereits schlafend vor. Die Heizung des Zimmers war an. Für sein Empfinden hätte es etwas kühler im Appartement sein können, aber Katja neigte wie viele Frauen zu kalten Füßen. Er musterte ihr Gesicht, auf dem sich Erschöpfung und Sorge zeigten. Er hätte nicht sagen können, was davon den größten Anteil ausmachte. In seinem Brustkorb spürte er einen kurzen Stich.

‚Es ist meine Pflicht, sie und das Kind zu schützen', dachte er und horchte in sich hinein.

Er war erleichtert, dass er noch keine Verzweiflung verspürte. Er kannte Männer, die vor wesentlich weniger Verantwortung davongerannt waren.

Katja war seine Achillesferse. Finn hoffte, dass Konradts Mörder nicht herausfand, wo er und die Ärztin sich aufhielten, bevor die Kollegen aus Trier eine Lösung für sein Problem parat hatten.

9.

Schattengesicht

Der schlanke Kriminalhauptkommissar trat auf die Straße, stieg in seinen Wagen und zündete den Motor. Der Kombi rollte an und wendete langsam.

Gegenüber dem Hotel, auf einer alten, von Wind und Wetter verwitterten Ruhebank, saß eine Frau und sah dem Polizisten teilnahmslos zu. Das Auto hatte genügend Platz zum Wenden.

Für einen kurzen Moment trafen sich die Blicke des Mannes und der Frau, dann gab er Gas und fuhr in Richtung Innenstadt davon.

Als er nicht mehr zu sehen war, schwenkte die Frau ganz langsam den Kopf und richtete ihre Augen auf das Hotel. Sie betrachtete die Fassade. Den hinter dem Gebäude liegenden Teil hatte sie bei ihrer Ankunft in Augenschein genommen.

Sie stellte sich vor, wie sie die schwangere Kuh an den Haaren über den Kies zerren würde. Sie stellte sich das in endloser Pein erstarrte Gesicht des Polizisten vor, wenn er hilflos ihren verdrehten Körper sah und das Ausmaß seiner Strafe erkannte.

Unvermittelt setzte heftiges Zittern ein. Die Tür. Bald würden sie alle zusammen vor der Tür stehen und die Strafe erkennen. Ihr ganzes Leben war nur eine Vorbereitung auf dieses Ereignis gewesen. Die Anfälle kamen immer öfter und schneller. Ihr Körper bebte.

Niemand beachtete die unscheinbar wirkende Frau auf der Bank. Sie musste dennoch stets vorsichtig sein. An der Tankstelle hatte sie gesehen, wie schnell der Polizist reagieren konnte. Ohne Überraschungsmoment würde es nicht gelingen. Es musste alles im richtigen Augenblick geschehen. Der hoch gewachsene Mann war ihr an Kraft und Reichweite überlegen. In Trier wäre es fast schief gegangen. Sie konnte von Glück sagen, dass er ihre Größe falsch eingeschätzt hatte, als er herumgewirbelt war. All ihre Kraft war nötig gewesen, ihn in diesem kritischen Moment niederzuschlagen.

Und dann hatte sie breitbeinig über ihm gestanden. Sie erinnerte sich an das Gefühl der absoluten Macht, die völlige Kontrolle, aber es war ihr nicht vergönnt, seinem Leben ein Ende zu setzen.

Der Tod war keine Option für den Mann, der auf den Namen Finn Steinmann hörte. Das, was ihn erwartete, war von anderer Natur.

Nach ein paar Minuten gewann die Frau auf der Ruhebank die Gewalt über ihren Körper zurück. Das Zittern ließ nach. Sie schnaufte schwer. Es überkam sie immer häufiger, als hätten die Gespräche etwas in ihr gelockert, etwas, das jahrelang mit Ketten im Zaum gehalten worden war und nur in ganz besonderen Momenten ausbrach. Dieses „Etwas" hatte sich befreit, war wild und ungezügelt, eine Kraft, die sie erfüllte und mitriss.

Ihre Mission war klar definiert, die Zielpersonen hatte sie ausfindig gemacht – sie musste nur noch die Ausführung sauber über die Bühne bringen. Eine der Variablen sah einen Angriff auf die Eltern der Ärztin vor, aber die Wahrscheinlichkeit dafür war deutlich gesunken.

Sie bedauerte es zwar, doch die Konstellation, die sich jetzt ergeben hatte, war wesentlich einfacher und überschaubarer.

‚Meine Belohnung wird unendlich sein', dachte sie. ‚Mein immerwährender Albtraum wird sein Ende finden.'

Sie richtete ihre Jacke, stand ohne Hast auf und ging davon.

10.

Polizeiinspektion Idar-Oberstein, 14.39 Uhr

Finn Steinmann betrat den wuchtigen, rotbraunen Bau der Wache von Idar-Oberstein. Sein Weg führte ihn direkt zum Büro von Stefanie Gorges, die ihn bereits erwartete.

„Das Labor will uns heute Abend einen vorläufigen Bericht über das Blut geben. Konradt ist inzwischen in die Pathologie des Krankenhauses gebracht worden."

„Gut", sagte Steinmann und blätterte durch die ersten Tatortberichte. „Ist der Rechtsmediziner eingetroffen?"

„Vor knapp zwei Stunden. Der Mann ist gar nicht erst zu uns in die Inspektion gekommen."

„Okay. Sonst noch etwas?"

„Siborski ist noch in Herrstein. Er wartet dort auf dich."

„Ich fahre gleich raus zu ihm. Irgendwelche Aussagen von den Nachbarn?"

„Nichts, was wir nicht schon in Erfahrung gebracht haben. Leider hatte ich bisher noch keinen Kontakt mit dem Bruder des Ermordeten."

„Versuch es weiter, vielleicht kann uns der Mann einen Hinweis geben."

„Klar. Die Presse fragt übrigens nach einer Konferenz. Ein paar Reporterteams lungern vor Ort herum und klopfen an jede Haustür."

„Natürlich, das war zu erwarten. Lass mich erst mit Siborski reden, dann suchen wir uns einen Zeitpunkt für die Presse."

„Wie ist es in Mainz gelaufen?", wollte Stefanie Gorges wissen.

„Katja hat es besser aufgenommen, als ich gedacht hätte."

„Ist euch eine Lösung wegen der Drohung eingefallen?"

„Eine Lösung? Nein, noch nicht. Aber wir haben die Distanz zwischen uns … verkürzt."

Stefanie Gorges runzelte die Stirn. „Du hast sie mit hierher gebracht? Wo ist sie?"

„Wir haben uns im Rubinhotel in Tiefenstein einquartiert."

„Also hast du keinen Personenschutz für sie bekommen", stellte Gorges fest.

„Nein. Es läuft wohl darauf hinaus, dass ich eine private Sicherheitsfirma engagieren muss. Die Dienststelle in Trier will sich darum kümmern. Hügel hat es mir versprochen. Ich vertraue ihm."

Steinmann unterzeichnete die Berichte und sprach dann mit dem Ersten Kommissar der Inspektion Idar-Obersteins. Oberrat Wand hörte sich die bisherigen Ergebnisse an und verwies auf die Notwendigkeit, die Öffentlichkeit zu informieren.

Finn rutschte unruhig auf seinem Stuhl herum. „Ich hoffe, ich habe die Nerven dazu."

„Ja, ich weiß um Ihre Lage", sagte der Leiter der Inspektion. „Herr Hügel hat mich vor einer halben Stunde angerufen und die Situation dargelegt. Wir arbeiten an einer Lösung. Wenn alles klappt wie gedacht, wird sich schon heute Abend die Lage für Sie entspannen."

„Er konnte eine geeignete Agentur ausfindig machen?"

„Ja", entgegnete der Oberrat. „Die beste, die zu kriegen war."

11.

Herrstein, 15.54 Uhr

Siborski empfing Steinmann auf der Straße vor Konradts Haus. Er rauchte mit hastigen Zügen eine Zigarette, drückte sie auf dem Teer aus und steckte den Rest in das Päckchen zurück.

„Nicht, dass die später für eine heiße Spur gehalten wird", erklärte er.

Zwei Polizisten luden Lampen und technisches Gerät in das Einsatzfahrzeug des Technikzuges. Steinmann sah den Männern nachdenklich zu.

„Habt ihr den Anmarschweg des Täters rekonstruieren können?", fragte er.

„Einen Teil davon. Ich zeige es dir."

Finn folgte Siborski in das Haus. Da der Himmel unverändert mit Wolken verhangen war, herrschte im Gebäude bereits Dämmerlicht. Er konnte sich den Tatort auch nicht in hellem Sonnenschein vorstellen.

Am Fundort von Oskar Konradts Leichnam waren nun eine Kreidemarkierung und ein paar kleine Schildchen mit schwarzen Nummern auf dem Boden zu sehen.

„Warte", sagte Finn und zog ein Mitbringsel aus der Tasche.

Peter Siborski hob die Augenbrauen, als er das alte Diktiergerät von Horst Engel in Steinmanns Händen erkannte. Das Tonband hatte als wichtiger Fingerzeig im Zonenkrieger-Fall gedient. Der Kriminalhauptkommissar bemerkte Siborskis Blick.

„Ich habe Horst gefragt, ob ich es behalten kann", sagte Finn.

„Was hast du vor?", fragte der Erkennungsdienstler neugierig.

„Ich hatte eine Idee. Lass uns eine Zeitreise machen. Ich war in der Zentrale und habe die Aufzeichnung des Notrufs überspielt.“

Finn schaltete ohne weitere Worte das Tonbandgerät ein und stellte sich dabei neben das alte Telefon, dessen Hörer immer noch an der Schnur herabbaumelte. Siborski stand abwartend neben dem Bett.

„Polizeiinspektion Idar-Oberstein …“

„Hallo?“

Konradts Stimme. Zu diesem Zeitpunkt währte sein Leben nur mehr ein paar Minuten. Steinmann sah auf die Kreidemarkierungen, die die Umrisse des alten Mannes nachzeichneten.

„Hier ist Oskar Konradt aus Herrstein. Ist da die Polizei?“

„Ja, hier ist die Polizei, Herr Konradt“, antwortete die Zentrale in der Vergangenheit. *„Mein Name ist Schneider. Was kann ich für Sie tun?“*

„Sie müssen jemanden schicken, unbedingt, hier geht was nicht mit rechten Dingen zu.“

„Was ist denn passiert?“, fragte Kommissar Schneider.

„Meine Frau schleicht ums Haus herum, hören Sie? Ich habe sie gesehen, ganz deutlich, im Garten.“

Finn stoppte die Aufnahme und ging mit Siborski zum Fenster. Von hier aus bot sich das gesamte hintere Grundstück dem Blick des Betrachters.

„Hat er seine Frau von hier aus gesehen, Peter? Habt ihr entdeckt, wo der Täter gestanden hat?“

Siborski nickte und deutete auf eine Markierung neben einer mannshohen Thuja.

„Dort haben wir Abdrücke gefunden. Die Schuhgröße lässt sich wegen des Kiesuntergrundes leider nicht ermitteln.“

„Aber dort hat der Täter gestanden?“

„Davon gehen wir aus.“

„Woher ist er gekommen?“

Siborski schüttelte den Kopf. „Für uns beginnt die Spur neben der Thuja, Finn.“

„Also könnte er von überall gekommen sein und hat sich dann neben die Thuja gestellt."

„Ziemlich dicht sogar", bestätigte Peter Siborski. „Die Abdrücke sind so nah an der Pflanze, dass man zum Teil in ihren Ästen hängt."

„Hast du es ausprobiert?"

„Ja. Meine linke Körperhälfte befand sich in der Thuja."

„Würdest du es als Versteck-Versuch ansehen?"

Siborski schürzte die Lippen und bejahte dann.

„Okay", sagte Finn. „Jemand kommt von irgendwoher und verbirgt sich neben einem Strauch. Dort wird er dann aber von Oskar Konradt gesehen. Der alte Mann hält die Person für seine verstorbene Frau. Zwei Möglichkeiten haben wir: entweder eine Sinnestäuschung oder einen Täter, der zumindest große Ähnlichkeit mit der Toten gehabt haben muss. Lass uns weiterhören."

Steinmann blieb am Fenster stehen und versuchte, sich in Konradts Lage zu versetzen. Im Geist erschuf er nächtliche Schwärze im Garten, stellte sich eine Gestalt neben der Thuja vor und hielt sich einen imaginären Telefonhörer ans Ohr.

„Okay, Ihre Frau ist im Garten, das habe ich verstanden", sagte Schneider. *„Das hört sich nicht bedrohlich an, Herr Konradt, warum sollten wir jetzt eine Streife schicken?"*

„Weil … es nicht sein darf, dass meine Frau im Garten ist. Es ist falsch, hören Sie?"

Steinmann und Siborski vernahmen Konradts Stimme als weinerliches Wimmern, er stotterte die Worte einzeln heraus. Wo die beiden Polizisten standen, waren sie auch ausgesprochen worden, vor etwas mehr als vierzehn Stunden.

„Haben Sie Ihrer Frau gesagt, dass sie nicht im Garten herumlaufen soll?"

„Nein."

„Hat sie Ihnen gedroht? Ist sie vielleicht bewaffnet?"

„Nein."

„Stopp", sagte Finn. „Das ist ein wichtiger Punkt. Wenn wir

davon ausgehen, dass Oskar Konradt während des Notrufs seine „Frau“ im Auge behalten hat …“

„… war noch kein Hammer zu sehen“, ergänzte Siborski. „Der Täter muss die Waffe also unten aufgenommen oder versteckt getragen haben.“

„Weiter geht’s“, sagte Finn und drückte auf die Play-Taste.

„Was macht Ihre Frau denn im Garten, Herr Konradt?“

„Sie hat mich angesehen. Sie hat mir genau in die Augen gesehen. Und dann ist sie verschwunden, aber ich konnte hören, wie es unten an der Tür …“

Steinmann unterbrach wieder. „Ich finde es seltsam“, meinte er, „dass sich der Täter in die Thuja-Hecke drückt und gleichzeitig Blickkontakt mit dem Opfer sucht.“

„Du hast eine Theorie?“

„Der Mörder hat die Hecke nicht als Deckung benutzt, Peter, sondern um sein Schauspiel zu erhöhen. Konradt hat den Täter mehr erahnt, als dass er ihn tatsächlich gesehen hat. Seine Angst hat den Rest dazugedichtet.“

„Was hat man davon, jemand anderen auf diese Weise bis ins Mark zu ängstigen und dann zu töten?“

„Er legte es nicht darauf an, Macht auszuüben. Das hier ist kein Foltermord. Darum ging es nicht. Ich glaube eher, dass es etwas mit der Verstorbenen zu tun hat. Die Nachbarn haben ausgesagt, der alte Mann habe mehrfach nachts geschrien.“ Finn hob den Arm und deutete auf den Thuja-Strauch. „Was, wenn Konradt immer wieder den Anblick des schemenhaften Gesichtes ertragen musste?“

Die beiden Polizisten lauschten wieder der Aufzeichnung. Die schnellen Atemzüge des Witwers drangen blechern aus den kleinen Lautsprechern.

„Sie ist im Haus. Ich glaube, sie kommt die Treppe hoch.“

Steinmanns Kopfhaut kribbelte. Sein Herz schlug unvermittelt schneller. Es fiel ihm nicht leicht, die Ermordung eines Menschen zu belauschen.

„Herr Konradt?“

„In Gottes Namen, geh weg."

„Herr Konradt, was ist da bei Ihnen los?"

Siborski hob die Hand. Steinmann stoppte das Band wieder.

„Schneider hätte schneller reagieren müssen", knurrte der Erkennungsdienstler. „Vielleicht wäre der alte Mann dann noch am Leben."

„Nein", erwiderte Finn. „Es blieb nicht genügend Zeit übrig für eine Streife. Schneider konnte nicht wissen, dass der Anrufer glaubte, einer Untoten gegenüber zu stehen."

„WAS WILLST DU VON MIR?", schrie der Tonband-Konradt. Die Worte waren schon in der Originalaufzeichnung kaum verständlich gewesen – die alten Lautsprecher des Diktiergerätes veränderten sie in ein verzerrtes Kreischen.

Dann zischte etwas, und schließlich war ein Knall zu hören.

„Herr Konradt?"

Schneiders Stimme beendete die Aufzeichnung.

„Der Knall ...", sagte Siborski. „War das der Schlag auf den Kopf?"

„Ich bin mir nicht ganz sicher", erwiderte Steinmann, spulte ein Stück zurück und ließ es noch einmal laufen.

Zischen, Knall.

Siborski drehte sich um und deutete auf die Tür zum Flur des ersten Stocks. „Da ist … sie … reingekommen."

Finn folgte seinem Fingerzeig. „Der Täter steigt durch die Terrassentür ins untere Stockwerk ein, geht die Treppe hinauf und trifft hier auf Oskar Konradt. Waren Fingerabdrücke an der Tür?"

„Nein, der Rahmen und der Griff sind sauber. Keine frischen Spuren. Konradt selbst hat die Terrasse schon lange nicht mehr betreten."

Steinmann war der sich selbst überlassene Garten aufgefallen. Er sah von der Zimmertür zum Fenster und wieder zurück.

‚Konradt hat seine Frau gesehen. Vielleicht schon in anderen Nächten. Die Nachbarn haben seine Schreie gehört.'

„Das hier ist sein Schlafzimmer gewesen", stellte Finn fest.

„Worauf willst du hinaus?“

„Konradt hat sich höchstwahrscheinlich nachts hier aufgehalten, richtig?“

„Das ist anzunehmen.“

Steinmann ging wieder zum Fenster und sah auf das Grundstück hinab. „Er hat seine Frau also – wenn sie öfter als einmal hier war – immer von hier oben gesehen, oder? Dann muss sie jedes Mal im Garten gestanden haben.“

Siborski folgte ihm an die Scheibe und stützte die Arme auf der Fensterbank ab. „Ja. Vielleicht war er deswegen nicht mehr hinter dem Haus. Nicht, weil er die Anlage nicht mehr pflegen wollte, sondern weil er Angst davor hatte.“

„Gehen wir einfach mal davon aus, dass auf dem Grundstück immer wieder ein Schauspiel für Oskar Konradt aufgeführt wurde. Wie viel der Fläche ist intensiv nach Spuren abgesucht worden?“, bohrte Steinmann weiter.

„Nur ein kleiner Teil bisher. Wir haben uns darauf nicht konzentriert, Finn.“

„Dann sollten wir das jetzt tun. Setz die Techniker darauf an. Der Garten hält vielleicht ein weiteres Puzzlestück parat.“

Siborski verließ das Zimmer und sammelte die Spezialisten im unteren Stockwerk um sich. Steinmann konnte hören, dass er Aufgaben verteilte. Er beobachtete, wie die Techniker Leuchtmittel rund um den Garten installierten. Die einsetzende Dunkelheit erschwerte die Spurensuche.

„Rechnest du mit einem Hinweis?“, fragte Peter Siborski hinter Finn.

„Ein richtiger Fußabdruck wäre großartig“, erwiderte Steinmann. „Dort sind mehrere Stellen, an denen kein Kies zu sehen ist. In feuchter Erde müsste sich über den Winter hinweg ein Abdruck gehalten haben. Wir hatten viel Schnee und immer wieder Tauwetter.“

Er sah dem Team im Garten aufmerksam zu und hing seinen Gedanken nach. Sein Mobiltelefon klingelte.

„Steinmann.“

„Stefanie Gorges hier. Wir haben Nachricht vom Krankenhaus. Du kannst hinfahren oder dir das Ergebnis übers Telefon mitteilen lassen."

„Ich fahre hin", sagte Finn. „Ich wollte sowieso zurückkommen."

Er besprach mit Peter Siborski noch ein paar Details und fuhr dann in Richtung Stadt. Das Krankenhaus lag auf dem Weg. Er war schon mehrere Male hier gewesen und fand das Labor ohne Probleme. Die Gesichter der Mediziner waren ihm vertraut, auch wenn er ihre Namen nicht mehr wusste. Der Gerichtsmediziner war ebenfalls vor Ort. Steinmann begrüßte ihn. Da im rechtsmedizinischen Institut Mainz mehrere Obduktionen anstanden, hatte man ihn der Einfachheit halber nach Idar-Oberstein beordert. Er fungierte als Sachverständiger.

Das Laborteam kam gleich zum Punkt.

„Das sind interessante Proben, die uns Ihre Leute da gebracht haben", sagte ein grauhaariger Hüne, den Finn nach kurzem Überlegen als Laborleitenden identifizierte. „Eine Probe stammt zweifelsfrei von der Leiche, die heute im Laufe des Tages in unsere Abteilung gekommen ist. Wir haben Vergleichstests durchgeführt. Die zweite Probe stellte uns vor ein Rätsel. Wir haben es zwar aus unserer Sicht gelöst, aber das bedeutet, dass Sie um eine Merkwürdigkeit reicher sind."

Steinmann setzte sich auf einen angebotenen Hocker.

„Lassen Sie hören", sagte er knapp.

„Nun", begann der Laborleiter mit etwas nasaler Stimme, „das Blut von den Bodenproben stammt von einer Frau. Ich kenne jetzt natürlich nicht die Zusammenhänge. Wir werten nur Daten aus und analysieren, ohne die Hintergründe zu gewichten. Wir waren überrascht, als die DNA-Analyse abgeschlossen war und unser Computer eine Übereinstimmung anzeigte. Das Blut am Tatort stammt zum einen von Oskar Konradt, zum anderen von einer an Krebs verstorbenen Frau."

Finn sah den Gerichtsmediziner an, der die Hand hob und zu einer Erklärung ansetzte.

„Ich habe die Auswertung überprüft, Herr Steinmann. Die

krebskranke Frau ist im vergangenen Herbst gestorben. Es handelt sich jedoch nicht um Konradts Ehefrau, sondern um eine gänzlich andere Person. Ihr Name war …", er blickte auf seine Notizen, „… Barbara Horjäger. Sie war knapp über siebzig, als sie hier im Krankenhaus starb. Die Probe belegt das eindeutig. Die Daten entsprechen den Krebswerten zum Zeitpunkt ihres Todes. Noch bis vor einem Jahr wäre uns diese Information nicht verfügbar gewesen, aber es wird eine Datenbank aufgebaut, um die bestmögliche Therapie bei verschiedenen Krankheitsverläufen rasch abgleichen zu können."

„Standen die beiden Frauen in irgendeiner Verbindung?", fragte Finn.

Der Laborleiter sah ihn schief an. „Wir haben mit den Damen nie gesprochen, Herr Steinmann. Für uns sind das Namen auf einem Röhrchen, verstehen Sie?"

Finn lehnte sich zurück und dachte nach. Damit hatte er nicht gerechnet. Die zweite Probe stammte von einer Frau, die im Herbst an Krebs gestorben war. Es war aber nicht Gerda Konradt, sondern eine etwas jüngere Frau namens Barbara Horjäger.

Er wurde das Gefühl nicht los, an der Nase herumgeführt zu werden. Natürlich musste die SOKO nun den Namen Horjäger überprüfen und im wahrsten Sinne des Wortes der Blutspur folgen.

‚Wir werden an der Schnur über ein Spielfeld gezogen', dachte er.

„Woher könnte das Blut von Barbara Horjäger stammen?", fragte Finn. „Wo ist es gewesen seit ihrem Ableben?"

Der Leiter zuckte mit den Achseln. „Unserer Ansicht nach müsste es seit Herbst konserviert sein. Die Datenbank sagt, dass die Frau nach ihrem Tode eingeäschert wurde."

Der Gerichtsmediziner schaltete sich wieder ins Gespräch ein. Finn verglich ihn automatisch mit Katja Neisinger.

„Die Frau war sechs Wochen lang hier im Krankenhaus, mit zwei Unterbrechungen, bevor sie gestorben ist. Nach den Berichten Ihrer Kollegen befindet sich am Tatort eine ganze Menge ihres Blutes. Ist das richtig?“

Steinmann nickte. „Wir haben einhundertdreizehn Flecken im Haus entdeckt. Einige davon waren recht groß.“

Der Laborleiter neigte den Kopf zur Seite. „Einhundertdreizehn Flecken sind auf jeden Fall mehr als eine kleine Ampulle.“

„Lässt sich am Blut erkennen, wie und wann es konserviert wurde?“, fragte Finn. „Hat man es vor oder nach ihrem Tod entnommen?“

„Das ist nicht so einfach zu bestimmen“, seufzte der Gerichtsmediziner. „Durch die lange Konservierung – wir reden immerhin von einem Vierteljahr – sind die Werte möglicherweise verfälscht. Die Kollegen vom Labor und ich glauben aber, dass es sich um „altes“ Blut handelt. Es stammt von einer Leiche, die mindestens einen Tag lang tot war. Es gibt verschiedene Berichte aus Russland über ...“

Steinmann hob die Hand. „Ich bin informiert über die Bestrebungen russischer Forscher, Leichen als Blutspender zu nutzen. Nach ziemlich genau einem Tag als Leiche verändert sich das Blut in unseren Körpern. Es wird unrein und unbrauchbar.“

Die Akademiker nickten anerkennend. Finn sagte nichts dazu – die Weißkittel mussten nicht wissen, dass er nur Katjas Worte wiederholte. Er bedankte sich und verließ das Labor in Richtung Krankenhausverwaltung.

Seinen nächsten Schritt musste er vorsichtig abwägen. Der Personenkreis, der die Möglichkeit hatte, Blut aus Toten abzuzapfen, beschränkte sich weitestgehend auf die Belegschaft des Hospitals. Er wusste, dass sich damals jemand ungesehen Zutritt verschafft haben konnte, aber zuerst musste er die Angestellten überprüfen. Er fand die Verwaltungsräume verschlossen vor und sah auf sein Handy. Es war schon zu spät – er würde hier niemanden mehr antreffen.

Steinmann fuhr zurück in die Inspektion. Die Wache von Idar-Oberstein lag am Fuß des Berges, an dessen Flanke das Klinikum errichtet worden war. In der Zentrale suchte er im Verzeichnis nach den privaten Telefonnummern der Geschäftsführenden des Krankenhauses. Er erreichte nur einen der Geschäftsführer. Der Mann zeigte sich kooperativ und sicherte ihm Akteneinsicht zu.

Finn sprach im Anschluss mit Peter Siborski und schilderte ihm die neuen Erkenntnisse. Die Spurensicherer waren noch in Herrstein und durchstöberten weiterhin Konradts Grundstück. Bisher hatten sie nichts gefunden.

Steinmann saß eine Weile allein im Besprechungsraum und beschloss, für heute den Dienst zu beenden. Er war jetzt seit fünfzehn Stunden unterwegs und spürte bleierne Müdigkeit in den Knochen.

Auf den Straßen von Idar-Oberstein herrschte nicht viel Betrieb, als er zum Hotel fuhr. Er betrat das Gebäude, grüßte die Frau an der Rezeption und ging die Treppe in den ersten Stock hinauf. Als er die letzte Stufe erreichte, stockte er.

Mitten im Gang – auf einem Sessel mit einem kleinen Beistelltisch – saß ein junger Polizist und las in einem Magazin. Der Mann erhob sich, als er Steinmann erblickte.

„Ah, die Ablösung“, sagte er lächelnd.

„Was tun Sie hier?“, fragte Steinmann.

„Ich habe Frau Neisinger bewacht“, bekam er als Antwort zu hören.

„Ich verstehe nicht ...“

„Die Wache hat eine kleine Gruppe Freiwilliger zusammengestellt, die sich den Schutz Ihrer Lebensgefährtin in Schichten teilt, bis Sie Dienstschluss haben und diese Aufgabe wieder übernehmen können.“

Finn musste peinlich berührt lachen. Der Leiter der Inspektion von Idar-Oberstein hatte davon gesprochen, die bestmögliche Sicherheitsfirma gefunden zu haben. Jetzt wusste Steinmann, wen der Oberrat damit gemeint hatte – die Männer und Frauen der Inspektion selbst.

„Danke“, sagte Steinmann. „Vielen Dank. Wie ist Ihr Name?“

Der junge Polizist setzte seine Mütze auf. „Dennis Krug, Herr Steinmann. Bei Frau Neisinger ist alles in Ordnung. Wir waren zwischendurch eine kleine Runde spazieren.“

Finn reichte ihm die Hand zum Abschied. Er lächelte, als er kurz an die Zimmertür klopfte und sie dann mit seinem Schlüssel öffnete.

12.

„Wir haben viel zu tun“, sagte Steinmann, als er im Besprechungsraum eintraf und das Morgenmeeting eröffnete.

Er wirkte frisch und ausgeruht und wusste Katja in guten Händen.

Steinmann berichtete zunächst von den neuen Erkenntnissen.

„Wir müssen herausfinden, wer in der Zeit von Barbara Horjägers Tod Dienst im Krankenhaus hatte. Die Geschäftsführer haben zugesagt, uns an die Akten zu lassen. Wir müssen vorsichtig ermitteln. Wenn sich der gesuchte Täter unter der Belegschaft befindet, könnte ihn eine offene Untersuchung aufschrecken. Das müssen wir unbedingt vermeiden. Stefanie, du gehst bitte gleich daran, über Barbara Horjäger zu recherchieren. Ich möchte mit ihren Angehörigen sprechen. Vielleicht gibt es einen Witwer oder Kinder. Wenn sie welche hatte, dürften sie ungefähr fünfzig Jahre alt sein. Gibt es etwas Neues von dem Grundstück in Herrstein?“

Siborski schob ihm ein Bild hin. „Schuhgröße achtunddreißig“, sagte er.

Finn nahm das Fotopapier in die Hand. „Wo habt ihr den Abdruck gefunden?“

„Ganz am Rande des Grundstückes“, erklärte Siborski. „Die Spitze des Abdruckes war tiefer eingesunken als die Ferse, so als hätte der Täter auf den Zehen gestanden.“

„Nicht gerade ein Riese“, sagte Finn. „Der Angreifer in meinem Appartement war ebenfalls kleiner als ich. Es könnte sich also um ein und dieselbe Person handeln. Jetzt müssen wir herausfinden, was man uns mit dem Blut von Barbara Horjäger sagen will.“

„Wie meinst du das?“, fragte Stefanie Gorges.

„Ich glaube, der Täter weiß ganz genau, dass wir auf diese Fährte anbeißen und herausfinden wollen, wer die Tote ist und welche Geschichte sie zu erzählen hätte.“

„Das ist kein beruhigender Gedanke“, entgegnete sie.

„Nein. Aber wir haben keine Wahl, wenn wir weiterkommen möchten. Wir teilen uns auf. Peter recherchiert im Krankenhaus nach möglichen Kandidaten, die in der Lage gewesen wären, aus Barbara Horjägers Leiche Blut zu entnehmen. Stefanie und ich kümmern uns um die Angehörigen.“

Barbara Horjäger hatte zwei Kinder – einen Sohn und eine Tochter. Ihr Mann war in den Siebzigern bei einem Unfall ums Leben gekommen, und nach ihm war sie keine offizielle Verbindung mehr eingegangen.

Sohn und Tochter der Verstorbenen waren inzwischen Mittvierziger. Hendrik Horjäger lebte als Familienvater in der Kreisstadt Birkenfeld, Katharina Horjäger war nach Karlsruhe gezogen, hatte dort geheiratet und den Nachnamen Gründels angenommen.

Steinmann saß im Besprechungsraum und hielt sich einen Telefonhörer ans Ohr. Stefanie Gorges hörte über ein angeschlossenes Zweitgerät mit. Hendrik Horjäger war leitender Angestellter in einem großen Supermarkt der Kreisstadt. Finn hatte mit seiner Ehefrau gesprochen, die Haus und Hof hütete. Dass die Polizei bei ihr anrief, schockierte sie zutiefst. Der Hauptkommissar hatte alle Mühe gehabt, ihre Ängste zu zerstreuen. Von ihr erhielt er die Durchwahl zum Firmentelefon, das ihr Mann stets am Gürtel trug.

„Hendrik Horjäger.“

„Guten Tag. Mein Name ist Finn Steinmann von der Kripo Idar-Oberstein. Können wir sprechen?“

„Ähhh …“, sagte Horjäger zögernd. „Ich rufe Sie in fünf Minuten zurück.“

Steinmann gab ihm seine Durchwahl und wartete schweigend auf den Rückruf. Der Mann meldete sich pünktlich zurück.

„Jetzt können wir uns unterhalten, Herr Steinmann", sagte Horjäger geschäftig. „Geht es um den Diebstahl letzte Woche?"

„Nein, da muss ich Sie enttäuschen. Wir ermitteln in Idar-Oberstein wegen eines Todesfalls, und bei den Untersuchungen sind … Hinweise … aufgetaucht, die zu Ihrer verstorbenen Mutter führen."

Barbara Horjägers Sohn verstummte. Finn hörte, wie ein Bürosessel knarrte, und er stellte sich einen Mann vor, der sich nachdenklich zurücklehnte.

„Das verstehe ich nicht. Tut mir leid, ich bin jetzt total überfahren."

„Das kann ich gut nachvollziehen. Ich würde gerne mit einer Kollegin zu Ihnen kommen und in einem Gespräch versuchen herauszufinden, warum und wieso Ihre Frau Mutter in diesen Fall involviert zu sein scheint. Und da es sich möglicherweise um ein Kapitalverbrechen handelt, muss ich rasch auf dieses Gespräch drängen."

„Natürlich. Sie können auch direkt im Markt vorbeikommen. Ich bin im Moment unabkömmlich, aber wenn wir das Gespräch hier durchführen, sollte es kein Problem sein."

„Prima", antwortete Steinmann zufrieden. „Meine Kollegin und ich machen uns gleich auf den Weg."

Finn stellte sich und Stefanie Gorges vor und schüttelte mit festem Griff Hendrik Horjägers Hand. Der Mann machte auf die Kriminalpolizisten einen offenen, sympathischen Eindruck. Er war etwas kleiner als Steinmann und trug ein paar überflüssige Pfunde mit sich herum.

„Setzen wir uns", sagte Horjäger höflich und deutete auf eine kleine Sesselgruppe. „Ich habe Stilles Wasser bereitstellen lassen."

„Danke", erwiderte das Ermittlerteam wie aus einem Mund.

„Ich will gleich zur Sache kommen und auch etwas ins Detail gehen", begann Steinmann und legte die Fingerspitzen aneinander. „In Herrstein wurde ein alter Mann erschlagen. Sein Name war Oskar Konradt. Sagt Ihnen der Name etwas? Kannten sich Oskar Konradt und Ihre Mutter?"

„Nein. Nicht, dass ich wüsste."

Finn sprach unbeirrt weiter. Irgendwo musste eine Gemeinsamkeit bestehen. „Wir entdeckten auf dem Boden von Konradts Wohnhaus mehrere Blutflecken. Nach einer Probenentnahme und Analyse durch das Labor des Krankenhauses von Idar-Oberstein zeigte sich eine genetische Übereinstimmung mit den Daten von Ihrer Mutter."

Hendrik Horjäger rieb sich die Augen. „Wie sollte Blut von Mama auf den Fußboden im Haus von … wie sagten Sie, hieß der Mann?"

„Konradt. Oskar Konradt."

„Ja, Konradt, richtig. Wie kann es dahin gelangt sein?"

„Um das herauszufinden, sind wir hergekommen."

Der Supermarkt-Angestellte nahm einen großen Schluck Wasser zu sich. „Mama hatte keine Bekannten in Herrstein."

Steinmann lehnte sich nach vorne. „Es gibt eine Möglichkeit, dass sie doch auf gewisse Weise miteinander bekannt waren. Die Frau von Oskar Konradt ist im letzten Herbst gestorben, und zwar an Krebs, genau wie Ihre Mutter. Vielleicht lagen Sie auf der gleichen Station und haben sich auf dem Flur getroffen und unterhalten?"

„Das glaube ich nicht", sagte sein Gegenüber mit verbitterter Miene. „Mama war nicht mehr in der Lage, auf sich oder andere zu reagieren. Sie hat nur noch davon gesprochen, dass jetzt endlich die Besuche von Papa aufhören würden."

Stefanie Gorges versteifte sich neben Finn. Der Hauptkommissar legte den Zeigefinger an die Lippen und sah aus dem Fenster.

„Wann ist Ihr Vater gestorben, Herr Horjäger?", wollte Gorges wissen und nippte an ihrem Glas.

„Das ist schon lange her. Ich war noch ein Kind. Er hatte neunzehnhundertfünfundsiebzig einen Autounfall. Mama hatte an diesem Tag Geburtstag. Sie hat ihn nach Papas Tod nie wieder gefeiert."

Die Kommissarin nickte mitfühlend. Steinmann bewunderte einmal mehr ihre Fähigkeit, blitzschnell auf die emotionale Ebene des Gesprächspartners zu gelangen. Er hatte diese ausgeprägte Empathie das erste Mal im Strohbär-Fall gesehen.

‚Das ist schon drei Jahre her', dachte er und fragte sich, wie es Katja gerade gehen mochte.

Er beschloss, sie gleich nach dem Gespräch mit Horjäger anzurufen.

Stefanie Gorges sprach weiter mit dem recht korpulenten Mann. „Sie sagten gerade, Ihre Mutter sei froh gewesen, dass seine Besuche nun endlich aufhören würden. Wie haben wir das zu verstehen?"

Horjäger leckte sich über die Lippen. Er war sichtlich verlegen.

„Das ist kompliziert", murmelte er beschämt. „Mama war … sonderlich."

„Das macht nichts", sagte Stefanie Gorges lächelnd. „Wir sind Experten für komplizierte Sachen, glauben Sie mir."

Horjäger kramte ein Päckchen Zigaretten aus der Tasche. „Stört es Sie, wenn ich rauche?"

„Nein", sagten die Polizisten gleichzeitig.

Der Mann zündete sich eine Kippe an und paffte ein paar Rauchwölkchen in die Luft. Es war denkbar, dass Steinmann und Gorges die ersten Leute waren, die Barbara Horjägers Geschichte hörten. Ihr Sohn schien gerade ein Tabu zu brechen, einen Schwur vielleicht, den er mit seiner Schwester heimlich vereinbart hatte.

„Eigentlich war mein Vater ein Mistkerl", eröffnete er mit deutlichen Worten seine Erzählung. „Mama hat Katharina und mir erst die Wahrheit gesagt, als wir schon längst Erwachsene waren."

Er machte eine kurze Pause und saugte bedächtig an seiner Zigarette. „In der Nacht zu ihrem fünfunddreißigsten Geburtstag hat er sie mit seiner Sekretärin betrogen. Mama hat später alles von ihr erfahren – nachdem er bereits beerdigt war. Er fuhr angetrunken einen Schleichweg durch den Wald, um Polizeikontrollen zu entgehen, und hat dabei einen großen Hirsch gerammt.

Papa … verbrannte … in seinem Auto. Das letzte Bild von ihm, das ich in meinem Kopf mit mir trage, ist das seines Sportwagens und wie er mir daraus zuwinkt."

Horjäger unterbrach sich, als die Erinnerungen sein Innerstes aufwühlten. Finn konnte gut nachempfinden, wie er sich fühlte. Seine Eltern waren bei einem Fährunglück ertrunken – er war Vollwaise. Sein eigenes „letztes Bild" war dem von Hendrik Horjäger sehr ähnlich. Ein Auto mit winkenden Händen aus den Seitenfenstern.

Der kräftige Mann sammelte seine Gedanken. „Ungefähr drei Wochen nach Vaters Tod erschien er meiner Mutter als … ich weiß nicht, ob ich es Geist nennen soll, Herr Steinmann. Mama erzählte Katharina und mir später, dass sie furchtbare Angst vor ihm gehabt habe. Und sie sagte, sie hätte einen Beweis für seinen Besuch gesehen."

„Hat er etwas hinterlassen?", fragte Steinmann.

Horjäger nickte. „Kieselsteine. Die Erscheinung hat die Steine ans große Fenster in unserer Küche geworfen, und dort wären sie am nächsten Morgen immer noch gewesen. Ich weiß aber nicht, ob sich Mama das nicht auch eingebildet hat. Nachprüfen konnten wir es nicht nach all den Jahren, in denen sie uns seine Besuche verschwiegen hatte."

Stefanie Gorges räusperte sich. „Er ist öfter als nur dieses eine Mal aufgetaucht?"

„Ja. Wie oft genau, kann ich Ihnen nicht sagen. Wir haben unsere Mutter unter dem Vorwand einer Routineuntersuchung durchchecken lassen, aber sie wurde von einem uns bekannten Arzt ohne eine Diagnose nach Hause geschickt. Sie war geistig bis zuletzt topfit."

Steinmann stand langsam auf und stellte sich vor das Fenster. Der Mörder von Oskar Konradt hatte eine ganz spezielle Vorliebe für die Darstellung verstorbener Menschen. Finn fragte sich, welche Gedankengänge ein solcher Mensch wohl haben mochte. Was ging in jemandem vor, der sich in der Gestalt von Toten umherbewegte?

„Was glauben Sie selbst, Herr Horjäger? Hat Ihre Mutter etwas Echtes gesehen oder nicht?"

Er hörte den Mann tief Luft holen. „Ich bin unschlüssig. Mama hat uns diese Sache absolut nüchtern und unaufgeregt erzählt. Da war keine Hysterie in ihrer Stimme, wissen Sie? Sie schmückte es nie aus und beschrieb ihn in aller Deutlichkeit."

„Ist er nur Ihrer Mutter erschienen?", fragte Stefanie Gorges ganz leise. „Haben Sie oder Ihre Schwester ihn jemals selbst gesehen?"

Hendrik Horjäger schluckte. „Ich nicht … aber Katharina hat mir nach Mutters Geständnis erzählt, dass sie einmal als Jugendliche nachts durch unser Haus zur Toilette ging und Mama in der Küche vor dem Fenster gesehen hat. Sie hatte es danach für einen sehr realen Traum gehalten – bis Mama beichtete."

„Was wusste Ihre Schwester zu berichten?", hakte Stefanie Gorges nach.

„Sie sagte, sie habe Mama vor dem Küchenfenster auf den Knien gesehen."

Er zeigte mit den Armen eine allumfassende Bewegung. „Das war ein richtig großes Küchenfenster, drei Meter breit und bis fast zum Boden runter, wissen Sie?"

Beide Kriminalbeamte nickten verstehend.

„Auf der … anderen Seite des Fensters, also … draußen auf der Wiese hinter dem Haus, da …", sein Atem rasselte, „stand jemand."

Steinmann nahm ohne Hast einen Notizzettel aus der Tasche. „Haben Sie die Telefonnummer Ihrer Schwester im Kopf?"

„Ja, sicher. Aber lassen Sie mich zuerst mit ihr reden. Das wird Katharina ziemlich aufwühlen, wenn Sie bei ihr gleich mit der Tür ins Haus fallen."

Finn notierte sich die Nummer. Horjäger sah ihm und Stefanie Gorges in die Augen.

„Verraten Sie mir nun, warum Sie diese Sache am meisten interessiert?"

Steinmann tauschte einen kurzen Seitenblick mit seiner

Kollegin. Er gab ihr mit einem Kopfnicken zu verstehen, dass sie dem Mann ein paar Informationen geben durfte.

„Oskar Konradt, der alte Mann, der in Herrstein erschlagen wurde, hat im letzten Vierteljahr mehrfach seine tote Frau gesehen. Wir kennen jetzt noch nicht die genauen Zusammenhänge, aber es sieht so aus, als würde jemand persönlichen Nutzen daraus ziehen, anderen Menschen als Totgeglaubter zu erscheinen."

„Was wollen Sie damit sagen?", fragte Horjäger nach.

„Ihre Mutter hat höchstwahrscheinlich einen Lebenden gesehen, der sich als ihr verstorbener Mann ausgegeben hat. Es könnte sich um die gleiche Person handeln, die auch in Herrstein ihr Unwesen getrieben hat."

Der kräftige Supermarktangestellte presste eine Hand auf den Mund. „Sie ist … verarscht worden? Wir sind alle verarscht worden? Über dreißig Jahre lang? Wer ist erbärmlich genug, so etwas über einen so langen Zeitraum durchzuziehen?"

„Das wissen wir noch nicht", erwiderte Steinmann. „Lassen Sie uns jetzt bitte über den Tod Ihrer Mutter sprechen. Können Sie sich an eine seltsame Begebenheit oder etwas … wie soll ich sagen …, was Ihnen merkwürdig vorkam, erinnern?"

„Nein. Mama ist nachts gestorben. Sie schlief einfach am Abend ein, dann versagten nacheinander ihre Organe. Man hat uns noch angerufen, aber ich kam zu spät im Krankenhaus an."

„Wieso sind Sie eigentlich nicht in das Birkenfelder Hospital gegangen?", fragte Stefanie Gorges. „Das wäre doch wesentlich näher gewesen."

„Ich weiß, aber hier gibt es keine Onkologie, in der Mamas Krebserkrankung behandelt werden konnte."

„Richtig, das habe ich vergessen", sagte Stefanie Gorges.

Horjäger erzählte weiter. „Sie kannte aber eine andere Frau, die im Klinikum von Idar-Oberstein behandelt wurde. Deshalb wollte sie unbedingt auch dorthin."

„Und dann wurde sie eingeäschert? Wissen Sie noch, wie zeitnah das geschah?", wollte Finn wissen.

„Das war vorher alles schon geregelt. Am Mittag des dritten Tages nach ihrem Tod wurde sie verbrannt.“

„Hat sich in der Zeitspanne zwischen Tod und Einäscherung jemand ungewöhnlich verhalten? War da ein Mitarbeiter des Krankenhauses, den sie vorher noch nicht gesehen hatten und der plötzlich aufgetaucht ist?“

„Das kann ich Ihnen nicht mehr mit Bestimmtheit sagen, Herr Steinmann. Ich war verwirrt und sehr traurig. Da merkt man sich nicht die Gesichter von Leuten, die alle die gleichen Klamotten tragen.“

Stefanie Gorges strich sich durch das kurze Haar. „Ist Ihre Mutter eigentlich in das Grab ihres Vaters gelegt worden?“

„Nein. Das hat sie vehement abgelehnt. Letztlich hat sie ihn gehasst, weil er ihr ganzes Leben versaut hat. Es wäre vielleicht anders gewesen, wenn sie gewusst hätte, dass eine dritte Person hinter den heimlichen Besuchen steckte. Haben Sie denn schon eine Idee, warum sich jemand als totgeglaubter Mensch ausgibt und Leute erschreckt?“

Steinmann versuchte sich an einer Erklärung. „Ein Straftäter handelt niemals uneigennützig. Im Vordergrund steht immer die Persönlichkeit des Täters, die durch die Ausführung bereichert werden soll, sei es nun materieller Art oder auf einer psychologischen Ebene. Der zweite Punkt dürfte hier zutreffen. Wie Stefanie Gorges schon gesagt hat: Der Täter zieht Nutzen aus seinen Handlungen. Dem Fall Ihrer Mutter messe ich große Bedeutung bei. Wenn es sich dabei wirklich um dieselbe Person wie in Herrstein handelt, – und davon gehe ich jetzt einfach mal aus – ist der lange Zeitraum der Auftritte von Interesse.“

„Es ist Zwang“, ergänzte Stefanie Gorges. „Vergleichbar mit einem Exhibitionisten. Sie tun es immer wieder.“

„Zwang?“, fragte Hendrik Horjäger erstaunt. „Was habe ich davon, wenn mich jemand für einen Toten hält?“

„Das werden wir noch herausfinden“, sagte Steinmann. „Dieser Schleier wird sich aber erst dann lüften, wenn wir den Täter stellen und sich unsere Psychologen ein Bild von ihm gemacht haben.“

Horjäger telefonierte im Beisein der Polizisten mit seiner Schwester. Er bereitete sie behutsam auf das Gespräch mit Finn vor. Der Wahl seiner Worte nach schloss das Ermittlerteam, dass Katharina Gründels eine eher ängstliche Frau war.

„Hallo Frau Gründels“, sagte Steinmann.

„Hallo.“

„Ihr Bruder hat uns schon eine ganze Menge erzählt. Er sprach davon, dass Sie als junge Frau einmal den … Besucher … gesehen haben. Das interessiert uns natürlich sehr. Können Sie sich noch an Details erinnern?“

Katharina Gründels musste ein paar Mal neu anfangen, bis sie sich an die Situation gewöhnt hatte und ruhiger sprechen konnte. Sie stotterte zwar nicht, sprach aber sehr schnell und fand erst nicht die rechten Worte. Finn ließ ihr Zeit und drängte nicht.

„Ich war gerade achtzehn geworden“, erzählte sie. „Ich kam spät von einer Party nach Hause. Holger, Trine, Steve und ich hatten gut gefeiert. Ach, Sie kennen die Leute ja gar nicht, was erzähl ich denn da. Ich konnte nicht einschlafen und musste auf die Toilette. Es muss drei Uhr nachts gewesen sein. Ich kam am Wohnzimmer vorbei und sah hinein. Mama hatte sich seit Papas Tod angewöhnt, mehr auf dem Sessel zu schlafen als in ihrem Bett. Vielleicht kam ihr das Bett jetzt zu groß und leer vor, ich weiß es nicht. Jedenfalls war sie nicht im Sessel, aber ihre Decke lag auf dem Boden. Ich wurde misstrauisch. Wissen Sie, Mama war manchmal in ziemlich depressiver Stimmung. Wir hatten zeitweise Angst, dass sie sich etwas antun würde.“

„Also haben Sie nachgesehen, wo sie hingegangen war“, sagte Steinmann, um ihre Erzählung zu bekräftigen.

„Ja! Ich habe sie gehört, noch bevor ich sie sah. Sie sprach mit jemandem in der Küche. Ich dachte zuerst, dass sie telefonieren würde, aber dann fiel mir die Uhrzeit wieder ein. Wen hätte sie denn nachts anrufen sollen? Freunde gab es ja kaum noch in ihrem Umkreis. Ich weiß nicht mehr genau, warum ich es tat, aber ich habe mich dann angeschlichen. Mir kam das alles irgendwie unheimlich vor, wissen Sie? Außerdem war ich irgendwie sauer auf Mama. Was, wenn sie in Wirklichkeit einen neuen Freund hatte? Einen, den sie vor uns versteckte und nur nachts mit ihm telefonierte? Ich war jung … nur junge Leute haben Geheimnisse, Herr Steinmann … Eltern haben Schicksale."

„Hat der … Besucher … vor dem Küchenfenster gestanden?", fragte Steinmann. „So wie Ihre Mutter es Ihnen später beichtete?"

„Ja", antwortete Katharina Gründels leise.

Er konnte sie kaum hören, als sie weitersprach. Ihre Stimme vibrierte.

„Ich habe um den Türrahmen herum gelinst und … Mama kniete vor dem großen Fenster in der Küche. Das ist ein Riesenfenster, müssen Sie wissen."

„Ja, Ihr Bruder hat uns schon davon erzählt. Ich hätte es gerne einmal gesehen."

Hendrik Horjäger und Katharina Gründels waren in dem Haus aufgewachsen. In ihren Erinnerungen war das Fenster ein zentraler Bestandteil. Dieses imposante Fenster aus der Vergangenheit hatte einen Riss bekommen, einen Riss, in dem sich all die Jahre ein Geist verborgen hatte, ein Geist, der sich nun als heimtückischer Mörder erwies. Steinmann konnte sich gut vorstellen, wie beschmutzt die Erinnerungen den Horjäger-Kindern jetzt vorkommen mussten.

„Ich musste sofort an ein gemaltes Heiligenbild denken", fuhr Katharina Gründels fort. „Mama kniete vor dem Fenster in einer Art Beichthaltung. Ich konnte ganz deutlich die Umrisse der Gestalt erkennen, die vor dem Fenster stand, und war zu Tode erschrocken. Das war ein völlig irrer Anblick. Mama auf den Knien, den Kopf gesenkt, ununterbrochen ihre Schuldlitanei murmelnd, wie fett sie doch wäre, und dass sie ihm den Arsch nicht mehr oft genug hingehalten hätte. Dafür hasse ich meinen Vater. Er hat meine Mutter zerbrochen, Herr Steinmann. Er hat ihre Zukunft zerstört, auch wenn Sie mir jetzt sagen, dass er es nicht war, der weiß Gott wie oft vor diesem Fenster stand."

„Frau Gründels“, sagte Finn, „versuchen Sie sich bitte an ein Detail aus jenem Moment zu erinnern. Es könnte wichtig sein. Ich weiß, es ist schwer, aber schauen Sie der jungen Katharina bitte einmal über die Schulter und beschreiben mir, was Sie sehen.“

Hendrik Horjägers Schwester schwieg ein paar Sekunden, ehe sie stockend antwortete. „Im Nachhinein kommt mir die Gestalt am Fenster recht klein vor. Und sie starrt meine Mutter ununterbrochen an, obwohl sie ihre Worte nicht hören kann.“

„Können Sie einen Gesichtsausdruck erkennen?“, hakte Steinmann nach.

„Nur sehr vage. Das Gesicht ist eigentlich ein einziger Schatten. Aber ich glaube … ja, die Augen sind weit aufgerissen.“

„Bewegt sich die fremde Person?“

„Nein. Sie lässt die Arme hängen und sieht einfach nur mit den großen Augen durch die Scheibe auf Mama herab.“

‚Der Täter nuckelte die Angst von Barbara Horjäger auf‘, dachte Finn. ‚Er hat sich daran gelabt. Ist es so einfach? Jagen wir einen Verbrecher, der sich an der Angst seiner Opfer hochzieht?‘

„Herr Steinmann?“, fragte Katharina Gründels.

„Verzeihung“, murmelte er. „Ich habe über das Verhalten des Besuchers nachgedacht. Fällt Ihnen noch etwas ein? Haben Sie gesehen, wohin er verschwunden ist?“

„Nein. Ich bekam es mit der Angst zu tun und gleichzeitig hatte ich das Gefühl, Mama bei einem sehr intimen, sehr privaten Moment zu stören – also habe ich mich umgedreht und bin schlotternd wieder ins Bett gekrochen. Dass ich eigentlich auf die Toilette wollte, habe ich damals glatt vergessen.“

„Haben Sie Ihre Mutter darauf jemals angesprochen?“

„Nein. Irgendwann in dieser Nacht hörte ich, wie sie doch ins Bett ging. Zuvor nieste sie recht laut und putzte sich die Nase. Das schien mir so normal – ihr war nichts passiert. Alles war in Ordnung. Und da habe ich schon an mir selbst gezweifelt. Am nächsten Morgen hielt ich es bereits für einen Traum – bis Mama uns Jahre später die ganze Sache erzählt hat.“

Finn überlegte, welche Fragen er Katharina Gründels noch stellen könnte. Sehr viel hatte er nicht erfahren. Er war Konradts Mörder weiter auf der Spur, aber bis auf Umrisse, Vermutungen und die Beschreibung seiner weit aufgerissenen Augen war die SOKO kein Stück weiter.

Es war Hendriks Schwester selbst, die den Ball im Spiel hielt.

„Etwas war sehr merkwürdig", sagte sie plötzlich. „Je länger ich darüber nachdenke, desto unheimlicher kommt es mir vor."

Steinmann war sofort hellwach. „Ihnen ist noch etwas eingefallen?"

„Ja", sagte sie. „Die Gestalt trug die Kleidung meines Vaters – von jenem Tag, an welchem er mit dem Auto den Hirsch rammte und tödlich verunglückte."

Finn strich sich nachdenklich über ein paar Bartstoppeln am Kinn. Er war sicher, dass es nicht dieselbe Kleidung gewesen war – aber sie hatte genau so ausgesehen.

„Es war keine unverwechselbare Berufskleidung?"

„Nein. Papa machte mit Versicherungen sein Geld, und zu der Zeit gab es noch nicht so viele Vertreter wie ihn. Er war stets sportlich angezogen, aber er trug keinen Blaumann wie ein Fabrikarbeiter."

‚Das heißt, der Täter hat Horjäger … am Tag seines Todes gesehen", dachte

„Ich weiß, Sie werden die Frage verneinen, Katharina, aber ich will sie trotzdem stellen: Wissen Sie noch, wen Ihr Vater an dem Tag alles getroffen hat?"

Sie lachte hart auf. „Nein, da kann ich Ihnen nicht weiterhelfen. Vielleicht weiß Hendrik noch etwas."

„Ich werde ihn fragen", sagte Steinmann. „Danke, dass Sie sich Zeit für mich genommen haben. Ich komme eventuell noch einmal auf Sie zurück."

„Selbstverständlich. Tun Sie mir einen Gefallen?"

„Wenn ich kann, Frau Gründels."

„Sollten Sie den Mistkerl schnappen, der uns dreißig Jahre lang genarrt hat … dann spucken Sie ihm von mir ins Gesicht."

„Ich versuche, daran zu denken“, sagte Steinmann ausweichend und verabschiedete sich von ihr.

Er sprach im Anschluss mit Hendrik Horjäger über den Todestag des Vaters, kam hier aber nicht weiter. Er machte sich eine Notiz, den Unfallhergang zu recherchieren. Vielleicht gab es dort eine Zeugenaussage, die weiterhelfen konnte.

„Wie auch bei Ihrer Schwester“, sagte der SOKO-Leiter, „komme ich unter Umständen noch einmal auf Sie zurück. Manchmal tauchen Fragen auf, an die man vorher noch nicht gedacht hat.“

„Kein Problem, Herr Steinmann. Wenn ich helfen kann, den Kerl zu schnappen, tue ich das gerne.“

Finn und Stefanie Gorges schüttelten Horjäger die Hand und verließen die Kreisstadt Richtung Idar-Oberstein.

Dritter Teil

Eröffnung

13.

„Sieht alles gut aus, Frau Neisinger“, sagte Dennis Krug. „Der Raum ist sauber. Ruhen Sie sich aus, der Tag war sicher anstrengend.“

Katja Neisinger nickte dem jungen Polizisten zu und schloss die Tür des Zimmers hinter sich. Seit inzwischen drei Tagen folgten ihr die Leibwächter auf Schritt und Tritt und verließen sie erst, wenn Finn nach Dienstschluss auftauchte.

Der Anblick des Bettes rief ihr in Erinnerung, wie müde sie war. Sie beschloss, eine heiße Dusche zu nehmen und sich dann hinzulegen. Katja nahm die Fernbedienung und versuchte den Fernseher einzuschalten. Da das Ding nicht reagierte, drückte sie so lange an der unteren Seite des TV-Gerätes herum, bis es sich aktivierte. Die Fernbedienung hatte am Vorabend schon nicht funktioniert. Finn glaubte, dass die Ladung der Batterien zur Neige ging.

Sie begann, sich langsam und schnaufend zu entkleiden.

Sie sah eigentlich nicht wirklich, was da gerade in der Glotze lief. Die Geräusche berieselten sie, schufen ein gewisses Maß an Normalität, in der sie sich verstecken konnte. Katja hatte irgendeinen Cartoon-Sender erwischt. Es war das erste Mal, dass sie den Fernseher einschaltete. Wahrscheinlich waren die letzten Gäste in diesem Zimmer Kinder oder Jugendliche gewesen.

Bunte Zeichentrickfiguren wuselten hektisch hin und her, und sie fragte sich, ob ihr Kind einmal solche Serien schauen würde. Ein dicker Mann mit einem roten Roller lieferte Hackfleischbrötchen aus, war aber in Wirklichkeit ein Superheld namens Johnny Frikadelli.

Katja Neisinger schüttelte den Kopf über so viel ausgemachten Quatsch. Sie hoffte, dass ihr Sohn mit einem besseren Geschmack auf die Welt kam.

Katja öffnete die Tür einen Spalt.

„Ich gehe rasch unter die Dusche“, sagte sie. „Bitte nicht reinkommen.“

„Schon klar“, gab Krug zurück. „Für solche Extras ist sowieso Hauptkommissar Steinmann zuständig.“

Katja Neisinger grinste flüchtig und schob die Tür wieder zu. Sie ging am Fernseher vorbei, in dem Johnny Frikadelli gerade ein bizarres Ungetüm verprügelte, und sah auf die Uhr. Finn hatte bald Dienstschluss, und sie hoffte, er würde mit Hunger zu ihr kommen. Ihr gelüstete es nach asiatischer Küche. Ein gemeinsames Abendessen in exotischer Atmosphäre wirkte vielleicht befreiend in der angespannten Situation, in der sie beide steckten. Seit zwei Tagen kam er mit seiner SOKO nicht mehr weiter. Keiner der Hinweise war in etwas Verwertbarem gemündet. Die Nadel versteckte sich ganz tief unten im Heuhaufen.

Sie ließ den Fernseher laufen und betrat das kleine Badezimmer. Hier war das Stimmenwirrwarr des Cartoons gedämpfter, aber gerade noch verständlich.

Genug, um von dem Damoklesschwert abzulenken, welches über ihr und Finn schwebte.

‚Bin ich wirklich in Gefahr?‘, fragte sie sich zum hunderttausendsten Mal an diesem Tag.

Bedächtig stieg sie in die Duschwanne und ließ das Wasser über ihren Körper rieseln. Es prasselte schwer auf die emaillierte Oberfläche der Wanne, ein rhythmischer Trommelwirbel, der das Gequassel des Zeichentrickfilms übertünchte.

Katja Neisinger nahm eine Auszeit vom Alltag und genoss das Gefühl der Wärme, die um ihren Körper floss. Mit den Händen strich sie sich durch die Haare und über ihre Brüste, die groß und schwer geworden waren. Die Schwangerschaft hatte sie üppiger werden lassen, und ihre Furcht, sie könnte zu einem unattraktiven Kloß mutieren, war schnell verflogen, als Finn ihr deutlich zu verstehen gegeben hatte, dass er sie auch in diesem Zustand begehrte.

Als sie nach ein paar Minuten fertig war, hob sie vorsichtig einen Fuß aus der Dusche. Sie neigte dazu, in Hotelbadezimmern auszurutschen, und hatte keine Lust, nackt nach Krug zu rufen, weil sie rücklings wie eine Schildkröte auf dem Boden lag. Sie kicherte bei der Vorstellung und rubbelte sich mit einem Handtuch trocken.

Nach ein paar Sekunden wurden ihre Bewegungen langsamer und stoppten dann vollends. Sie richtete sich auf und lauschte.

Etwas fehlte.

Der Fernseher lief nicht mehr.

Kein Johnny Frikadelli, der hysterisch nach Hackfleischbrötchen rief, keine Dudelmusik, keine Nachrichten, überhaupt nichts. Gab es eine Zeitschaltung für diese Hotelapparate? Wohl kaum.

Katja schlüpfte in den Bademantel, der sich nur widerwillig über ihre noch feuchte Haut ziehen ließ. Sie wünschte sich, sie hätte ihr Handy mit ins Badezimmer genommen, aber dann fasste sie sich ein Herz und zog leise die Tür des Zimmers auf. Die von außen eindringende, kühlere Luft kroch über den Boden und kribbelte an ihren nackten Füßen. Wasserdampf wallte nebelgleich im Badezimmer umher. Ein Tropfen lief ihre Stirn herunter, durchquerte eilig ihr Gesicht und versickerte im Kragen des Mantels.

Im Zimmer schien alles beim Rechten zu sein. Nur der Fernseher war ausgeschaltet. Katja griff nach dem Handtuch und wickelte es schnell um ihre Haare. Ihre rote Mähne – noch nass vom Duschen – war jetzt dunkelbraun, fast schwarz.

Ein Rundblick verriet ihr, dass alles an seinem Platz war. Die Kleidung hatte sie über einen Stuhl gelegt, auf dem Bett lag ihr Mobiltelefon und der alte MP3-Player. Obwohl sie es zu unterdrücken versuchte, klopfte ihr Herz schneller. Sie öffnete mit zusammengepressten Lippen die Zimmertür und zwang sich zum Reden.

„So, ich bin fertig“, sagte sie und wartete auf eine Antwort.

Dennis Krug gab keinen Mucks von sich. Katja streckte den Kopf aus dem Türrahmen in den Gang hinaus und sah nach links, wo der alte Sessel stand.

Der junge Mann saß immer noch dort. In seinem Schädel steckte ein kurzes Handbeil, das die Stirnplatte wie ein Holzscheit spaltete. An der Wand hinter Krug klebte rötliche Pampe, die wie zähes Gelee ganz langsam von der Tapete hinunterlief.

Ihr Leibwächter war tot!

Mehr sah Katja Neisinger nicht, denn sie zuckte sofort zurück und presste die Hand auf den Mund. Ihr war, als müsse ihr Herz gleich aus dem Brustkorb springen, dann wandte sie sich um und lief zu ihrem Handy. Sie musste sich bücken, um es vom Bett aufzuklauben, und weil sie zu schnell rannte, stieß sie gegen die Kante des Rahmens, kam aus dem Gleichgewicht und kippte nach vorn. Es gelang ihr gerade noch, sich zur Seite abzurollen, um nicht auf ihren Bauch zu fallen.

Sie erhob sich ächzend von der Matratze. Ihre Hand vibrierte so stark, dass sie kaum in der Lage war, die Tastensperre des Handys zu lösen. Nach endlos scheinenden Sekunden – viel zu viel Zeit für den Beilmörder draußen auf dem Gang – gelang es ihr, Finns Nummer zu wählen. Ihr Nacken kribbelte. Sie starrte ununterbrochen auf die Tür, darauf wartend, dass eine fürchterliche Gestalt mit verzerrter Hassgrimasse durchbrechen würde, um sie und das Kind in diesem Hotelzimmer zu töten. Sie sah ein schreckliches Bild vor Augen: sich selbst nackt auf dem Boden liegend, mit aufgeschlitzter Bauchdecke, das Neugeborene herausgerissen und mit der eigenen Nabelschnur erdrosselt.

Sie dachte daran, wie einfach es gewesen sein musste, den jungen Polizisten zu überraschen und noch im Sessel zu erschlagen. Wohin war der Killer dann gegangen? Katja hatte niemanden im Flur des Hotels erkennen können, aber vielleicht war sie einfach nur zu sehr von der sitzenden Leiche gefesselt gewesen.

Die Schwangere wich zurück in die von der Tür am weitesten entfernte Ecke des Zimmers. Dabei streifte ihr Blick den Fernseher.

Wieso war das Gerät ausgeschaltet?

„Katja?“, sagte eine Stimme an ihrem Ohr.

„Finn“, rief sie schrill in das Handy hinein. „Krug ist ...“

Es gab einen lauten Knall. Die Schranktüren rechts von ihr flogen peitschend auf.

Katja wähnte sich in einem Albtraum, als sie ihre Nemesis im Schrank stehen sah. Das Gesicht wirkte im Halbdunkel des Holzes wie ein Insekten-Facettenauge, schien aus vielen Einzelteilen zu bestehen. Der Killer stürzte aus seinem Versteck hervor, mit lang gestreckten Armen, die Finger zu Klauen gekrümmt.

Katja schrie.

14.

„Katja? KATJA!“, brüllte Finn in das Telefon hinein.

Er hörte entsetzliche Geräusche, die kratzig aus dem Handy hervordrangen.

Etwas knallte …

‚Ein Schuss? Oh Gott, war das ein Schuss?‘

… und er hörte seine Freundin panisch aufschreien. Gleichzeitig knurrte jemand, es raschelte und knarzte, dumpfe Schläge erklangen.

Dann wurde es plötzlich unheimlich ruhig, ein paar Herzschläge lang, bis die Verbindung zusammenbrach. Finn rannte aus dem Besprechungszimmer hinaus. Peter Siborski folgte ihm auf den Fersen. Er fragte nicht, was den SOKO-Leiter so blitzartig zur Eile antrieb, aber das war auch nicht nötig: Steinmanns Gesicht sprach Bände.

Zwei weitere Spurensicherer und eine Streifenbesatzung schlossen sich auf Siborskis Winken hin an, als Steinmann an ihnen vorbeirauschte.

Die Fahrt zum Hotel dauerte nicht lange. Finn sagte kein einziges Wort. Er sprang aus dem Wagen, noch bevor die Räder still standen. Hinter ihm stoppte ein blausilberner Polizeikombi mit quietschenden Reifen.

Im kleinen Foyer des Familienbetriebes saß der Hausherr benommen neben dem Empfangstresen, der früher einmal eine Theke aus einer Bar gewesen sein mochte. Eine große Beule zierte die Stirn des älteren Mannes. Einer der Streifenpolizisten bückte sich zu ihm hinunter und sprach ihn leise an.

Steinmann achtete nicht darauf. Er lief über die Treppe in den ersten Stock, nahm mehrere Stufen auf einmal, stolperte und erklomm den Rest der Treppe auf allen vieren.

Seine P99 fand wie von selbst den Weg aus dem Halfter in die Hand. Siborski klebte an seinen Fersen. Finn war froh, ihn an seiner Seite zu wissen.

Die beiden Kriminalbeamten stockten, als sie aus dem Treppenhaus in den Flur des oberen Stockwerkes bogen. In der Luft lag der schwere Eisengeruch von Blut.

In den letzten Tagen hatten sich die Freiwilligen immer fröhlich aus dem Sessel erhoben, wenn Steinmann kam, und ihn mit Handschlag begrüßt. Der junge Mann, der verkrampft auf dem Sessel eingefroren war, war nicht mehr in der Lage dazu.

Finn hatte Krug nicht wirklich gut gekannt, und es war auch kein kumpelhaftes Miteinander zwischen ihnen entstanden, aber dennoch fühlte er den herben Verlust beim Anblick seiner Leiche.

Krugs Gesicht war grotesk in die Breite gezogen. Ein Handbeil steckte bis fast zum Nasenrücken in seiner Stirn. Die Wand hinter ihm war rot gesprenkelt, so als wäre eine mit Farbe gefüllte Melone geplatzt.

Noch im Tode spiegelte sich das Entsetzen im Antlitz des jungen Polizisten. Er musste seinem Mörder in die Augen gesehen haben. Hatte ihn vielleicht noch höflich begrüßt, bevor das kleine Beil auf seine Stirn gedroschen worden war.

„Scheiße“, presste Siborski hervor. „Keine Gegenwehr. Absolute Überraschung. Und seine Waffe ist nicht mehr da.“

Finn nickte angespannt. Krug hatte ein Motorsportmagazin auf den Oberschenkeln liegen. Man konnte einen bläulichen Luxuswagen unter dem Geschmier aus Körperflüssigkeiten erahnen. Steinmann kam spontan in den Sinn, dass der Mörder wahrscheinlich harmlos aussehen musste, sonst wäre Krug aufgesprungen und nicht mit seinem Magazin ruhig sitzen geblieben.

Oder der Täter war eine sehr ungewöhnliche Person.

Finn rief sich den Moment in der Küche ins Gedächtnis zurück. Er war herumgewirbelt und hatte mit der Flasche nach dem

Angreifer geschlagen. Er erinnerte sich ganz deutlich daran, dass der Unbekannte wesentlich kleiner gewesen war als er.

Das Gesicht. Facetten. Viele Einzelteile. Steinmann schüttelte den Kopf. Nicht jetzt darüber nachdenken. Später.

Er deutete auf den Toten und hob seine P99 auf Schulterhöhe an. Ihr gemeinsames Zimmer lag nur wenige Meter entfernt. Finns Hals schnürte sich dermaßen eng zu, dass er fast keine Luft mehr bekam. Er spürte sein Herz poltern.

Dicht an die Wand gepresst rückte der Hauptkommissar weiter vor. Seine Beine wurden schwerer und schwerer. Jeder Schritt verkam zu einer Qual, der Waffenlauf zitterte vor seinem Gesicht. Er fragte sich, ob er gleich auf eine tote, schwangere Frau blicken würde.

Die Tür zu Raum 17 war nur angelehnt. Finn schob das alte, braune Holz mit der Pistole in das Zimmer. Es knarrte, als die Scharniere den Blick in den Raum preisgaben.

Die Decke auf dem Bett war zerwühlt. Der Wandschrank und die Badezimmertür standen sperrangelweit offen. Hohe Luftfeuchtigkeit kitzelte Steinmanns Nase. Ansonsten war nichts zu sehen.

Katja Neisinger war nicht hier.

„Bist du sicher, dass sie in diesem Raum war?“, raunte Siborski hinter ihm.

„Das muss sie“, gab Finn zurück. „Ich habe sie vor der Pension abgesetzt, und Krug sitzt tot auf seinem Sessel. Die Jungs bleiben immer in ihrer Nähe, also muss sie hier im Zimmer gewesen sein.“

Siborski sah im Badezimmer nach. „Hier hat noch vor kurzem jemand geduscht. Man kann die Fußabdrücke auf den Kacheln sehen.“

Einer der Streifenbeamten kam ins Zimmer. „An der Rückseite des Gebäudes steht eine Tür offen. Da hängt ein großer, hellblauer Stofffetzen an einem vorstehenden Nagel dran. Sieht aus wie von einem Handtuch oder so. Es befindet sich etwas Blut daran.“

„Vielleicht Katjas Bademantel“, sagte Finn. „Peter, lass einen deiner Leute für die erste Spurensicherung hier. Wir anderen suchen.“

„Finn ...“, begann Siborski.

„Nein“, hielt Steinmann dagegen und hob den Zeigefinger vor das Gesicht seines Kollegen. „Wir reden nicht darüber, bis wir sie gefunden haben. Krugs Mörder hat sie mitgenommen – also lebt sie noch. Klar? Sie lebt noch, davon gehen wir aus.“

„Okay, Finn.“

„Sie lebt“, sagte Steinmann noch einmal.

Die Männer stürzten an der Leiche vorbei und rannten die Treppe hinunter.

„Was hast du am Telefon gehört, als sie dich angerufen hat?“, wollte Siborski wissen.

Finn verlangsamte seinen Schritt. Jedes Detail war wichtig, gerade jetzt.

„Da war ein lauter Knall, und dann hat sie geschrien. Katja wollte mir etwas über Krug sagen. Vielleicht hat sie ihn tot im Sessel gesehen.“

Steinmann erreichte die Tür mit dem blauen Fetzen. Er erkannte den Stoff sofort. Es war tatsächlich Katjas Bademantel. Es befand sich nicht viel Blut daran. Nur rund um den rostigen Nagelkopf, der sich im Lauf der Jahre aus dem Holz gedrückt hatte, war es zu sehen. Katja musste daran hängen geblieben sein.

„Finn“, sagte Siborski hinter ihm. „Sieh auf den Boden.“

Steinmann wandte sich um. Er sah seinen Kollegen auf einen feuchten Abdruck am Boden deuten. Er war nur noch ganz schwach zu sehen.

Man hatte sie barfuß aus dem Haus gezerrt. Aber sie war gelaufen – was einwandfrei bedeutete, dass sie lebte.

Steinmann verließ das Gebäude. Etwas weiter rechts befand sich ein größerer Biergarten, der zu dem kleinen Hotel gehörte. Dann lief das Grundstück in einen steil ansteigenden Hang über und wurde zu einem der allgegenwärtigen Höhenzüge des Hunsrücker Mittelgebirges.

„Hast du ihr Handy im Zimmer gesehen?“, fragte Finn und wandte sich um.

Siborski überlegte. Dann schüttelte er den Kopf.

„Es hätte irgendwo auf dem Boden oder im Zimmer liegen müssen. Katja wurde angegriffen, ich glaube nicht, dass sie es in der Hand behalten hat.“

Er wies einen der Streifenbeamten an, in Raum 17 vorrangig nach dem Mobiltelefon zu suchen. Ein unbestimmbares Gefühl sagte ihm, dass es wichtig war.

Steinmann sah in die Nachbargrundstücke hinein. Dort regte sich nichts. Zu dieser Jahreszeit arbeitete noch niemand im Garten. Das Drama im Hotel war von niemandem bemerkt worden.

Die Männer suchten das übersichtliche Gelände ab. Ein Wanderweg verlief hinter dem Grundstück. Einer der Streifenbeamten erklärte Steinmann, dass der Weg parallel zum Stadtteil verlaufe und diesen fast über die gesamte Strecke begleite.

‚Hier müssen sie entlanggekommen sein‘, überlegte Finn. ‚Er hat sie aus dem Hintereingang gezerrt und dann über diesen Wanderweg weggebracht.‘

„Verstärkung ist unterwegs“, meldete Siborski, aber Finn achtete nicht darauf.

Der Norddeutsche war unschlüssig, ob er nach rechts oder links gehen sollte. Er wusste, dass Katja nicht im Bademantel vor dem Hotel gewesen sein konnte, das wäre ihrem Entführer ein zu großes Risiko gewesen.

Aber hier, auf diesem Wanderweg, zu dieser Jahreszeit und in der einbrechenden Dämmerung – da kam höchstens mal ein Hund und sein Herrchen vorbei.

Steinmann war so in Gedanken, dass er nicht bemerkte, dass Siborski ihn erneut ansprach. Erst als ihm sein Kollege auf die Schulter klopfte, kehrte er in die wirkliche Welt zurück.

„Finn?“

Er zuckte zusammen. „Ja.“

„Kein Handy.“

„Was?“

„Das Handy ist nicht im Hotelzimmer. Es ist auch nicht im Flur. Ruf die Nummer doch einfach mal an. Wenn Katja es bei sich trägt – oder ihr Entführer – erfahren wir vielleicht mehr.“

Steinmann nickte. Natürlich – auf diese Idee hätte er auch selbst kommen können.

„Du wirst eine Weile für mich das Denken übernehmen müssen, Peter“, sagte er leise. „Kommt aber ja nicht auf die Idee, mich ablösen zu lassen wegen Befangenheit oder so.“

„Du machst in Anbetracht der Umstände einen ruhigen und gefassten Eindruck. Erst wenn du um dich schießt oder weiße Mäuse siehst, werde ich reagieren.“

„Danke“, sagte Finn und zog sein Mobiltelefon aus der Tasche. Er wählte Katjas Handy an.

„IHR GEWÜNSCHTER GESPRÄCHSPARTNER IST ZUR ZEIT NICHT ERREICHBAR.“

„Es ist abgeschaltet worden“, brummte er.

„Dann muss es irgendwo liegen“, erwiderte Siborski. „Meinst du nicht auch?“

„Wir lassen es mit einer stillen SMS orten“, bestimmte Steinmann.“

„Dafür brauchen wir die Nummer“, sagte Siborski.

„Hier“, unterbrach Finn ihn und zog seine Geldbörse aus der Jackentasche. „Hier ist ein Zettel mit den Daten von Katjas Handy. Ich habe alles aufgeschrieben.“

„Da stehen zwei verschiedene Nummern“, meinte Siborski.

„Die untere ist die von meinem Gerät“, erklärte Finn. „Du brauchst nur den oberen Teil des Zettels.“

„Ich veranlasse gleich die Ortung“, sagte Siborski, wandte sich ab und hob sein eigenes Telefon ans Ohr.

Steinmann fragte sich, wie die Polizisten vergangener Tage mit dem viel langsameren Informationsfluss zurechtgekommen waren. Heute geschah alles in blitzartiger Geschwindigkeit. Man konnte mitten im Wald bei einem gemütlichen Lagerfeuer sitzen und trotzdem die allgegenwärtige Datenbank des Internets anzapfen. Aber es würde ihm nicht verraten, wo sich Katja gerade befand. Er setzte Hoffnung in die stille SMS – seit knapp zehn Jahren eine Wunderwaffe des Verfassungsschutzes und der Polizeibehörden, um unvorsichtige Straftäter oder vermisste Personen aufzuspüren. Dabei wurde mit Hilfe einer „unsichtbaren" Textmitteilung das Empfängerhandy veranlasst, seinen Standort dem nächsten Funkmast mitzuteilen. Folgten mehrere stille Nachrichten hintereinander, konnte auf diese Weise sogar ein Bewegungsprofil erstellt werden. Normalerweise war eine Genehmigungskette vorgeschrieben, die den Einsatz der Handyortung freigab, aber bei akuter Gefahr durfte wesentlich schneller agiert werden.

Finn lief zuerst ein paar Meter in die eine, dann in die andere Richtung. Er suchte am Boden nach Abdrücken von blanken Füßen, aber durch die anhaltende Trockenheit war der Waldboden auf dem Weg zu hart. Steinmann hoffte, das Handy hier irgendwo zu finden. Mit etwas Glück war es vom Entführer selbst ausgeschaltet worden – vielleicht ließen sich Fingerabdrücke sicherstellen.

Er verwarf den Gedanken aber gleich wieder. Der Täter war so gerissen gewesen, in Steinmanns alter Wohnung keinen einzigen Abdruck zu hinterlassen, also war anzunehmen, dass er auch in diesem Fall sehr vorsichtig vorgegangen war.

Finn hob den Kopf und blickte die kahlen Baumwipfel an. Der Drang, in Tränen auszubrechen, kam ganz plötzlich über ihn.

„Die Ortung dürfte gleich erfolgen", sagte Peter Siborski hinter seinem Rücken.

Steinmann schwieg, hob aber die Hand, um ihm zu signalisieren, dass er es gehört hatte. Vor dem Hotel bremsten mehrere Streifen- und ein Rettungswagen aus voller Fahrt ab. Die Verstärkung mochte gute Dienste bei der Suche nach der Vermissten leisten, aber für den toten Polizisten kam jede Hilfe zu spät.

‚Wo bist du?', rief Finn in Gedanken nach Katja Neisinger.

„Ortung!", meldete Siborski.

Steinmann drehte sich mit flatternden Händen um. Siborski hatte sein Handy am Ohr und nickte fortwährend.

„Ja, verstanden“, sagte er und ließ das Telefon in seine Jackentasche gleiten.

„Wo?“, krächzte Finn.

„Weiter rechts von uns hat sich Katjas Handy abgemeldet. Etwa zweihundert Meter von hier.“

Der SOKO-Leiter lief voran. Der Wanderweg führte an den Rückseiten der Häuser vorbei.

„Ob jemand ... etwas davon mitbekommen hat?“, stieß Siborski zwischen den Zähnen hervor. „Sie hat sich doch nicht widerstandslos tragen lassen, oder?“

Finn hielt nach geschätzten zweihundert Metern an und versuchte, in alle Richtungen gleichzeitig zu sehen. In seinen Ohren rauschte es.

‚Reiß dich zusammen‘, bellte eine vertraute Stimme in seinem Kopf.

„Sie hat sich gewehrt“, sagte er. „Krugs Mörder hat alle Mühe mit ihr, sonst wäre an dem Nagel kein Stofffetzen. Ich nehme an, er treibt sie vor sich her.“

Siborski drehte sich um und winkte den Kollegen, die hinter ihnen auf den Waldweg traten.

„Wir brauchen Zeugenaussagen!“, brüllte er und zeigte auf die Häuser, die den Pfad säumten. „Klingelt an den Türen! Befragt den Hotelier!“

Zu Finn gewandt, sagte er: „Vielleicht hat sie geschrien und wurde gehört. Irgendjemand muss etwas gesehen haben.“

Steinmann leckte sich die Lippen. „Ja, vielleicht.“

Siborskis Telefon klingelte wieder.

„Ja ... ja, verstehe ... ja, der Bursche ist schlau ... danke.“

„Was gibt es?“, bohrte Finn.

„Die stille SMS kommt nicht an.“

Finn fluchte. Die einzige Verteidigung gegen die unsichtbare Nachricht war die Entnahme des Akkus und der SIM-Karte.

„Er hat damit gerechnet“, sagte Steinmann. „Die verdammte Ratte hat damit gerechnet. Wie bei sonst allem auch.“

„Wie meinst du das?“

„Er macht keine Fehler. Saubere Tatorte, keine Fingerabdrücke, keine Spuren, schnelles, gezieltes Handeln."

„Ein Profi?", brummte Siborski. „Jemand, der angeheuert wurde? Von wem? Was soll dann der Scheiß mit den wandelnden Toten?"

„Das weiß ich nicht. Ich weiß nicht, was ich von dem Täter halten soll. Aber seine Taten sind extrem zielgerichtet. Er weicht nicht von seinem Plan ab. Krug hatte keine Chance, aufzustehen und sich zu wehren. Der Killer kam die Treppe hoch, hat vielleicht noch höflich gelächelt und dann mit dem Beil zugeschlagen. Ich erkenne kein Zögern in seinen Handlungen. Denk nur an Oskar Konradts Ermordung. Das ist absolut planmäßiges Handeln. Und wenn er jetzt Krugs Waffe hat, ist er noch gefährlicher."

„Auf jeden Fall ist er mit deiner Freundin in diese Richtung geflüchtet", sagte Siborski und blickte den Waldweg entlang, als könne er die in der Luft schwebende Restwärme der Vermissten sehen.

Finn drehte sich um und sah in die entgegengesetzte Richtung. „Oder er ist bis hierhin gelaufen, hat das Handy ausgeschaltet, den Akku rausgenommen und ist dann wieder zurückmarschiert."

Frank Müller und Abramo Tremante traten auf den Weg und sahen zu ihnen herüber. Sie trugen Walkie-Talkies in den Händen. Steinmann packte Siborski an der Schulter.

„Nimm du dir Tremante und lauf hier weiter den Weg runter. Ich werde mit Frank die andere Richtung einschlagen. Wir bleiben über Funk in Kontakt."

Siborski nickte und versuchte, in Steinmanns Gesicht eine Regung zu erkennen. Das Antlitz des SOKO-Leiters hatte sich verhärtet. Hölzerne Züge prägten seine Miene, als sei er innerhalb von Sekunden um Jahre gealtert.

Finn sah seinem Kollegen fest in die Augen. „Ich werde so lange funktionieren, bis ich Katja gefunden habe", sagte er rau. „Erst dann werde ich mir erlauben, Schwäche zu zeigen."

Steinmann wartete Siborskis Antwort nicht ab, sondern wandte sich um und lief Müller und Tremante entgegen.

15.

Katja Neisingers Kopf stieß immer wieder gegen die Rückwand des Kofferraums. Finsternis umgab sie und vermischte sich mit dem modrigen Duft der alten, feuchten Wolldecke, auf der sie lag. Ihre Schultern schmerzten höllisch, da ihre Hände mit Klebeband hinter dem Rücken gefesselt waren. Sie konnte spüren, wie das Blut bis zum Handgelenk kam und dort am Durchfluss gehindert wurde. Ihre Finger schliefen langsam ein.

Ein solches Tape verklebte auch ihren Mund. Das Hin- und Herschaukeln des fahrenden Autos verursachte Schwindelgefühle, und sie versuchte mit ruhigen, tiefen Atemzügen zu vermeiden, dass ihr schlecht wurde. Sie hatte oft genug Menschen auf dem Obduktionstisch gehabt, die an ihrer eigenen Kotze erstickt waren. Sie durfte nicht zusammenklappen, nicht deren Schicksal erleiden.

Katja begann, ihre Fingermuskulatur anzuspannen, soweit es das Klebeband zuließ. Sie fühlte, wie sich an ihrem Handgelenk das Tape an seinem Rand faltete und eine dünne, harte Rolle bildete. Sie bereitete sich darauf vor, dass diese Rolle ihr bald in die Haut schneiden würde.

Sie musste so lange durchhalten, bis Finn sie fand. Darauf setzte sie. Er hatte am Telefon mit angehört, wie sie angegriffen wurde. Ganz bestimmt war er nun schon auf der Suche nach ihr. Ihr war aufgefallen, dass der Hotelier noch lebte, als ihr Entführer sie grob durch das Foyer getrieben hatte.

‚Entführerin', korrigierte Katja sich in Gedanken.

Die Überraschung, es mit einer Frau zu tun zu haben, war riesengroß gewesen. Dennis Krugs – und wahrscheinlich auch

Oskar Konradts – Mörderin war zwar vermummt, aber die Körpersprache war eindeutig. Männer bewegten sich eckiger, bulliger, doch ihre Entführerin verriet mit einem Rest von Anmut und Geschmeidigkeit ihr Geschlecht.

Die Fremde hatte ein zweites Handbeil, von der gleichen Art wie jenes, welches in Dennis Krugs Schädel steckte. Sie war Katja Neisinger an Kraft weit überlegen, obgleich sie nicht ganz ihre Körpergröße erreichte. Die Gerichtsmedizinerin hatte sich dem Griff der Frau nicht entziehen können und wurde unnachgiebig über den Waldweg getrieben. Nach wenigen hundert Metern drückte die Frau sie seitlich in den Hang, und mit gummihandschuhbewehrten Händen entnahm sie vor Katjas Augen den Akku und die Karte des Mobiltelefones. Dann zerrte sie die Schwangere wieder auf die Füße und trieb sie den ganzen Weg zurück, bis irgendwann ein alter, roter Volvo in Sicht kam. Automatisch sah Katja auf das Kennzeichen hinab, das von einem braunen Tuch verdeckt wurde.

Die Killerin hielt mit Katja auf das Fahrzeug zu und öffnete den Kofferraum. Katja begriff zuerst nicht, was die Fremde von ihr wollte. Sie starrte die Frau ängstlich an und schnaufte schwer unter dem Panzertape auf ihrem Mund. Die beiden sahen einander in die Augen. Katjas Pupillen weiteten sich vor Schreck. Sie konnte nur die Augenpartie, die Nasenwurzel und einen Teil der Stirn erkennen.

Vielleicht lag es an der fortschreitenden Dunkelheit, aber die Unbekannte sah aus, als leide sie unter einer Hautkrankheit. Das, was Katja von ihrem Gesicht sehen konnte, wirkte fleckig, grau und auf widerliche Weise glitschig.

Die Fremde sagte keinen Ton, deutete mit der freien Hand energisch in den Kofferraum des alten Kombis, dessen hintere Scheiben abgedunkelt waren. Als die Gerichtsmedizinerin zögerte, hob sie das Handbeil an.

Nur ein kleines Stück.

Katja Neisinger schnaufte, fühlte, wie sich ihr Baby im Bauch regte und ließ sich langsam auf der Ladefläche des Wagens nieder.

Krugs Mörderin drehte sich seitlich von Katja weg und beobachtete den Weg und die Häuser, die hinter hohen, dichten Büschen verborgen lagen.

Einen Sekundenbruchteil überlegte die Entführte, ob sie versuchen sollte, die Frau mit einem Fußtritt aus dem Gleichgewicht zu bringen. Wäre sie fit genug gewesen, wäre sie dieses Wagnis vielleicht eingegangen, aber mit einem Kind im Bauch schien ihr das Risiko zu hoch. Das Beil sah furchtbar scharf aus. Die Klinge war sicher in der Lage, die gespannte Haut unter ihrem Bademantel ganz leicht zu teilen.

Das schreckliche Bild mit dem durch die Nabelschnur erdrosselten Baby drängte sich ihr wieder auf. Ihr Kind tot, sie selbst verblutet am Boden.

Der kritische Moment zog vorüber, ohne dass Katja reagierte – bis auf eine Kleinigkeit, die ihr in den Sinn kam, und die sie ausführte, ohne weiter darüber nachzudenken. Sie streifte den Ring von ihrem Finger und ließ ihn auf den Boden fallen. Die Killerin bemerkte es nicht.

Katja Neisinger zog das zweite Bein herauf und kauerte sich hin. Bevor die Heckklappe geschlossen wurde, glaubte sie noch, quietschende Reifen ganz in der Nähe zu hören.

Der Wagen rollte auf dem holprigen Untergrund unruhig an. Katja Neisinger machte die Beine lang, um sich zu verkeilen, damit sie während der Fahrt nicht so viel hin- und hergeschaukelt würde.

Es war alles so verflucht schnell gegangen. Verdammt, sie trug noch den Bademantel, der mehr und mehr verrutschte und ihren schwangeren Körper entblößte. Es war niemand da, der daran hätte Anstoß nehmen können.

Noch nicht.

Ihr Herz klopfte schneller – *noch* schneller – bei dem Gedanken an das, was alles auf sie warten mochte. Was hatte die Fremde mit ihr vor? Wohin wurde sie von ihr gebracht? Katjas Vorstellungskraft war durch annähernd zehn Jahre in der Rechtsmedizin in Mainz geschult.

Da waren die Hassmorde, verübt durch Einzeltäter, mit stumpfen, scharfen, schweren, spitzen, harten oder splitternden Werkzeugen, oder mit Feuerwaffen, deren Resultat verkrustete Schusswunden waren, klaffend dem Blick des Betrachters preisgegeben.

Etwas seltener lagen Leichen vor ihr, die das Opfer mehrerer Täter waren. Meist Frauen – junge Frauen oder gar Mädchen – die von Männern malträtiert wurden, vergewaltigt, getötet, im Dreck verscharrt.

Erschlagene Kinder, Babys, Totgeburten, alte Menschen, deren Selbstmorde aus Einsamkeit so offensichtlich waren wie das Wetter am Himmel … ein Sammelsurium aus den Abgründen der menschlichen Gesellschaft.

Katja Neisingers Arbeit stand immer ganz weit am Anfang der polizeilichen Ermittlungsarbeit, bis Männer wie Finn Steinmann kamen und den Faden aufgriffen, den sie aus den geschundenen Körpern zog.

Die Frage war – wer würde ihren eigenen Leichnam dereinst finden, und was würde ein Mediziner darüber zu sagen haben? Welchen Faden mochte man aus ihr zerren, und welche Erkenntnisse würden die Ermittler daraus erhalten?

Die Killerin hatte den armen jungen Polizisten gnadenlos hingerichtet. Sie hatte die Leiche gesehen, im Vorbeigehen, als die Fremde sie durch das Hotel schleifte. Wenn sie eines von dieser Frau nicht erwarten konnte, war es Gnade. Sie zögerte nicht, sie wankte nicht, sie handelte zu jedem Zeitpunkt entschlossen. Jeder Handgriff saß fest und kündete von starkem Willen.

Nur – warum war sie nicht gleich getötet worden? Katja dachte an das, was unter dem Bild gestanden hatte, welches bei Oskar Konradt vorgefunden wurde.

„Wir zeigen euch die Tür.“

Sie fand keine Lösung.

Katjas Blase drückte, und das Schaukeln des Wagens beunruhigte das Ungeborene. Das Baby trat wild aus und malträtierte mit seinen Füßen, die sich im Endstadium der Schwangerschaft wie Baggerschaufeln anfühlten, ihre Rippen.

Sie versuchte verzweifelt, den Harndrang zu unterdrücken. Sie wimmerte, ächzte, verkrampfte die Arme – und musste doch nach wenigen Minuten Kampf dem Drang nachgeben.

Beschämt urinierte Katja im Kofferraum auf die alte, stinkende Decke, der nun eine neue Duftnote zugefügt wurde. Sie hatte heute zu wenig getrunken, und ihr Blaseninhalt roch streng und hochkonzentriert.

Katja Neisinger würgte.

‚Nicht kotzen, bloß nicht kotzen', dachte sie und steckte ihre Nase möglichst tief in die noch sauberen Teile ihres Bademantels.

Die Fahrt wurde ruhiger. Sehen konnte sie nichts, denn es war mittlerweile stockdunkel. Offenbar rollte das Auto über befestigte Wege oder eine Straße. Katja vernahm außer dem Brummen des Motors nur ihre eigenen Atemzüge. Es drangen so gut wie keine Geräusche von außen an ihr Ohr.

Dann stoppte der Wagen. Katja wurde heftig gegen die Rückwand geworfen, die sie von ihrer Entführerin trennte. Ihr Herz hämmerte hart in ihrem Brustkorb. Kam jetzt die Frau mit dem Fleckengesicht, um sie zu töten?

Doch der Motor rasselte nach wie vor, niemand stieg aus. Plötzlich ruckte das Fahrzeug wieder an und die Fahrt ging weiter.

‚Eine Ampel', dachte Katja, ‚Das muss eine Ampel gewesen sein oder sind wir in eine andere Straße abgebogen?'

Mehrere Minuten vergingen. Wie viele genau konnte die Gefangene nicht bestimmen. Der Wagen bremste wieder ab – etwas weniger heftig als zuvor – und polterte dann erneut über unebenen Boden.

Katja Neisingers Magen drehte sich um. Das Kind drückte ihr Innerstes zusammen und raubte ihr die Luft zum Atmen. Sie spürte, dass nur wenige Augenblicke Zeit zum Handeln übrig waren, bevor sie brechen musste. Aber was tun, wenn die Hände gefesselt sind und der Mund mit starkem Klebeband verschlossen ist?

Katja rieb ihre Wange am Boden des Kofferraums, in der Hoffnung, das Tape würde sich irgendwie abrollen.

Es gelang ihr nicht. Die Decke, auf der sie lag, war zwar alt und muffig, bildete aber dennoch zwischen ihr und dem eigentlichen Boden eine weiche Trennschicht. Sie fand nicht genügend Halt, um den Rand des Klebebands irgendwie anzugreifen. Sie schwitzte, keuchte vor Anstrengung, rieb sich die Wange am Stoff heiß – aber es half nichts.

Katja Neisinger versuchte sich mit den Beinen von der Wand abzudrücken, während das Auto unverändert hin- und herwippte. Dabei engte sie das Baby stark ein, sodass es sich in seiner Gebärmutter zusammenzog und mit jahrtausendealtem Instinkt gegen den plötzlichen Platzmangel wehrte.

Beide – Mutter und Kind – kämpften gegen die Todesgefahr auf ganz eigene Weise.

Katja Neisinger rülpste unter dem Klebeband, und heißer, säuerlicher Atem drang aus ihren Nasenlöchern. Sie spürte das verzweifelt strampelnde Baby, drehte sich auf die Seite und erlaubte dem Schicksal, zehn Sekunden ihrer Zeit zu stehlen und dem Jungen zu schenken.

‚Lieber Gott', flehte sie, während sie erneut aufstieß und saure Hitze aus ihren geblähten Nasenflügeln kroch, ‚ich will kein Wunder … nur etwas Glück.'

Dann quälte sie sich und das Kind erneut. Sie erreichte durch eine abrupte Drehung das Blech am Ende des Kofferraums, presste ihre Wange gegen das Metall und suchte hektisch eine raue Stelle.

‚Vielleicht dort, wo die Verriegelung für die Heckklappe ist', dachte sie und zog ihren Körper zusammen.

Sie schnitt sich so überraschend die Haut auf, dass sie bis ins Mark erschrak. Warmes Blut rann über ihre Wange und tropfte auf die Decke, die durch ihre Bemühungen zerwühlt unter ihr lag. Irgendwo im Metall befand sich ein kleiner Kratzer, eine

Verwerfung, möglicherweise ein Überbleibsel eines Auffahrunfalls – was es auch war, es bedeutete Hoffnung.

Katja Neisinger entlastete ihr Becken und spreizte die Beine so weit wie möglich. Das Baby fand wieder Platz und streckte sich. Sie schnaufte. Die Decke, auf der sie lag, war inzwischen großflächig von Urin durchtränkt. Es stank erbärmlich.

‚Einmal noch‘, dachte sie. ‚Einmal noch durchhalten, mein Junge.‘

Erneut ruckte sie auf die Seite, glich wütend ein heftiges Schaukeln des Wagens aus und drückte ihre rechte Wange mit aller Kraft gegen das Blech. Sie spürte ihre Magensäure kochen und zog mit einer raschen Kopfbewegung die Haut über das Metall, während das Auto ihren Kampf mit gleichmütigem Motorbrummen begleitete.

Sie fühlte einen tiefen Riss in ihrer Wange. Der Schmerz lenkte sie ab von dem Brechreiz, übertönte ihn mit süßem Stechen.

‚Das ist wie eine Operation‘, dachte sie. ‚Such den Ansatzpunkt, such den Ansatzpunkt, verdammt. Gib mir Zeit, mein Kind, GIB MIR ZEIT!‘

Sie hustete und ein erster Schwall Kotze schob sich aus dem Magen in ihre Speiseröhre hinein. Es verblieben nur mehr ein paar Sekunden, bis …

Katja tastete wie eine Blinde in der Dunkelheit mit ihrer blutenden Wange an der Wand entlang – und dann konnte sie einen winzigen Widerstand fühlen, der sich an dem Blechkratzer fing.

Sie rieb daran, hin und her, hin und her, während das Baby in ihrem Körper tobte und sie vor Anstrengung grunzen ließ.

‚Ich kann nicht nachlassen, mein Schatz‘, dachte sie seltsam losgelöst. ‚Sonst sterben wir beide an diesem dunklen, stinkenden Ort.‘

Eine Faser löste sich vom Panzertape ab. Es war nur ein winziges Stück, aber Katja streckte ihren Kopf nach hinten und zog wie eine Besessene daran.

Die Bewegungen des Kindes wurden langsamer.

Die Faser trennte sich auf ganzer Länge vom Band ab. Die Killerin hatte das Band nicht völlig gerade auf die Lippen geklebt – auf der rechten Seite wurde der Mundwinkel freigelegt.

Hastig setzte Katja Neisinger die Wange noch einmal auf den Kratzer. Ihre Konzentration entglitt ihr und sie erbrach sich. Der Mageninhalt schoss mit Gewalt in ihre Mundhöhle, und sie konnte von Glück sagen, dass sie nicht viel gegessen hatte an diesem Tag. Durch die winzige Lücke zwischen Tape und Mundwinkel quoll die Brühe und gewährte einen winzigen Druckausgleich.

Trotzdem blieb ihr die Luft weg, und die durch ihre Speiseröhre hoch- und runterschießende Flüssigkeit ließ sie husten. Konvulsivische Zuckungen liefen durch ihren Brustkorb.

‚NEIN! NEIN!'

Mit letzter Kraft drückte sie sich noch einmal gegen das Blech, ignorierte das überdeutliche Gefühl des inzwischen reglosen Kindes in ihrem Körper und setzte den Mundwinkel genau auf den Kratzer.

Katja Neisinger konnte hören, wie das Tape und ihre Lippenhaut rissen. In der Finsternis vor ihr tanzten Funken.

Es wurden immer mehr.

Bis zur Mitte des Mundes löste sich das Panzerband ab. Ein Schwall spritzte aus ihr hervor, sie hustete und warf sich auf die Seite, spreizte die Beine.

Ihre Schultern brannten wie Feuer, die Hände waren taub und geschwollen, und sie heulte, als sie das Kind in ihrem Bauch nicht mehr spürte.

Katja Neisinger atmete tief durch und horchte über das Brummen hinweg in ihren Bauch hinein.

‚Komm schon', dachte sie. ‚Bitte bleib bei mir.'

Sie blieb ganz still liegen. Träge begann sich das Baby wieder zu regen, strampelte sich müde ins Leben zurück. Es war wie eine kleine Geburt. Katjas Kopf sank zur Seite. Sie keuchte. Diese Hürde hatte sie genommen – hatten sie beide genommen. Sie hoffte, dass sich das Baby nichts gequetscht hatte.

Erschöpft lag sie auf der Decke. Ihr war nach wie vor übel vom Gestank, der sie mittlerweile umgab. Der alte Deckenstoff, ihr Urin und das Erbrochene bildeten eine fürchterliche Mischung. Aber wenigstens konnte sie Luft holen, und erneutes Würgen bedeutete keine Todesgefahr mehr.

Katja dachte daran, welche Ironie es wäre, wenn nun der Wagen stoppen und sie von der Fleckenfrau in irgendeinem Waldstück getötet und vergraben würde. Der Kampf, den sie gerade ausgefochten hatte, wäre dann umsonst gewesen. Das Kind, längst fertig, um die Welt zu sehen, zu schmecken und zu fühlen, verstürbe ebenfalls, und das einzige, was es dem Herrgott im Himmel berichten konnte, wäre eine Geschichte von Qual und Schmerz.

Katja Neisinger beschloss, sich so unterwürfig wie möglich zu geben. Sie musste leben, koste es, was es wolle. Sie konnte sich nicht vorstellen, zu einer einsamen Hütte mit fünf wartenden Männern gebracht zu werden, die sich an einer verkotzten Schwangeren erregten – nein, auf sie wartete irgendetwas anderes.

Und selbst wenn … musste sie es um jeden Preis durchstehen.

So lange, bis der Mann sie fand, dem sie das Wunder in ihrem Bauch verdankte.

‚Finn', dachte sie, ‚komm schnell.'

Der Wagen wurde langsamer und hielt dann an. Katja hörte, wie die Handbremse gezogen wurde. Sie spannte ihren ganzen Körper an, als der Motor abgestellt wurde.

Jetzt war es so weit.

Was auch immer es sein mochte.

Ein paar Sekunden lang geschah gar nichts. Dann wurde die Fahrertür geöffnet. Das Auto wippte sanft, wie ein kleines Boot bei leichtem Seegang. Das Flickengesicht war ausgestiegen.

Katja vernahm dumpfe Schritte, die sich langsam dem Heck des Wagens näherten. Sie versuchte, sich ganz klein zu machen, im Dunkeln zu verstecken. Plötzlich bot ihr Gefängnis den einzigen Schutz, den sie hatte. Die Heckklappe war die letzte Grenze zwischen ihr und dem Martyrium der Zukunft.

Die Klappe wurde aufgerissen. Da es finster war, wurde Katja Neisinger kaum geblendet – so konnte sie ihrer Entführerin ins merkwürdige Antlitz blicken.

Flickengesicht sah auf sie herab und musterte die Sauerei im Kofferraum. Nach wie vor sagte sie kein Wort, klopfte mit der Beilklinge gegen die Karosserie und trat einen Schritt zurück.

Katja verstand. Sie rollte sich auf den Rücken und versuchte mit Muskelkraft ihren Oberkörper hochzuwuchten, was sie wegen der Schwangerschaft Mühe kostete. Ihr Bademantel rutschte von den Schultern und fing sich an ihren gefesselten Händen. Ächzend richtete sie sich auf und holte tief Luft, die ihr nach dem Gestank der Fahrt wie das beste Parfum der Welt vorkam.

Die Gerichtsmedizinerin genoss den frischen Sauerstoff einen Sekundenbruchteil zu lang. Flickengesicht verlor die Geduld und schwang das Beil wie eine Machete. Katja Neisinger zog den Kopf ein. Die Fremde hämmerte ihre Waffe in das alte Fahrzeug. Es donnerte, Metall kratzte kreischend über Metall. Sie hätte ihre Geisel nicht getroffen.

Aber es war eine Warnung.

Katja beeilte sich, auf die Füße zu kommen. Die Ärztin hob das rechte Bein aus dem Auto. Geschwächt durch die anstrengenden Minuten der Fahrt knickte sie mit dem linken Bein ein und verlor die Balance.

Die Gefesselte stürzte aus dem Laderaum. Der nackte rechte Fuß prallte auf den steinigen Untergrund. Die Frau mit dem Flickengesicht packte sie bei den Armen und hielt sie aufrecht. Beide starrten sich einen Moment aus nächster Nähe an.

Dann zog Krugs Mörderin mit einem Ruck den Bademantel wieder über die Schultern ihrer Geisel.

Mit wackligen Beinen und offen stehendem, feuchten Bademantel stand Katja Neisinger hinter dem Wagen und wartete auf weitere Anweisungen. Mit blanken Füßen und verbundenen Händen war an eine Flucht nicht zu denken. Die Fremde hätte sie sofort eingeholt.

Katja sah sich vorsichtig um. Sie befand sich in einem dichtbewachsenen Waldstück. Es war unangenehm kühl. Eine kleine, alte Holzhütte stand am Ende des Weges, auf dem der Wagen abgestellt war. Das windschiefe Gebäude wurde von einem mannshohen Maschendrahtzaun geschützt. Auf der kleinen Fläche vor der Eingangstür lagen ein paar rostbraune Schaufeln und ein verrotteter Sandkasten, der schon lange keine Kinder mehr zum ausgelassenen Spielen eingeladen hatte. Ganz rechts war eine alte, schmutzige Wäscheleine zwischen zwei matschbraunen Holzpfählen gespannt, an denen sich gelbliche Pilze breitgemacht hatten. In einer nicht allzu fernen Zukunft würden die Pfosten einfach umfallen und das Ende der Holzhütte einläuten.

In der Düsternis des Waldes sah das verlassene Häuschen unheimlich und bedrohlich aus. Kein Licht drang aus den Fenstern. Die hohe Feuchtigkeit der Umgebung hatte das Glas schon vor vielen Jahren blind werden lassen.

Katja wandte den Kopf und sah die schweigsame Frau an. Im Halbdunkel wurde die Wirkung des Flickenteppichs in ihrem Gesicht noch bedrohlicher. Die Konturen verschwammen. Noch immer war nur der Bereich um die Augen und die Stirn zu sehen. Sie fragte sich, ob die Frau so auch im Auto gesessen hatte oder ob sie sich während der Fahrt demaskiert hatte – wenn es denn eine Maske war.

Eine Krankheit, die eine solche Hautveränderung nach sich zog, war Katja Neisinger unbekannt. In alten Filmen wurde Lepra manchmal so dargestellt.

Heute sah niemand mehr so aus. Es musste eine Maske sein.

„Was werden Sie hier mit mir machen?“, nuschelte sie kaum verständlich unter dem halb abgerissenen Tape.

Ihre Lippen brannten von dem plötzlichen Ruck, mit dem sie sich des Klebstreifens entledigt und das Leben gerettet hatte.

Die Fremde gab keine Antwort, sondern drückte der Entführten den Beilgriff in den Rücken. Solcherart angeschoben, bewegte sich Katja taumelnd auf den Zaun zu. Der Boden war kalt und nass. Kleine Steine und Holzstücke stachen in ihre Füße. Sie versuchte es zu ignorieren, aber zwei Mal schnitt sie sich tief in die Haut und stieß schmerzerfüllt Luft aus.

Das Tor im Maschendrahtzaun war unverschlossen. Die verhüllte Fremde öffnete es und drängte Katja Neisinger weiter auf die Hütte zu.

‚Das ist unser Ziel', dachte die Medizinerin. ‚Was hat sie vor?'

Viel schlimmer wog die Frage, wer sie hier finden sollte. Sie spürte Tränen in den Augen. Würde man sie lange genug am Leben lassen, um das Kind zur Welt zu bringen? Welchem Zweck diente die Hütte? Wofür wurde sie bestraft?

„Was habe ich Ihnen getan?", murmelte sie.

Anstelle einer Antwort zog die Frau die Tür der Hütte auf. Der Grundriss des Gebäudes mochte vier mal vier Meter betragen. Hier hatte früher mal eine Gruppe von Jägern ihre Feiern abgehalten. Dementsprechend war der Innenraum der Hütte. Das vergammelte Inventar ließ sich im Dunkeln nur mehr erahnen. An der Wand hing der verfilzte Schädel eines Hirsches. Katja Neisinger schrak zusammen, als hinter ihr plötzlich eine alte Ölfunzel entzündet wurde.

Ihr Blick fing sich in einer Skurrilität inmitten des Raumes.

Ein sauberes Feldbett stand direkt vor ihr, mit ganz weißem Bezug. Der helle Stoff wirkte an diesem Ort fremdartig und versetzte Katja Neisinger aus unerklärlichen Gründen in Panik.

Sie schrie unvermittelt auf, als schlagartig ein stechender Schmerz in ihrem Oberarm aufflammte. Sie drehte sich zu der Frau mit dem schrecklichen Gesicht um und spürte, wie ihre Beine nachgaben.

Die Fremde hielt einen spitzen Gegenstand in der Hand, und noch bevor Katja sich Gedanken machen konnte, was das sein mochte, schwand ihr Bewusstsein. Ihre letzten Überlegungen drehten sich um das Baby in ihrem Bauch, und dass sie beide nun der Fremden völlig wehrlos ausgeliefert sein würden.

Dann sackte sie nach vorne weg.

Elli hob die bewusstlose Schwangere mit geübtem Griff vom Boden und trennte mit einem Taschenmesser das Panzertape an ihrem Handgelenk. Das brauchte sie nun nicht mehr. Die Hure würde schlafen und stellte kein Hindernis dar.

Sie überprüfte rasch Katja Neisingers Atmung. Das Betäubungsmittel war stark genug gewesen, sie sofort auszuschalten, aber nicht dosiert genug, um ihre Reflexe zu lähmen.

Gut so. Alles nach Plan. Es war ihr nicht möglich gewesen, eine vollständige Ausrüstung mitgehen zu lassen, also hatte sie das Gewicht der Schwangeren schätzen müssen, um die Dosis genau abzustimmen. Ihre Erfahrung hatte sie einmal mehr nicht im Stich gelassen.

Elli legte die Hand auf den Bauch der Schwangeren und übte sanften Druck aus. Das Baby reagierte sofort auf den Reiz und schlug dagegen. Dennoch musste sie Maßnahmen einleiten, um dem Blutdruckabfall der Betäubten entgegenzuwirken. Sie durfte dem Baby nicht zu früh Schaden zufügen. Das Risiko einer spontanen Geburt war groß. Ob das Ungeborene Folgeschäden davontragen würde, war ihr herzlich egal. Es würde sowieso nicht alt genug werden, um sich darüber Sorgen machen zu müssen.

„Alles zu seiner Zeit", knarrte Elli und strich sich über die Haare. „Wir sind hier, mein kleines Baby, weißt du? Alle sind hier. Ich trage sie bei mir. Sie wollten dir ihre Aufwartung machen. Ich fürchte, wir werden dir die Tür zeigen müssen, wenn es so weit ist. Das wird unangenehm für dich sein, aber nicht lange dauern. Wir versprechen es dir. Und wer weiß … vielleicht beeindruckst du uns ja mit starkem Lebenswillen."

Elli richtete sich auf. Langsam löste sie den Schal um ihren Kopf und entblößte ihren Schädel. Niemand war da, der davor hätte zurückschrecken können. Es hatte ewig gedauert, jeden Aspekt derer, die in ihr lebten, im Gesicht festzuhalten. Es hatte seine Wirkung gezeigt. Der junge Polizist hatte sie entsetzt angesehen, als sie um die Ecke gekommen war.

Sie zog die Pistole aus ihrem Gürtel und betrachtete sie im Licht der Funzel. „Walther 9mmx19" stand oben am Lauf. Sie hatte nicht damit gerechnet, an eine Feuerwaffe zu gelangen. Die Pistole lag angenehm abgerundet in ihrer Hand. Ein Ersatzmagazin hatte sie ebenfalls ergattert.

Elli experimentierte eine Weile, dann gelang es ihr, das stangenförmige Magazin zu entnehmen. Sowohl dieses als auch das andere waren maximal gefüllt. Insgesamt verfügte sie über dreißig Patronen. Sie wusste nicht viel über Waffen, hatte aber immer wieder in Filmen gesehen, dass Pistolen und Gewehre über Sicherungshebel verfügten.

Bei der „Walther 9mmx19" fand sie jedoch keinen. Sie hob die Pistole mit beiden Händen und richtete sie auf den schief hängenden Hirschkopf an der Wand. Sie legte den Zeigefinger über den Abzug und drückte. Sie musste Kraft aufwenden, um den Hebel vollständig zu bewegen.

Der Schuss donnerte überlaut in der Hütte. Eine kleine Feuerblume drang aus dem Lauf und blendete Elli. Obwohl sie darauf vorbereitet war, zuckte sie zusammen. Als sich der Qualm verzogen und ihre Augen den Blitz verkraftet hatten, sah sie, dass der Hirschkopf zu Boden gestürzt war. Der Abzugshebel der Dienstwaffe des jungen Polizisten ließ sich jetzt wesentlich leichter bewegen – offenbar war nur das erste Feuern schwierig. Elli krümmte erneut den Finger. Der zweite Schuss fiel wesentlich schneller. Sie atmete tief durch, genoss den Geruch von Qualm und Tod und entspannte den Hebel wieder. Sie testete nach ein paar Sekunden den Abzug erneut – jetzt war er wieder schwieriger zu bewegen. Jetzt wusste sie, warum diese Pistole keinen Sicherungshebel hatte. Sie steckte die Walther in den Gürtel zurück und wandte sich der Frau auf der Liege zu.

Katja Neisinger hatte nicht einmal gezuckt bei den Schüssen. Sie war komplett weggetreten.

Elli nahm die kleine Kiste, die sie tagelang vorbereitet hatte, und öffnete sie. Die Ölfunzel spendete wenig Licht, aber es genügte, den Inhalt der Truhe zu inspizieren. Die schwarze Masse, die sich darin befand, bewegte sich geräuschlos hin und her.

Unzählige Vorderbeine spreizten sich, reckten sich Ellis Atem entgegen. Sie konnten die Frau riechen.

Es waren viele … sehr viele.

Und sie hatten Hunger.

16.

Steinmann rannte mit Frank Müller über den Waldweg. Sein Blick klebte am Boden.

„Finn, mach langsamer“, ächzte der Polizeioberkommissar hinter ihm. „Wir übersehen sonst etwas.“

Der SOKO-Leiter bremste. Sein Gesicht war verzerrt. Er verbarg die zittrigen Hände vor Müller und nickte. Steinmann hätte in diesen Momenten seine Waffe nicht ruhig halten können.

„Ja“, sagte er keuchend und stemmte die Arme in die Hüfte.

„Wie weit sind wir jetzt vom Hotel entfernt?“, fragte Müller und sah zurück.

Steinmann wandte sich kurz um. Ganz weit hinten konnte er Abramo Tremante und Peter Siborski erkennen.

„Vielleicht hundertfünfzig Meter“, gab der Hauptkommissar leise zurück. „Du hast recht, Frank. Lass uns nochmal ein Stück zurückgehen. Ich …“

„Schon klar, Finn“, unterbrach Müller ihn. „Wir packen das.“

Die beiden suchten nach einem Hinweis – *irgendeinem* – der ihnen helfen mochte, Licht ins Dunkel zu bringen. Müller schimpfte ob der Sichtverhältnisse und schaltete seine große Stablampe ein.

Steinmann bemerkte die schwache Reflektion eines kleinen Glassplitters oder Metallteiles. Er blieb darüber stehen, bückte sich und verharrte in der Bewegung.

„Hast du was gefunden?“, fragte Müller und kam mit der Lampe näher heran. „Ist das ein Ring?“

„Ja“, erwiderte Finn und nahm einen Stift aus der Jackentasche.

Der Ring war durch einen schweren Schuh in den Dreck gedrückt worden – sein eigener, wenn er seinen Laufweg in Gedanken rekonstruierte.

Steinmann legte den Ring vorsichtig frei. Er spürte einen Kloß im Hals und rieb sich über die Augen, als er das Schmuckstück erkannte.

„Das ist Katjas Ring", sagte er mit brüchiger Stimme. „Sie hat ihn von mir."

Müller betrachtete Finns Finger, an denen kein Gegenstück zu sehen war. „Es ist aber kein Verlobungsring, oder?"

„Nein. Nur eine kleine Aufmerksamkeit. Der Mistkerl hat uns tatsächlich zu täuschen versucht. Da drüben hat er das Handy ausgeschaltet und ist dann den ganzen Weg mit ihr zurückgekommen."

Frank Müller bückte sich neben ihm und sah sich die vagen Spuren genauer an.

„Ich stelle mir das schwer vor, mit einer schwangeren Frau im Schlepptau durch den Wald zu rennen", meinte er. „Das dauert."

Finn stimmte ihm zu. „Er kann erst kurz vor unserer Ankunft mit Katja hier langgekommen sein. Niemand hat etwas bemerkt, was bedeutet, dass die Aktion ohne große Geräuschkulisse abgelaufen ist. Sie hätte um Hilfe gerufen, wenn sie gekonnt hätte."

„Glaubst du, sie hat den Ring mit Absicht fallen lassen?"

„Ja. Ich gehe davon aus, dass sie uns einen Hinweis geben wollte. Wir lassen ihn hier liegen und holen die Spürhunde."

Müller nickte und deutete auf ein paar eindeutige Spuren im Waldboden. „Hier ist ein Auto gewesen. Die Reifen haben sich deutlich eingedrückt. Vielleicht ist sie damit fortgebracht worden."

„Die Hunde werden es uns verraten. Wenn Katjas Spur hier endet, muss es so gewesen sein."

Müller schaltete das Walkie-Talkie ein und forderte den Suchhund an. Die Rückmeldung des Einsatzfahrzeuges kam sofort. Der dort verbliebene Polizist meldete sich bei der Zentrale und gab die Anweisung weiter. Die Kommunikationskette lief schnell und ohne Schwierigkeiten. Wenige Minuten später stieg der Hundeführer mit seinem Schäferhund in den Spezialwagen ein.

Erneut quäkte das Sprechfunkgerät.

„Hier Müller. Kommen."

„Hier Einsatzwagen 60-40. Herr Klein ist aufgewacht und ansprechbar. Kommen."

Frank Müller sah hinüber zu Steinmann. Der SOKO-Leiter bedeutete ihm, die Ringspuren zu sichern und zu warten. Dann erhob er sich und lief zurück.

„Hier Müller. Verstanden. Einsatzleiter ist unterwegs. Ende."

Steinmann kam gerade im Foyer des Hotels an, als zwei Rettungssanitäter dem Mann auf die wackligen Beine halfen. Im Durchgangsbereich zum anderen Trakt standen Leute – wahrscheinlich weitere Hotelgäste, die durch den Aufruhr aufgeschreckt waren. Ein Notarzt sprach leise auf den Hotelbesitzer ein und drehte sich dann zu Steinmann um.

„Sie sind der Leitende?", fragte der Arzt.

„Ja", bestätigte Finn.

„Meiner Einschätzung nach wurde der Mann schlicht und einfach niedergeschlagen und hat eine Gehirnerschütterung. Ich muss ihn zu weiteren Untersuchung ins Krankenhaus bringen, Sie kennen die Vorschriften sicher."

„Waren Sie schon oben im ersten Stock?", wollte Steinmann wissen.

Der Notarzt schnitt eine Grimasse und zog Finn zur Seite. „Ich kann nur hoffen, dass er sofort tot war. Ich konnte nur den Tod dokumentieren. Es tut mir leid für Ihren Kollegen. Das ist nun schon der zweite Streifenpolizist innerhalb eines Jahres, nicht wahr?"

Finn antwortete nicht. Ihm stand nicht der Sinn nach Unterhaltungen über verstorbene Polizisten.

„Ist alles in Ordnung mit Ihnen?", fragte der Arzt plötzlich. „Sie sehen … angespannt aus."

„Es geht mir gut. Kann ich jetzt mit dem Hotelier reden, bevor Sie ihn mitnehmen?"

„Maximal drei Minuten“, sagte der Notarzt.

„Das wird reichen“, antwortete Steinmann.

Er schob sich an dem Mediziner vorbei, der ihn misstrauisch musterte. Wenn ein Fremder ihm schon ansah, dass etwas nicht stimmte, musste er vorsichtiger sein. Er durfte nicht zusammenklappen. Katja durchlebte vielleicht gerade schlimme Qualen. Er musste ihren Entführer so schnell wie möglich aufspüren.

Der Gedanke an Katja, die möglicherweise gerade gefoltert oder gar getötet wurde, ließ einen Schauer durch seinen Körper laufen. Er spürte, wie seine Knie nachzugeben drohten.

‚Denk nicht daran‘, schalt er sich. ‚Du findest sie am schnellsten, wenn du bei klarem Verstand bleibst und die Ratte erwischst, die sie dir weggenommen hat!‘

Steinmann riss sich mit aller Gewalt zusammen und beugte sich zu Klein hinunter. Der Mann lag inzwischen auf einer Trage und hielt sich den schmerzenden Kopf. Eine mächtige Platzwunde zeigte sich an seinem Hinterkopf, auf seiner Stirn prangte eine Beule. Der unbekannte Täter hatte also mindestens zwei Mal zugeschlagen.

„Wie geht es Ihnen, Herr Klein?“, zwang sich Steinmann ruhig zu fragen.

Er hätte den benommenen Mann am liebsten am Kragen gepackt und geschüttelt, um eine vernünftige Antwort zu erhalten.

„Mir tun der Kopf und die Augen weh“, sagte der Verletzte und schaffte es kaum, den Hauptkommissar anzusehen. „Alles dreht sich.“

„Man wird Sie gleich ins Krankenhaus bringen“, sagte Finn ungeduldig. „Wo ist Ihre Frau, Herr Klein? War sie hier, als … der Täter hereinkam?“

„Nein … sie ist mit unserer Auszubildenden unterwegs…“

Das Wort „Auszubildenden“ brachte er erst nach mehreren Versuchen über die Lippen.

Steinmann hatte keine Ahnung, ob Klein schon von der Leiche im ersten Stock wusste. Er drehte sich zu den wartenden Polizisten um, deutete stumm die Treppe hinauf und dann wieder auf sich krümmenden Verletzten. Die Männer schüttelten die Köpfe, der Notarzt hob abwehrend die Hände.

„Was können Sie mir über den Kerl sagen, Herr Klein?“, bohrte Steinmann weiter.

„Das ist kein Kerl gewesen“, antwortete er zur Überraschung aller. „Es war eine Frau.“

Er zog das Wort „Frau“ wie Kaugummi in die Länge.

Steinmann nahm diese Neuigkeit schweigend zur Kenntnis. In seinem Kopf fügten sich diverse Puzzleteile zusammen. Jetzt wusste er, warum der Angreifer in seinem Appartement deutlich kleiner gewesen war als er. Eine Frau. Eine Frau, die vorzugsweise mit Hiebwaffen mordete. Eine Frau, die aus noch unbekannten Gründen tote Menschen imitierte.

„Wie hat sie ausgesehen?“

„Weiß nicht mehr genau“, murmelte Klein. „Eine Frau halt. Sie war nicht jung, das kann ich sagen. Eher so in meinem Alter.“

„Also so um die fünfzig Jahre?“, hakte Steinmann nach.

„Ja, so in etwa. Sie hatte ein komisches Gesicht.“

„Was heißt das?“

„Es war … merkwürdig“, nuschelte Klein. „Ich habe sie nur ganz kurz gesehen. Hat mich an ein … Musik erinnert.“

„Musik?“, hakte Finn nach. „Meinen Sie Mosaik? Viele Einzelteile?“

Klein nickte und schloss die Augen.

„Können Sie mir etwas über ihre Kleidung sagen?“, ließ Finn nicht locker. „Und hat sie etwas zu Ihnen gesagt oder kam sie rein und hat gleich zugeschlagen?“

„Mir ist schlecht.“

„Herr Klein, bitte, es ist wichtig, ich muss ein paar Details wissen. Nur so können wir …“

„Mir ist schlecht.“

Der Kopf des Hoteliers kippte zur Seite weg. Die Sanis kümmerten sich sofort um ihn und drängten Steinmann beiseite.

„Schluss jetzt“, sagte der Notarzt. „Mehr wird er nicht von sich geben, sonst bricht er Ihnen vor die Füße.“

Finn machte dem Rettungsteam Platz und beobachtete, wie Klein auf seiner Trage in den Krankenwagen geschoben wurde. Die Treppe zum Gebäudeteil, in welchem Finn und Katja untergebracht waren, wurde abgesperrt. Bis der Leichnam von Dennis Krug abtransportiert werden konnte, würde noch einige Zeit vergehen – nicht auszudenken, sollte ein Urlauber nichtsahnend um die Ecke kommen und den Toten mit dem gespaltenen Schädel sehen.

Nach und nach trafen weitere Polizeikräfte auf der Hauptverkehrsader des Stadtteils Tiefenstein ein. Der Aufmarsch ließ sich nicht verheimlichen. Eine Menschentraube bildete sich auf der anderen Straßenseite. Als die Spurensicherer in weißen Anzügen aus ihren Fahrzeugen stiegen, schwante den Anwohnern Böses. Die Ankunft des Suchhundes öffnete Spekulationen Tür und Tor.

Steinmann winkte zwei Schutzpolizisten und einen Kripo-Beamten zu sich. Er hatte eine Idee.

„Ich möchte, dass ihr da rübergeht und die Leute ausfragt. Redet vor allen Dingen mit denen, die auf dieser Seite der Straße wohnen und etwas auf dem Waldweg gesehen haben könnten. Jeder noch so kleine Hinweis könnte wichtig sein. Aber formuliert vorsichtig. Sie werden euch fragen, was denn passiert sei. Wenn sie wissen wollen, ob ein Mord geschehen ist, sagt ihr besser, dass wir das noch nicht wissen. Ich will keine Unruhe in der Stadt haben. Lasst das Gespräch am besten gar nicht so weit kommen, sondern lenkt es gleich auf Zeugenaussagen. Alles klar?“

Die Kollegen nickten und zückten ihre Notizblöcke. Finn sah eine Minute zu, wie die Menschen sich um die Polizisten sammelten. Die Männer teilten die einzelnen Personen in Gruppen auf und stellten dabei schon Fragen. Zwei Hände hoben sich und ein älteres Pärchen gab eine Aussage zu Protokoll.

Steinmann wusste die Zeugenbefragung in guten Händen und folgte dem Hundeführer, der Sancho mit dem Geruch von Katja Neisingers Bademantel vertraut machte. Der SOKO-Leitende war froh, dass die Kollegen um ihn herum den Stein am Rollen hielten. Hin und wieder klopfte ihm jemand auf die Schulter, und niemand schien ihm Vorwürfe zu machen, dass er Katja nach Idar-Oberstein gebracht hatte. Er selbst kämpfte mit dem Gedanken. Ohne ihn hätte die Polizei der Stadt keinen Personenschutz abstellen müssen. Dennis Krug war gestorben, weil er zufällig einen Freiwilligendienst leistete. Die Beilmörderin war darauf aus gewesen, Katja Neisinger mit sich zu nehmen – Krug hatte ein lebendiges Hindernis dargestellt, das aus dem Weg geräumt werden musste.

Der Arzt hatte recht. Es war nun schon der zweite tote Polizist der Inspektion von Idar-Oberstein innerhalb von acht Monaten. Stefanie Gorges meldete sich freiwillig, der Verlobten des jungen Kollegen die fürchterliche Nachricht zu überbringen.

Finn sah mehrere Beamte – vor allem Schutzpolizisten – mit rot geränderten Augen und alt wirkenden Gesichtern ihre Arbeit verrichten. Als er die Toilette des Hotels aufsuchte und in den Spiegel blickte, erkannte er sein eigenes Antlitz kaum wieder.

Er sah müde, alt und verhärmt aus. Tiefe Falten zogen sich über Stirn und Wangen, Grand Canyons des Lebens. Vielleicht lag es am Licht auf der Toilette, aber selbst sein Haar schien merklich grauer geworden zu sein. Seine Hände waren mit kaltem Schweiß bedeckt, der sich wie Öl auf die Haut legte. Er verbrauchte mehrere Papierhandtücher, bis er einigermaßen trocken war. Trotzdem hatte er immer noch das Gefühl, glitschige Finger zu haben.

Als er die Toilette wieder verließ, nahm der Suchhund gerade die Fährte auf. Gregor Schmidt, der Hundeführer, begleitete Sancho den Waldweg entlang. Schmidt wurde von den Kollegen meist „Heffe“ gerufen. Finn wusste nicht, warum.

Er folgte dem Spürtrupp in angemessenem Abstand. Bei der Markierung mit dem Ring blieb der Hund stehen und wirkte ratlos.

Also war Katja tatsächlich in einen Wagen gesteckt worden. Wie viel Zeit war seit ihrem Anruf vergangen? Vierzig Minuten?

Finn sah auf die Uhr. Es waren ziemlich genau achtundvierzig Minuten. Er rechnete nach, wie schnell er hier gewesen war und versuchte zu schätzen, wie langsam die unbekannte Frau mit der Schwangeren den Waldweg einmal in die eine, dann in die andere Richtung marschiert sein konnte. Ohne Katjas Ring hätten sie die Fahrzeugspur womöglich auch nicht in Zusammenhang gebracht und vielleicht viel Zeit mit der falschen Fährte verbracht. Der Himmel mochte wissen, wohin diese kleinen Hinweise am Ende führen würden.

Steinmann ging zum Hundeführer und schüttelte ihm die Hand. Dann begrüßte er Sancho. Der Schäferhund erkannte ihn und wedelte freundlich mit dem Schwanz.

„Ist eine Weile her, mein Großer", sagte Finn und strich dem Rüden über den Kopf.

„Die Fährte endet hier ganz abrupt", sagte Heffe und deutete auf den Boden. „Als wir auf den Weg kamen, wollte Sancho zuerst in die andere Richtung."

„Ja, die Mörderin hat versucht, uns zu täuschen."

„Haben wir etwas von ihr, woran er schnüffeln könnte? Dann wären wir vielleicht in der Lage, den vollständigen Ablauf innerhalb des Hotels nachzuvollziehen."

Finn überlegte. „In Dennis Krugs Kopf steckt noch das Handbeil. Daran muss ihr Geruch haften."

„Armer Junge", sagte Gregor Schmidt. „Er wollte sich zu meinem Nachfolger ausbilden lassen, wusstest du das?"

„Nein", antwortete Finn und sah auf Sancho nieder. „Waren die zwei schon Freunde?"

„Ja. Das wird schwierig, wenn er Dennis erkennt."

„Es lässt sich nicht vermeiden."

„Nein", sagte Heffe traurig.

„Lass es uns gleich angehen – noch sind die Spuren frisch."

Schmidt nahm Sancho kurz bei der Leine und führte ihn hinter Steinmann zurück ins Hotel. Siborski folgte ihnen. An der Leiche traten die Techniker zur Seite, als Finn mit seinen Begleitern eintraf. Der Moment, in welchem Sancho den toten Dennis Krug erblickte, war sehr berührend. Die Männer schwiegen, während der Schäferhund den Kopf senkte und Heffe ansah.

Finn wusste, dass man menschliche und tierische Körpersprache nicht vergleichen sollte, aber Sanchos Gestik war deutlich. Es sah aus, als wolle er seinem Führer eine Frage stellen. „Warum ist Dennis tot? Streichelt er mich jetzt nie mehr?“

Heffe nahm Sancho ganz dicht zu sich heran und klopfte ihm sachte auf die Flanke. „Ich weiß, mein Freund, ich weiß.“

Dann zeigte er dem Hund das Handbeil mit den Gesten, die das antrainierte Suchverhalten einleiteten. Sancho reagierte, stellte die Vorderpfoten auf Krugs Oberschenkel und schnupperte am Griff des kleinen Beils.

Selbst wenn die Mörderin Handschuhe getragen hatte – was nach Finns Einschätzung sehr wahrscheinlich war – konnte der Hund nun diesem Geruch folgen und verschiedene Orte anzeigen, an denen sie sich befunden hatte. Das erhöhte die Chance auf eine konkrete Spur oder einen wichtigen Hinweis enorm. Spürhunde haben eine so feine Nase, dass sie sogar in der Lage sind, gut versteckte Waffen anhand des Reinigungsöls zu entdecken, und selbst zehn Meter tief in Wasser liegende Leichen finden sie mit Sinnesleistungen, deren Umfang die Vorstellungskraft Steinmanns übertraf.

Dennis Krugs toter Körper wackelte leicht hin und her, als Sancho seine Pfoten wieder absetzte. Es sah aus, als wolle er sich trotz des Beils in seinem Kopf jeden Moment erheben.

„Das sind so Sachen, die ich meiner Frau besser nicht erzähle“, sagte Peter Siborski leise und beobachtete, wie seine Spurensicherer ihre Arbeit fortsetzten.

„Such, Sancho“, kommandierte Heffe den Hund, der jetzt auf den Hautgeruch der Entführerin oder den Duft ihrer Handschuhe reagierte.

Der lange Schädel des Rüden hob sich in die Luft, und dann bewegte er sich langsam auf Finn und Katjas Zimmer zu. Den ersten Spot markierte Sancho am äußeren Türgriff – also war die

Frau in das Zimmer eingedrungen. Der zweite Punkt lag auf der Innenseite, ebenfalls am Griff.

‚Tür auf, Tür zu', überlegte Finn.

„Katja hat unter der Dusche gestanden", dachte Siborski laut. „Den Eindringling überhört."

„Ja", setzte Finn die Überlegungen fort. „Die Frau kam die Treppe hoch, tötete Krug im Sessel und ging dann zu dieser Tür. Diese hier geht aber nur mit einem Schlüssel auf."

„Deshalb hat sie Klein niedergeschlagen", ergänzte Siborski. „Sie muss sich bei ihm den Universalschlüssel geholt haben."

Steinmann beobachtete den Hund, der am Fernsehgerät schnüffelte. Offenbar war Sanchos Spürsinn irritiert – die Mörderin hatte wahrlich anderes im Schilde geführt, als TV-Programme zu schauen.

Sancho bewegte sich zum Wandschrank und zeigte deutlich an.

„Sie war im Wandschrank", sagte Siborski. „Schaut euch die Scharniere an – die sind allesamt aus der Halterung gefetzt. Sie muss den Schrank von innen aufgetreten haben, als Katja Neisinger aus dem Bad kam."

Finn erinnerte sich an den Knall, der am Telefon zu hören gewesen war. Er hatte es für einen Pistolenschuss gehalten. Gut möglich, dass es in Wirklichkeit das Geräusch der auffliegenden Schranktüren war.

„Warum hat sie sich versteckt?", fragte Gregor Schmidt. „Sie hätte Finns Freundin doch gleich aus dem Bad holen können."

„Hmm", brummte Steinmann. „Dann hätte Katja aber nicht bei mir anrufen können. Vielleicht ging es genau darum. Katja sagte mir am Telefon, Krug sei tot, und dann erst kam seine Mörderin aus dem Schrank. Sie hat ihr richtig viel Zeit gelassen, bevor sie angegriffen hat."

„Werbung für eine Theatervorstellung", sagte Siborski. „Der Hauptgast fehlte noch. Und sie wollte, dass wir auf das Handy anbeißen, sonst hätte sie den Trick mit der falschen Fährte nicht versucht."

„Was wäre gewesen, wenn Frau Neisinger zuerst im Schrank nachgesehen hätte?“, fragte Heffe in die Runde.

„Einkalkuliertes Risiko“, entgegnete Finn und deutete auf das Bett. „Dort liegen Katjas Sachen. Sie hatte sie schon bereitgelegt. Es lag also eine recht geringe Wahrscheinlichkeit vor, dass sie im Schrank etwas suchen würde.“

„Dann muss die Frau, die wir suchen, ganz schön abgebrüht sein“, stellte Heffe fest.

Im Türrahmen tauchte einer der Beamten auf, die die Zeugen vor dem Hotel befragt hatten. Er hatte Neuigkeiten parat.

„Das Auto ist ein alter, roter Kombi.“

„Haben wir ein Fabrikat?“, hakte Finn sofort nach.

„Der Zeuge konnte sich an eine sehr kantige Kastenform erinnern.“

„Irgendein 90er Baujahr“, murmelte Heffe Schmidt. „Zu der Zeit wurden die so eckig hergestellt. Mitsubishi, Volvo, Citroen, VW – die haben alle solche Klötze gebaut. Das waren gute Hundeautos.“

„Was hat der Zeuge noch sagen können?“, fragte Steinmann weiter.

„Nicht viel mehr. Er hat das Fahrzeug auf dem Waldweg gesehen, das war alles.“

„Danke“, meinte Finn. „Immerhin wissen wir jetzt schon eine ganze Menge über das Auto. Wir haben das Reifenprofil, die Farbe, die Grundform und eine grobe Richtung, was die Marke angeht. Den Zeugennamen haben wir?“

„Natürlich“, sagte der Beamte im Türrahmen.

„Zeigt ihm den Fahrzeugkatalog. Rote Kombis aus den 80er und 90er Jahren. Je enger wir den Wagentyp einkreisen, desto leichter wird die Suche nach dem Halter. Gebt zusätzlich eine Fahndungsmeldung raus mit den bekannten Daten. Vielleicht gelingt einer Streife ein Zufallstreffer.“

„Ich leite es direkt an die Zentrale weiter“, bestätigte der Polizist und machte sich auf den Weg zum Einsatzwagen.

Steinmann stellte sich ans Fenster und betrachtete den

Menschenauflauf gegenüber dem Hotel. Die Menge war angewachsen, und den gestikulierenden Armen nach zu urteilen wurde schon kräftig spekuliert, was hier wohl geschehen sein mochte. Die Kollegen an der Straße befragten die Leute nun gezielt nach dem verdächtigen Fahrzeug. Finn sah viele neugierige Gesichter, die den Ausführungen der Beamten lauschten.

Er wusste, ohne Kenntnis des Fluchtfahrzeuges würde er Katja Neisinger wie eine Nadel im Heuhaufen suchen müssen. Die Frage war, ob er sie rechtzeitig finden würde.

17.

Waldhütte, zwölf Kilometer Luftlinie vom Tatort entfernt

‚Wo bin ich?', war Katja Neisingers erster konkreter Gedanke. Sie blinzelte müde. Dunkelheit umgab sie. Eine ganze Weile lag sie einfach nur so da. Erinnerungsfetzen tauchten dann und wann vor ihrem Auge auf. Sie fühlte sich unendlich träge. Ihre Haut kribbelte.

Nach einer Weile unterschritt das Betäubungsmittel in ihrem Körper ein gewisses Niveau, und sie erlangte ein Mehr an Gedankenfreiheit zurück.

Duschen. Sie erinnerte sich an eine Dusche und an einen dicken Mann auf einem roten Roller, der Hackfleischbällchen ausfuhr.

Das nächste Bild, das ihr in den Sinn kam, war das eines jungen Polizisten, dessen Kopf von einem Handbeil gespalten wurde. Sie zuckte zusammen, als sich durch dieses Nadelöhr in ihrem Kopf die volle Wucht der Erinnerungen presste.

Sie hatte geduscht. Dann war Dennis Krug plötzlich tot. Sie rief Finn an, und der Schrank explodierte. Ein Ungeheuer stürzte sich ihr entgegen, zerrte sie gefesselt aus dem Hotel und stopfte sie in ein rotes Auto. Die fürchterliche Fahrt, die sie fast getötet hätte. Die Waldhütte. Das weiße Feldbett.

Sie und ihr Kind.

Katja Neisinger wimmerte auf, als sie sich des Babys bewusst wurde. Sie horchte in sich hinein, lauschte auf eine Regung, fürchtete, die Unbekannte habe ihr vielleicht das Kind aus dem Bauch gerissen. Sie versuchte, ihren Bauch zu umfassen, aber sie konnte die Arme nicht heben.

Katja probierte es mit aller Gewalt, aber es ging nicht. Sie schwitzte vor Anstrengung, Luft drang zischend zwischen ihren Zähnen hervor. Etwas umschlang ihren Körper und hinderte sie daran, sich zu bewegen. Sogar ihren Kopf hielt ein ledernes Band davon ab, sich zu erheben.

Die Handgelenke schienen festgezurrt zu sein. In ihrem Geist entstand das Bild eines Fixierbettes, auf dem sie womöglich lag. Es fiel ihr schwer, sich darauf zu konzentrieren, weil ihre Haut so kribbelte.

Als sie eine schwache Regung im Bauch spürte, beruhigte sich die Gerichtsmedizinerin etwas. Der Junge war noch da, bewegte sich, lebte.

„Hallo?“, krächzte sie ins Dunkel hinein.

Niemand antwortete. Katja Neisinger schluchzte und brach in Tränen aus. Sie lag wahrscheinlich auf dem gruseligen, weißen Fixierbett in dieser verdammten Waldhütte, ohne auch nur die geringste Chance zur Flucht zu haben.

„Was wollen Sie von mir?“, schrie sie.

War die Fremde mit dem Flickengesicht überhaupt noch da? Hatte sie Katja einfach allein gelassen, gefesselt? Sollte das ihr Schicksal sein? Wenn niemand hier nach ihr suchte, würde sie spätestens in zwei oder drei Tagen verdursten.

„Hilfe!“, brüllte Katja Neisinger aus Leibeskräften. „Hilfe! Hört mich jemand?“

Gott, wie ihre Haut juckte. Das kribblige Gefühl machte sie fast wahnsinnig. Es gab keine Stelle an ihr, die nicht davon betroffen war. Wie gern hätte sie sich jetzt mit beiden Händen gekratzt.

Zeit verging. Zwischen den Juckreizattacken döste sie immer wieder ein. Sie träumte von besseren Tagen, von einem lächelnden Finn, von dem Abzugsring einer Coladose, von kleinen Kindern.

Und von Spinnen, die von Finns Schulter auf sie übersprangen und *überall* auf ihr herumkrabbelten.

Plötzlich war da das Geräusch eines wegfahrenden Autos, und

sie schreckte auf. Sie blinzelte stark, weil man direkt neben ihr eine Lichtquelle eingeschaltet hatte.

‚Scheinwerfer', dachte sie, aber die Helligkeit blieb unverändert, während sie den Wagen davonfahren hörte.

Katja drehte den Kopf von dem Licht weg und gab ihren Augen die Zeit, sich daran zu gewöhnen. Ihr Kopf schmerzte davon. Irgendwann erkannte sie Details im Raum.

Altes Mobiliar. Dunkelbraune Hängeschränke, mit auffälligen Verzierungen versehen. Hinter schmutzigem Glas standen stumpf gewordene Bierhumpen. Hirschgeweihe hingen schief an den Wänden oder waren zu Boden gestürzt. Im Lampenschein tanzten Staubkörner den Reigen der Schwerelosigkeit, bildeten Wirbel und Strudel.

Langsam drehte Katja Neisinger ihren Kopf wieder auf die andere Seite und ignorierte das irre machende Kribbeln. Eine Schreibtischlampe stand neben ihr und leuchtete sie an. Jemand war hier gewesen und hatte sie neben ihr aufgebaut. Die Glühbirne strahlte Hitze ab und war direkt auf die Mitte ihres Körpers gerichtet.

Die Gerichtsmedizinerin verdrehte die Augen und richtete den Blick auf den Bauch. Dass sie auf dem Rücken lag, war für sie als Hochschwangere eine Qual – ein Nerv schien eingeklemmt, und es schmerzte fürchterlich im Lendenbereich. Es war ebenso eine Qual wie das …

KRIBBELN …

… und sie stellte erstaunt fest, dass sie jetzt in der Lage war, ihren Kopf anzuheben. Sie hätte schon eben bemerken müssen, dass sie ihn hin und her drehen konnte, aber da hatte sie das Licht zu sehr abgelenkt.

Sie hob den Kopf an, so weit, wie es ihr vergönnt war, und sah auf ihren Bauch. Ihre Augen weiteten sich ungläubig.

Die Fremde musste hier gewesen sein. Sie hatte das weiße Tuch um Katjas Bauch herum abgeschnitten. Seine bleiche, ädrige Haut ragte gleich einem Turm aus den Bettlaken hervor – ein Turm, übersät mit schwarzen Punkten.

Sich bewegenden, schwarzen Punkten.

Katja Neisingers Mundwinkel begannen zu zucken. Ihr Kopf sank kraftlos auf das Bett herab. Folter. Es war Folter, die ihr hier widerfahren sollte.

Krabbelnde Folter.

Sie weinte vor Grauen, unfähig, etwas dagegen zu tun, hob den Kopf erneut an und sah die vielen, kleinen Schrecken, die sich auf ihrem Bauch bewegten.

Jetzt wusste sie, woher das Kribbeln kam.

Es war überall. In ihrem Haar, ihren Armen, auf ihrem Rücken, ihrem Schambereich, ihrem Gesicht und ihren Beinen.

Überall.

Sie schrie.

Der Wald um die Hütte schluckte ihre Stimme.

Niemand antwortete.

18.

Polizeiinspektion Idar-Oberstein, 14.30 Uhr

Steinmann saß mit gesenktem Kopf auf der Ruhecouch im Aufenthaltsraum. In seinen Händen hielt er eine Tasse kalten Kaffees fest umklammert.

Die Entführung Katja Neisingers lag jetzt einundzwanzig Stunden zurück. Die Spur des roten Kombis hatte nichts gebracht. Da es keine Daten über das Kennzeichen gab, konnte der Wagen von überall herstammen. Der Verdacht lag nahe, dass es ein BIR-Nummernschild sein könnte, da das Auto hinter dem Hotel auf dem Waldweg gestanden hatte, was eine gewisse Ortskenntnis voraussetzte. Ebenso war jedoch ein Trierer oder Mainzer Kennzeichen möglich. Steinmann dachte immer wieder an die Einkaufstour in Mainz, an den Parkplatz, aber so sehr er sich auch zu erinnern versuchte, wollte kein roter, alter Kombi in seinen Gedanken auftauchen.

Er sah sich selbst als zweigeteilte Person, ähnlich Jekyll und Hyde. Die eine Hälfte leitete zielgerichtet als Hauptkommissar die SOKO „Wiedergänger", während die andere – zurückgezogen in seinem Innersten – der Verzweiflung anheimfiel.

Er machte sich große Vorwürfe, Katja hierher gebracht zu haben. Aber egal, wie er es auch drehte und wendete … die unbekannte Beilmörderin war im Vorteil gewesen. Hätten sie den Überlegungen nachgegeben, die Schwangere bei ihren Eltern unterzubringen, hätte möglicherweise Katjas Vater an Dennis Krugs Stelle tot auf einem Sessel gesessen.

Finn erhob sich, gähnte und stellte die Kaffeetasse auf einen kleinen Tisch. Er hatte in der Nacht keinen Schlaf gefunden. Er fühlte sich wie gerädert. Der SOKO-Leiter schwor sich, so lange wach zu bleiben, bis Katja wieder bei ihm war.

‚Ich muss etwas tun', dachte er zum tausendsten Mal.

Sein Magen rumorte leise, aber er unterdrückte es. Er hatte keinen Appetit. Seinen Hunger zu stillen angesichts der Gewalt, die Katja vielleicht gerade widerfuhr, empfand er als falsch.

In seiner Hosentasche vibrierte das Handy und meldete eine empfangene Kurznachricht. Steinmann zog das Telefon geistesabwesend hervor und öffnete das Textfenster.

„DIE NUMMER, DIE SIE GEWÄHLT HATTEN, IST JETZT WIEDER ERREICHBAR."

Finn las die Zeile vier Mal hintereinander. Die SMS stammte von seinem Netzanbieter. Er holte tief Luft.

„Peter!", rief er nervös.

Siborski stapfte müde mit einer dampfenden Kaffeetasse aus seinem Büro. Brötchenkrümel prangten auf seinem Hemd.

„Was ist?"

„Katjas Handy wurde wieder eingeschaltet. Es sendet seine Arbeitsbereitschaft ins Netz."

„Das heißt, wir können es jetzt anpeilen lassen", schloss Siborski folgerichtig und hechtete zu seinem Telefon, um eine sofortige Ortung zu veranlassen.

Steinmann hob sein Handy ans Ohr und wählte die Nummer. Es klingelte ein paar Mal, aber bis auf die Sprachbox meldete sich niemand.

„Katja, falls du das hier abhören kannst – wir orten jetzt dein Handy und machen uns gleich auf den Weg."

Dann, nach einer kurzen Pause, sagte er: „Geht es dir gut? Ich … ich …"

Er stockte. „Ich bin bald bei dir, hörst du?"

Finn hätte gerne noch viele weitere Dinge gesagt, aber die Sprachbox war nur ein Vakuum, das er mit Worten füllte.

„Ortung läuft", rief Siborski aus seinem Büro, während sich auf dem Flur mehrere Einsatzgruppen bereit machten, aus der Inspektion auszurücken.

Steinmann sah schusssichere Westen, die übergestreift wurden, Beamte, die ihre Waffen und Ausrüstung kontrollierten, und überall gespannte Gesichter von Menschen, die nicht nur Katja Neisinger wohlbehalten zurückholen wollten, sondern vor allem auch das Miststück zu erwischen hofften, das Dennis Krug den Schädel zertrümmert hatte.

Peter Siborski hatte eine ständige Leitung zu den Kollegen von der Peilortung geschaltet. Es dauerte einige Minuten, aber dann kam die Vollzugsmeldung.

Katja Neisingers Mobiltelefon hatte sich um 14.08 Uhr wieder ins Netz begeben. Der nächstliegende Sendemast, jener, der die Ortung durchführte, lag bei dem Ort Langweiler. Die Teilnehmerentfernungsangabe des Mastes belief sich auf unter einem Kilometer.

„Bis Langweiler ist von hier aus eine gute Viertelstunde Fahrtzeit", erklärte Peter Siborski.

„Dann los!", ordnete Steinmann den Abmarsch an. „Bewegung!"

Er bestimmte einen Telefonposten, der mögliche weitere Angaben der Ortungsspezialisten sofort an die Einsatzgruppe weiterleiten sollte.

Finn rannte voraus und sprang mit Frank Müller und Abramo Tremante in einen Streifenwagen. Noch während des Anschnallens beobachtete der SOKO-Leiter, wie zahlreiche weitere Männer und Frauen zu ihren Fahrzeugen hechteten. Auch Heffe Schmidt und Schäferhund Sancho machten sich bereit. Dann rollte die Kolonne an. Ein uniformierter Polizist stoppte den Verkehr auf der Straße und winkte die Einsatzgruppe aus der Einfahrt heraus. Steinmann tastete nach seiner Dienstwaffe im Schulterhalfter. Die P99 ruhte schussbereit an seinem Körper.

In einer besseren Welt wären sie jetzt zum Sendemast gefahren, um dort eine strahlende Katja Neisinger vorzufinden, die ihre Entführerin dazu überredet hatte, sich kampflos der anrückenden SOKO zu stellen.

Aber vielleicht fanden sie ganz einfach nur ihr Handy, in halb getrockneten Schlamm gedrückt, das Display zerborsten, das

Gehäuse mit Blut verschmiert. Steinmann hielt den Atem an, als er wie in Trance dem Standort des Sendemastes entgegenfuhr. Aus den Lautsprechern quäkten die Funkmeldungen der anderen Einsatzfahrzeuge.

„Finn?", sagte Frank Müller. „Finn!"

Steinmann räusperte sich. „Alles okay, ich bin da."

„Wir sind gleich in Langweiler und fahren dann zum Sendemast", rief Müller über die Funkrufe hinweg.

Finn nickte und sah schweigend zum Fenster hinaus. Links und rechts der Straße erhob sich dichter Baumbewuchs. Der graue Himmel verlieh den ausgedehnten Waldstücken etwas Bedrückendes. Häuser rasten an ihm vorbei. An der Straße standen menschliche Silhouetten, aufgeschreckt durch die massive Polizeipräsenz.

‚Was werden wir finden?', fragte sich Steinmann. ‚Den Tod oder das Leben?'

„Ich habe Angst", sagte er plötzlich und legte die rechte Hand vor den Mund. „Was mache ich, wenn sie tot ist?"

Abramo Tremante wusste darauf nichts zu antworten. Der junge Mann drehte sich erschrocken zu Frank Müller um.

Der Oberkommissar blieb ruhig, sah in den Rückspiegel und fand Steinmanns Blick.

„Wir packen das, Finn, okay? Wir steigen jetzt gleich aus, und dann geht es los. Sancho ist mit dabei, er hat Katjas Geruch in der Nase. Er wird uns zu ihr führen."

„Warum ist das Handy wieder aktiv, Frank?"

„Das weiß ich nicht."

„Tremante?", fragte Steinmann weiter.

Der Halbitaliener rutschte unruhig auf seinem Beifahrersitz herum. „Ich bin mir nicht sicher."

„Die Fremde will, dass wir das Telefon finden", murmelte Finn. „Wir bewegen uns wie Schachfiguren auf einem von ihr gestalteten Brett hin und her, und das gefällt mir nicht. Sie ist fertig mit Katja."

Die Kolonne rumpelte über einen Waldweg und erreichte den Sendemast, der sich an einer Kreuzung in die Höhe streckte.

Steinmann wartete nicht, bis Müller den Wagen endgültig gestoppt hatte, sondern sprang ungeduldig heraus.

Der Mast erhob sich wie eine Miniaturausgabe des Eiffelturms aus dem Wald. Am breiten Fußgestell maß er knapp sechs Meter im Durchmesser. Die weiß lackierte Rohrkonstruktion trug an der Spitze einige Aufbauten, Antennen und Satellitenschüsseln. Die Polizisten sammelten sich rund um den Mast zu einer raschen Einweisung.

„Wir laufen zuerst die Waldwege ab“, bestimmte Finn. „Die Entführerin war mit einem roten Kombi unterwegs, also besteht die Chance, dass wir an den Wegen etwas finden. Wo sind die beiden mobilen Kartengeräte?“

Ein junger Streifenpolizist und Stefanie Gorges traten vor und hielten die GPS-gestützten Displays hoch.

„Ich will sechs Gruppen auf den Wegen haben“, sagte Steinmann in die große Runde. „Ich rechne mit einem auffälligen Fundort – es ist kein Zufall, dass sich das Handy zurückgemeldet hat. Achtet also auf Zäune, Pfähle, Schilder oder besonders interessante Bäume. Die Gruppenführer fertigen Notizen über die abgesuchten Wege an. Haben wir etwas von der Inspektion gehört?“

„Das Handy wurde vor wenigen Minuten noch einmal angepeilt“, berichtete Peter Siborski. „Es ist definitiv irgendwo hier in der Nähe.“

Finn bemühte sich, allzu fahrige Gesten zu unterdrücken, als er die Suchaktion startete. Er blickte in die Gesichter der Männer und Frauen, suchte nach Anzeichen von Zweifel an seiner Führungsfähigkeit. Sein Blut kroch wie Blei durch die Adern, staute sich in den Gelenken, machte ihn steif wie Frankensteins Monster. Er musste wieder an den Vergleich mit Jekyll und Hyde denken – nur fragte er sich, welcher von beiden in seinem Fall nach außen hin wirkte.

Die Gruppen schwärmten aus, bildeten mehrere breitgefächerte Formationen in Doppelreihen und durchkämmten Meter für Meter die Waldwege. Die abgesuchten Bereiche wurden markiert und auf den Karten vermerkt. Jeder markante Pfosten, Baumstumpf oder Erdhügel wurde sehr aufmerksam sondiert.

Nach einer Stunde intensiver Suche waren es schließlich Heffe Schmidt, Sancho und ein gleichzeitig eintreffender Suchtrupp, die das eingezäunte Anwesen in einem tief in den Wald geschlagenen Weg entdeckten. Der Grundriss des fünfundzwanzig Meter breiten Grundstücks war annähernd quadratisch.

Es war nicht nötig, Katja Neisingers Mobiltelefon am Boden zu suchen. Steinmann behielt recht – welche Beweggründe die Fremde auch hatte, sie wollte auf jeden Fall, dass die Entführte gefunden wurde: Das Handy hing am Eingangstor des Zaunes gut sichtbar in einer Klarsichthülle.

Heffe Schmidt meldete die Entdeckung sofort an das Suchzentrum beim Sendemast. Sancho zerrte bereits an der Leine. Er konnte den Zielort ganz eindeutig anzeigen – es war die Hütte im hinteren Teil des umzäunten Bereiches.

Innerhalb von Sekunden wurden aus den Suchtrupps wieder Spezialisten, die sich an die Sicherung möglicher Spuren machten. Das Tor war unverschlossen.

Steinmann traf mit Peter Siborski und Stefanie Gorges in einem Streifenwagen ein. Seit dem Fund des Mobiltelefons waren kaum drei Minuten vergangen.

„Jetzt nicht alle auf einmal aufs Gelände rennen“, ordnete Finn geistesgegenwärtig an. „Jeder umgeknickte Grashalm führt vielleicht zu der Täterin.“

Er zog das Tor mit einem Handschuh auf. Das rostige Metall quietschte im Scharnier und schwang in einem schrägen Winkel ein paar Zentimeter nach oben. Im Lauf der Zeit hatte sich der Zaun ein wenig nach innen abgeneigt.

Steinmann, Siborski, Heffe Schmidt und Sancho betraten das Grundstück.

„Sie ist im Haus, Finn“, sagte Gregor Schmidt und bremste den Schäferhund.

Steinmann zwang sich nach vorne. Mr. Hyde regte sich in ihm

und schwor, dass er, sollte Katja nicht mehr am Leben sein, der Beilmörderin große Schmerzen zufügen würde.

Durch die Scheiben konnte man schon lange nicht mehr ins Innere des Häuschens blicken. Es gab nur die eine Lichtquelle im Zentrum der Hütte. Ihr Schein drang verschwommen durch das trüb und milchig gewordene Glas. Der SOKO-Leiter zögerte nicht länger und lief zur Eingangstür.

„Katja?", rief er. „Kannst du mich hören?"

Keine Antwort. Steinmann griff nach der Klinke.

„Warte", sagte Siborski plötzlich. „Was, wenn die Tür präpariert wurde?"

„Das Risiko müssen wir jetzt eingehen", entgegnete Finn. „Ich öffne die Tür nur ein Stück."

Er holte tief Luft und drückte die Klinke nach unten. Dann schob er das alte Holz ein Stück nach innen. Er lauschte ein paar Sekunden, aber bis auf Sanchos Hecheln war nichts zu hören. Es erklang kein verdächtiges Geräusch. Finn öffnete die Tür weiter. Sein Herz klopfte wummernd im Hals, und beinahe wäre ihm schwarz vor Augen geworden. Er wollte auf keinen Fall einen Fehler begehen.

„Hallo?", sagte er durch den Spalt.

Sancho bellte hinter ihm kurz auf. Steinmann fasste sich ein Herz und presste sich durch die Öffnung hindurch. Die wartenden Kollegen hielten den Atem an.

19.

Finn Steinmann erinnerte sich später an jede Einzelheit. Die Bilder und Eindrücke prägten sich wie Brandzeichen in sein Gehirn ein.

Das Innere der Hütte war genauso verwahrlost wie der Außenbereich. Es roch feucht, muffig und nach Tierkot – die ehemalige Jagdhütte war nur mehr ein Zufluchtsort für Mäuse und anderes Kleingetier. Eine angrenzende, halb offen stehende Schiebetür führte in eine dreckige Toilette hinein.

Im krassen Gegensatz dazu stand eine weiß bezogene, feldbettartige Liege in der Mitte des Hauptraumes. Eine Stehlampe spendete Licht und strahlte Katja Neisingers aufgeblähten Bauch an.

Finns Freundin lag auf dem Rücken. Er wusste, welche Qualen ihr allein diese Körperhaltung in ihrem hochschwangeren Zustand bereitete. Sie hatte sich auch nicht zur Seite drehen können, weil sie von einem Fixierset an Ort und Stelle gehalten wurde. Steinmann hatte solche Gurte, Riemen und Handgelenksmanschetten zuletzt in der psychiatrischen Abteilung eines Krankenhauses gesehen.

Dort wurden sie benutzt, um Patienten ruhig zu stellen, die für sich selbst oder andere eine Gefahr darstellten, aber ganz sicher nicht für etwas wie das hier.

Steinmann kniete sich neben Katja Neisinger auf den Boden und strich ihr sanft über das Haar. Ihr Brustkorb hob und senkte sich schwer. Sie lebte, aber die vergangenen Stunden hatten sie schwer gezeichnet. Er bemerkte nicht, dass die anderen Polizisten nach mehrfachen Rufen hinter ihm in den Raum stürmten, und er hörte auch nicht, dass Stefanie Gorges „Oh Gott“ sagte. Peter Siborski fluchte und legte die Hand vor den Mund.

Ihr Anblick war bizarr. Das helle, saubere Weiß inmitten der zerfallenden Hütte bot einen scharfen Kontrast. Katja Neisinger sah unendlich hilflos und zart aus, wie eine Elfe, der man den Honigtau entzogen hatte und die nun zum Sterben verurteilt war.

Steinmann sprach Katja an. Ihre Augenlider flackerten, aber sie öffnete sie nicht. Heffe Schmidts Walkie-Talkie knisterte. Das zwischenzeitlich eingetroffene Rettungsteam vom Idar-Obersteiner Krankenhaus fragte nach der Einsatznotwendigkeit.

„Wir haben die Entführte gefunden", sagte der Hundeführer leise. „Sie lebt. Rückt sofort an. Lasst euch von den Kollegen zu uns leiten."

„Katja?", fragte Steinmann erneut und klopfte ihr vorsichtig auf die Wangen.

Sie schreckte so plötzlich schreiend auf, dass alle zusammenzuckten. Sancho sprang einen Schritt zurück und bellte aufgeregt. Heffe Schmidt verließ mit ihm den Raum.

„Ruhig, Katja, ganz ruhig", sagte Finn, der nicht bemerkte, dass ihm Tränen die Wangen hinunterliefen.

Er hatte sie gefunden, und sie lebte. Bei Gott, es war so gewollt von ihrer Entführerin, aber er hatte sie gefunden.

„Finn, Finn, bist du das? Finn, bist du das? Bist du das?", stammelte sie.

Er umfasste ihren Kopf und küsste sie sanft auf die Stirn. Sogar im Haar spürte er die kleinen Ungeheuer, die an ihr hafteten.

‚Großer Gott, sie sind überall', dachte er erschüttert.

„Ein Rettungswagen wird in einer Minute hier sein", sagte er so ruhig wie möglich. „Wir öffnen jetzt die Schlaufen, okay? Dann kannst du dich erst mal auf die Seite drehen. Schaffst du das? Hat sie dir … noch etwas … angetan?"

Katja Neisinger blickte ihn an. Ihr Kopf war der einzige Körperteil, den sie bewegen konnte. Sie vermied es, an sich selbst hinunterzublicken. Der Ausdruck grenzenlosen Schreckens stand in ihren Augen. Er konnte sich vorstellen, warum.

„Finn?"

„Ja. Ich bin hier."

„Finn, sind sie noch an mir dran?“

Er leckte sich über die Lippen und sah auf ihren Bauch. Das weiße Laken war rundherum freigeschnitten. Stefanie Gorges und Peter Siborski machten sich an den Schlaufen und Gurten zu schaffen.

„Finn?“

„Ja?“

„Finn, sie krabbeln nicht mehr.“

„Nein.“

„Finn, sie waren überall.“

‚Das sind sie immer noch‘, dachte er. ‚Du spürst sie nur nicht mehr.‘

„Der linke Arm ist frei“, sagte Stefanie Gorges laut.

„Wer ist da?“, fragte Katja Neisinger.

„Stefanie Gorges“, antwortete Finn an ihrer Stelle. „Alle sind hier und haben nach dir gesucht. Wir haben dein Handy geortet. Das Signal hat uns den Weg gewiesen.“

„Finn?“

„Ja?“

„Finn, Dennis Krug ist tot.“

„Ich weiß.“

„Sie hat ihm ein Beil in den Schädel geschlagen, Finn.“

„Ja, ich habe es gesehen.“

„Finn, wo warst du so lange?“

„Wir wussten nicht, wo du bist. Wir haben nach einem roten Auto gesucht.“

„Ich musste brechen … Das Tape. – Er hat sich nicht mehr bewegt.“

Er verstand nicht, was sie damit sagen wollte.

„Finn? Hast du die Frau gefunden? Hast du ihre Flickenfratze gesehen?“

Er dachte an den Angriff in Trier. Hinter ihm kamen Rettungssanitäter in die Hütte. Ein Notarzt tauchte neben ihm auf, sah mit zusammengekniffenen Augen auf Katjas Bauch und hob das weiße Laken an. Finn folgte mit einem Auge seinem Blick.

Sie lag nackt unter dem Laken. Es gab kaum eine Stelle an ihr, die nicht mit dem Ungeziefer befallen war. Er wandte sich wieder seiner Lebensgefährtin zu.

„Ja, ich habe sie aber nur kurz gesehen. Du musst mir später alles erzählen, was du weißt, Kleines. Aber jetzt bringen wir dich ins Krankenhaus und befreien dich von …"

„Nein!", schrie sie panisch. „Sie sind nicht mehr da."

„Stimmt. Alle weg", sagte der Notarzt schnell. „Es sind nur noch ein paar kleine, entzündete Stellen übrig geblieben. Die werden wir behandeln. Alles ist in Ordnung."

Finn hielt Katjas linke Hand fest und redete weiter mit ihr. Ihr Zustand schien stabil zu sein. Das Rettungsteam arbeitete schnell und mit routinierten Handgriffen, auch wenn jeder in der Holzhütte sicher sein konnte, etwas Derartiges noch nie gesehen zu haben. Finn wusste um die Gefahr, in der Katja nun schwebte.

Er scheuchte alle unnötigen Personen aus dem Raum und wartete, bis die Sanitäter Katja auf die Trage hievten und nach draußen trugen. Er folgte ihnen und machte dem Erkennungsdienst Platz, der sofort in die Hütte stürmte und insbesondere das Fixierbett unter die Lupe nahm.

Als der Krankenwagen anrollte, wandte sich der Notarzt an Steinmann, bevor er in sein Auto einstieg.

„Akute Lebensgefahr sehe ich nicht", sagte der Mediziner. „Das Baby ist aktiv, ich konnte ruhigen Herzschlag hören. Aber das Risiko für eine Folgekrankheit ist groß – für beide. Sie ist Ihre Frau? Das Kind ist von Ihnen?"

„Ja", antwortete Finn und war zu müde, dem Arzt zu sagen, dass Katja nicht mit ihm verheiratet war. „Sie wurde gestern bei dem Mord in Tiefenstein entführt."

„Die Kollegen im Krankenhaus berichteten davon. Wie lange ist das her? Zwanzig Stunden?"

Finn sah auf die Zeitanzeige seines Handys. „Fast dreiundzwanzig Stunden."

Der Notarzt rieb sich das Kinn. „Die Viecher sind schon ziemlich vollgesaugt. Sie muss sie schon nach kurzer Zeit aufgesetzt bekommen haben."

Steinmann schüttelte sich. „Ihr ganzer Körper ist befallen. Es müssen über fünfzig sein."

„Mehr. Es sind, glaube ich, sogar viel mehr", sagte der Notarzt. „Wir werden sie so sorgsam wie möglich entfernen. Bei dieser hohen Anzahl kann durchaus ein septischer Schock drohen. Das Problem sind die Krankheiten, die durch den Saugvorgang übertragen werden und vielleicht auch das Kind in Mitleidenschaft ziehen."

„Darum ist es der Person auch gegangen, die ihr das angetan hat", knurrte Finn. „Ein junger Polizist musste sterben, nur damit dieses Zeichen gesetzt werden konnte."

„Wer hat das getan?", fragte der Arzt und schwang sich in seinen Wagen. „Wissen Sie das schon?"

Steinmann verneinte. Als das Auto startete und davonfuhr, fand er auf einem Holzstapel Zeit zum Verschnaufen. Er hörte aus der Hütte die Gespräche der Spurensicherer und sah weitere Beamte um das Grundstück laufen. Heffe Schmidt und Sancho waren mit dabei. Die Kollegen ließen ihn in Ruhe.

Dreiundzwanzig Stunden Angst lagen hinter ihm. Er wusste nicht, wie sehr Katja Neisinger in der Zukunft durch die Entführung an Ängsten und Albträumen leiden mochte, konnte nur hoffen, dass die bevorstehende Geburt den Mantel des Vergessens über die vergangenen Ereignisse werfen würde.

Siborski setzte sich zu ihm und steckte sich eine Zigarette an.

„Ich muss die Frau so schnell wie möglich finden", sagte Finn, ohne den Rauchenden anzusehen. „Es wird sonst nicht aufhören."

Siborski nahm einen tiefen Zug und blies den Qualm in die Luft. „Warum hat sie Katja nicht getötet? Wenn sich jemand an dir oder deiner Freundin rächen will, hätte er das doch ganz einfach tun können. Wozu also dieser Aufwand?"

Finn schob lose Blätter, die der Wind auf das Grundstück wehte, mit dem Fuß hin und her. Ihm kam ein Gedanke.

„Es geht vielleicht nur um das Kind, Peter."

Siborski drückte die Kippe auf dem Holz aus. Winzige Glutreste und etwas Asche fielen auf den Boden.

„Wenn es nur um euer Baby geht", begann er leise, „wird die Frau euch noch einmal angreifen."

„Ich möchte Wachen im Krankenhaus haben, Peter. Ich kann nicht von Schwestern und Ärzten verlangen, auf harmlos aussehende Frauen zu achten."

„Das leuchtet ein. Wenn du jetzt noch einmal einen Antrag auf Personenschutz stellst, dürfte das Ergebnis auch anders ausfallen."

„Hoffentlich. Hügel sprach von einem Personalengpass."

„Und wenn der immer noch vorherrscht, übernimmt das sicher auch weiterhin die Inspektion. Ein zweites Mal wird niemand mehr auf einen Überraschungsangriff hereinfallen. Fährst du jetzt ins Krankenhaus?"

„Ja. Halt mich auf dem Laufenden, okay? Ich bin morgen früh wieder am Start."

„Ich informiere dich regelmäßig über die Untersuchungen hier."

Steinmann stand mit weichen Knien auf und schüttelte Siborskis Hand. Er spürte, dass sein Körper nun zunehmend nach Ruhe schrie. Er würde sich diese erst dann gönnen, wenn die verdammten Zecken von Katjas Körper verschwunden waren.

Jede einzelne.

20.

Krankenhaus Göttschied, gegen 21.45 Uhr

„Das war die Letzte“, sagte der Arzt und schwenkte die kleine Zange über einen Behälter.

Die Zecke fiel in ein diffuses Meer aus aufgedunsenen Artgenossen, von denen einige schon einen beachtlichen Umfang erreicht hatten. Die meisten lebten noch, nur ein paar waren beim Ablösen getötet worden. Zerrissene Spinnenkörper türmten sich übereinander, Beinpaare bewegten sich mit schwächer werdenden Nervenzuckungen. Finn fühlte sich versucht, die kleinen Monster mit Benzin zu übergießen und anzuzünden. Sie lagen in dem Behälter wie schwarzgrüne Maiskörner.

Vierundachtzig verankerte Spinnentiere hatten die Mediziner aus Katja Neisingers Körper herausgezogen. Die Blutsauger hinterließen überall ihre Spuren. Sie sah aus, als leide sie unter einer Hautkrankheit. Fünf Mal mussten die Ärzte mit einem Schaber die Wunde aufkratzen, weil die Köpfe der Zecken in der Haut stecken geblieben waren.

„Ich will sie sehen“, sagte Katja erschöpft und drückte sich auf der Liege langsam nach oben.

Es war das erste Mal, dass sie sich wieder aus eigener Kraft erhob. Unter ihren Augen lagen dunkle Ringe, ihr Haar war zerzaust. In den letzten Minuten der Behandlung hatte sie davon gesprochen, wie sehr sie sich auf eine Dusche freute. Die Ärzte schwiegen und ließen die Malträtierte reden. Nur gelegentlich gaben sie Anweisungen, wenn sie das Bein anheben oder sich drehen sollte. Finn hielt ihre Hand, die mit einer Infusionsnadel gespickt war, und streichelte ihr über den Kopf, nachdem dort alle Zecken entfernt worden waren. Zehn oder fünfzehn Blutsauger mehr hätte ihr Körper wahrscheinlich nicht verkraftet.

Er nahm den Behälter mit beiden Händen und zeigte ihn Katja. Sie blickte lange hinein, schien etwas sagen zu wollen, blieb aber stumm. Ein paar Zecken versuchten, über die Kadaver ihrer Artgenossen hinweg den oberen Rand des Gefäßes zu erreichen. Sie waren getrennt vom Wirtskörper, der die reifende Brut der Weibchen mit Blut versorgte, aber selbst jetzt, dem Tode nahe, *rochen* die Zecken immer noch ihr Opfer und streckten gierig das vordere Beinpaar nach Katja Neisinger aus. Die Schwangere verzog angewidert den Mund und schob den Behälter mit der flachen Hand zur Seite.

Finn stellte ihn außer Reichweite.

Ihr Bericht fiel entsetzlich aus. Sie erzählte von dem Angriff im Hotelzimmer, und wie sie – nur mit dem Bademantel bekleidet – aus der Hintertür des Gebäudes geschleift wurde.

Über die Fahrt im Kofferraum sprach sie stockend. Steinmann schob seinen Stuhl näher an sie heran, drückte sie an sich, lauschte ihrer Schilderung, wie sie sich – dem Tode womöglich nahe – das Panzertape von ihren Lippen gerissen hatte. Die Haut war dort stark gerötet. Er brach in Schweiß aus, als ihm bewusst wurde, dass er sie wirklich fast verloren hätte.

„Dann hat sie mich zu der Hütte getrieben. Sie besaß medizinische Ausrüstung und hat mir eine Spritze gegeben. Was danach passierte, weiß ich nicht mehr. Ich kann mich nur noch daran erinnern, dass ich irgendwann auf der Liege zu mir kam und die Lampe plötzlich neben mir stand."

„Du hast gesagt, sie hat dir eine Spritze gegeben", hakte Steinmann nach. „Wie hat sie das gemacht?"

„Wie meinst du das?"

„Wie hat sie sich dabei bewegt? Hat sie gezögert, war sie unsicher? Die meisten Leute haben doch Respekt vor Spritzen und wie sie damit umgehen müssen."

„Ich weiß es nicht. Sie hat mir die Nadel in den Arm gestochen, als ich in eine andere Richtung geblickt habe. Die Hütte war unheimlich."

„Sie war also schnell genug, um dich damit zu überraschen?"
„Ja."
„Dann hat die Frau Erfahrung damit", sagte einer der Ärzte. „Sind Sie danach eingeschlafen?"
Katja überlegte. „Ich stand noch auf den Beinen, als sie mir die Spritze gab. An mehr kann ich mich nicht erinnern. Es war ein sehr schnell wirkendes Mittel. Die Bluttests müssten uns zeigen, was es für ein Stoff war. Ich bin nur froh, dass dem Baby nichts passiert ist."
„Die Dosis war gut berechnet", ergänzte Finn. „Sie hätte euch zwei auch umbringen können. Fühlst du dich schon fit genug, um eine Dusche zu nehmen?"
„Ja."
„Gut. Wenn du fertig bist, reden wir über die Frau."

Katja Neisinger saß mit feuchten Haaren auf dem Krankenhausbett und ließ ihre Finger über die Haut gleiten. Dort, wo sich die Zecken festgesaugt hatten, zeigten sich kleine, rote Einstichstellen. An einigen Wunden bildeten sich leichte Entzündungen und Wölbungen.

Die verantwortlichen Ärzte beratschlagten noch, welche Medikamente man ihr geben konnte, sollte es zu einer Borreliose-Infektion kommen. Das Risiko dafür war groß, sehr groß sogar, denn bei vierundachtzig Zecken musste sogar von einer Mehrfachinfektion ausgegangen werden. Antibiotika wurden erst bei auftretenden Borreliose-Anzeichen verabreicht. Meist zeigten sich nach ein paar Tagen die Folgen eines Zeckenstiches. Die Gefahr in ihrem Fall trug vor allem das Kind – im Spätstadium der Schwangerschaft wurden durch Antibiotika stark durchblutete Organe und jene mit raschem Stoffwechsel attackiert. Hirn, Herz, Niere und Leber standen hier erfahrungsgemäß an vorderster Front. Die entstehenden Schäden waren meist funktioneller Natur. Hirn- und Herzfehler wirkten sich fatal auf die Entwicklung des Kindes aus. Gab man Katja angesichts der Risiken jedoch keine Antibiotikaprophylaxe, konnte sie selbst schwer krank werden.

Finn Steinmann und Katja Neisinger begriffen erst jetzt, wie heimtückisch der Angriff war.

„Bist du bereit, mir etwas über sie zu erzählen?“, fragte er.

„Wird das jetzt eine Zeugenbefragung?“

„Du bist unsere wichtigste Informationsquelle, Katja. Du hast die Frau gesehen und kannst sie mir beschreiben. Sie hat zwei, vielleicht sogar drei Menschenleben auf dem Gewissen. Dich hat sie entführt und allein schon durch die Fahrt im Kofferraum in höchste Gefahr gebracht. Wenn du es so betrachtest – ja, es ist eine Zeugenbefragung. Tut mir leid.“

Katja Neisinger stand auf und hielt sich die flache Hand auf Augenhöhe. „Sie ist etwa so groß.“

„Du hattest keine Schuhe an“, sagte er. „Hast du das eingerechnet?“

„Nein.“

„Also ist sie noch ein Stück kleiner, bis zur Nase etwa“, schloss er daraus. „Einssechsundsechzig, schätze ich.“

„Sie hat keine gute Figur“, erklärte Katja Neisinger weiter.

„War sie übergewichtig?“

„Nein, so würde ich das nicht nennen. Sie war nicht fraulich gebaut, das ist eine bessere Beschreibung. Bullig und kräftig, aber nicht fett. Sie hatte wesentlich mehr Kraft als ich.“

Finn dachte daran, wie ihn die Unbekannte in Trier niedergeschlagen hatte. „Ist sie so stark wie ein Mann?“

„Ich weiß nicht … sie ist auf jeden Fall sehr rücksichtslos.“

„Du hast gesagt, sie hat ihr Gesicht vor dir verborgen.“

Katja setzte sich zu ihm und zog die Bettdecke an sich. Sie fröstelte.

„Ich konnte nicht viel von ihrem Gesicht erkennen, Finn. Sie hatte ein Tuch oder einen Schal vor dem Mund bis hoch zur Nase. Ich habe nur die Augen und einen Teil der Stirn gesehen.“

„Kannst du mir etwas über ihre Augenfarbe sagen?“

Katja wippte langsam vor und zurück. „Grün. Sehr kräftig.“

„Wie sah der Teil ihres Gesichtes, den du sehen konntest, aus?“

„Ihre Haut scheint krank zu sein. Ich hatte zu viel Angst, um genauer hinzusehen, aber ich fühlte mich an Lepra erinnert. Sie war an der Stirn fleckig und rissig, so wie Lepra im Frühstadium aussieht."

„Hat sie mit dir gesprochen?"

„Nein. Kein einziges Wort."

Steinmann stellte sich die Frau als sehr bizarre Erscheinung vor. Sie hatte fleckige Haut, trug ein Tuch vor dem Mund, war mittelgroß, hatte eine kräftige Muskulatur und gab keinen Ton von sich. Ihren Aufenthaltsort würde er von Katja nicht erfahren – die Killerin hatte sie einzig und allein entführt, um sie in der Waldhütte zu quälen. Seine Lebensgefährtin hatte nicht mehr als das gesehen, was sie sehen sollte.

„Sie hat dein Handy ausgeschaltet und dann Karte und Akku entnommen, hast du gesagt."

„Ja."

„Wir fanden das Telefon in einer Plastiktüte am Tor des Hüttengrundstückes. Es war eingeschaltet, wir konnten es ganz leicht orten. Hast du der Frau deine PIN-Nummer verraten? Ohne die kann sie das Handy nicht wieder aktiviert haben."

Katja zog die Stirn kraus und überlegte. Nachdenklich schüttelte sie den Kopf.

„Ich habe mit ihr kein Wort gewechselt, Finn. Ich weiß nicht, wie sie das gemacht hat. Vielleicht hat sie mich im halb betäubten Zustand darüber ausgefragt."

„Das wäre eine Möglichkeit", entgegnete Steinmann und setzte seine Fragen fort. „Wir wissen, dass die Frau einen roten, alten Kombi fährt. Was uns fehlt, ist das Fabrikat."

„Es ist ein Volvo", meinte Katja. „Richtig viereckig, der Wagen."

„Hast du dir das Kennzeichen merken können?"

„Nein. Es war verdeckt mit einem Tuch. Sie überlässt nichts dem Zufall."

Steinmann telefonierte mit der Zentrale und gab das Fabrikat durch.

„Finn? Was machen wir, wenn meine Kollegen zu lange herumrätseln, welche Medikamente sie mir geben können?“

„Ich weiß es nicht. Du bist vom Fach, nicht ich.“

„Es gäbe eine Alternative“, sagte Katja. „Wenn die Geburt jetzt eingeleitet wird, entgeht unser Kind der Infektion vielleicht.“

„Du sagst vielleicht – wie hoch ist die Wahrscheinlichkeit dafür?“, wollte Finn wissen.

„Das hängt davon ab, wie viele von den Mistviechern ihren Dreck in mir abgelegt haben.“

„Du bist der Arzt, Katja. Ich kann nur raten. Wie ist deine Einschätzung?“

Sie sah aus dem Fenster. „Ich bin absolut sicher, dass sich in wenigen Tagen eine Infektion zeigen wird.“

Steinmann verschränkte die Arme. „Die Bakterien aus dem Zeckenspeichel sind also wahrscheinlich schon durch deinen ganzen Körper gewandert.“

Katja nickte und zuckte zusammen, als ihr das Baby einen gewaltigen Tritt verpasste.

„Wir sollten noch weitere Meinungen einholen“, fuhr er fort. „Die Kinderärzte und Gynäkologen hier werden uns sagen können, wie widerstandsfähig ein Neugeborenes gegen die Erreger ist, und ob es sinnvoller wäre, wenn es auch weiterhin mit dir verbunden bleibt. Einverstanden?“

Sie stimmte ihm zu. Finn löschte das Licht, und für ein paar Minuten saßen sie einfach nur beieinander. Schließlich murmelte Katja etwas von Ablenkung und bat um die Fernbedienung des Fernsehgerätes. Der Sender, der auf dem Bildschirm sichtbar wurde, war der eines Kinder- und Jugendkanals. In diesem Zimmer musste vorher ein junger Mensch gelegen haben. Katja erkannte den Sender wieder.

„Den hatte ich auch gestern an“, murmelte sie.

„Du schaust schon Kinderfernsehen?“, zog er sie auf.

„Nein. Eigentlich lief es nur so nebenher, als ich duschen ging. Als ich rauskam, war das Gerät schon von … ihr … abgeschaltet worden.“

Finn setzte sich kerzengerade auf. „Sag das noch mal."

„Was meinst du?"

Sein Gesicht veränderte sich. Der Ausdruck des sorgenvollen Freundes und zukünftigen Vaters wich der geschäftigen Miene eines Polizisten.

„Wie war das mit dem Fernseher genau? Erzähl es mir von Anfang an."

„Naja, ich sagte zu Dennis Krug, dass ich duschen gehen würde und er bitte nicht ins Zimmer kommen solle. Zuvor hatte den Fernseher eingeschaltet."

Sie deutete auf das Gerät oben in der Zimmerecke. „Es war dieser Kanal und es lief irgendein Quatsch mit so einem Frikadellenheini."

„Und dann bist du unter die Dusche?", hakte er nach. „Der Fernseher lief?"

„Ja."

„Und als du fertig warst?"

„Da hörte ich schon keinen Ton mehr. Er war aus."

„Hat das Ding eine Zeitschaltung?"

„Ich wüsste nicht. Ich denke, die Frau hat das Gerät ausgeschaltet, als sie ins Zimmer kam."

Steinmann überlegte. Der Fremde hatte sich im Schrank versteckt, das wussten sie. Sie tötete Krug und schlüpfte ins Zimmer. Es klang logisch, dass sie die Geräuschkulisse eines Fernsehers nicht gebrauchen konnte und ihn deshalb ausgeschaltet hatte.

Finn stand vom Krankenhausbett auf und wanderte langsam im Zimmer hin und her. Er erinnerte sich daran, wie er mit Heffe Schmidt, Peter Siborski und Sancho in das Zimmer gekommen war. Der Suchhund war schnell zum Schrank gelaufen, aber vorher … hatte er ganz kurz am Fernseher geschnüffelt.

Sie hatten es alle übersehen.

Steinmann sah hoch zu dem TV-Gerät in der Ecke. Es war von ähnlicher Bauart wie das des Hotelzimmers, nur etwas kleiner. Er schnappte sich einen Stuhl, stellte sich darauf und betrachtete die

Menüleiste am unteren Rand. Da die Fernbedienung des Hotelfernsehers nicht funktionierte, musste die Beilmörderin das Gerät von Hand ausgeschaltet haben. Moderne Flachbildgeräte verfügten nicht mehr über Knöpfe und Buttons, sondern über Touch-Displays. Rechts unten fand er das kreisrunde Symbol für Ein/Aus und drückte darauf. Das Fernsehbild stürzte augenblicklich in sich zusammen.

„Was machst du da?“, fragte Katja Neisinger verwundert.

Finn antwortete nicht, stieg vom Stuhl und ging zur kleinen Garderobe des Zimmers. In seiner Jacke befand sich noch ein Paar der Spurensicherungshandschuhe. Er zog es an und stieg wieder auf den Stuhl.

Er drückte mehrfach auf das Kreissymbol, aber nichts tat sich. Dann zog er einen der Handschuhe aus und versuchte es erneut. Der Fernseher sprang sofort an.

Steinmann nahm sein Handy aus der Tasche und wählte Siborskis Nummer.

„Hallo Finn.“

„Hallo. Peter, bist du noch in der Waldhütte?“

„Nein, ich bin zu Hause. Es sind noch Leute vor Ort.“

„Okay, hör zu. Ich bin mir sicher, dass wir auf dem Fernseher im Hotelzimmer Fingerabdrücke von der Täterin finden können.“

„Wie kommst du darauf?“

„Weil die Fernbedienung des Gerätes kaputt ist. Katja hat mir erzählt, dass sie den Fernseher eingeschaltet hat und er plötzlich aus war, als sie aus der Dusche kam. Die Fremde muss höchstwahrscheinlich die Handschuhe ausgezogen haben, um ihn manuell auszuschalten. Die Touch-Displays sprechen nur ganz schlecht auf etwas anderes als Haut an. Und erinnere dich an Sancho – er schnupperte am Fernseher, aber wir haben es nicht weiter beachtet.“

„Wann kannst du da sein?“, fragte Siborski aufgeregt.

„Ich mache mich in zehn Minuten auf den Weg.“

Finn legte auf und öffnete die Tür zur Toilette. Am Handwaschbecken stand ein Plastikbecher. Finn wusch ihn von außen ab, trocknete ihn und setzte sich zu Katja auf das Bett.

„Streich dir mit deinen Fingern über die Stirn“, sagte er zu ihr und machte es ihr vor. „War die Frau Rechtshänderin?“

„Ja, ich glaube schon.“

„Okay, jetzt press deine Finger auf den Becher. Ich mache das auch.“

„Wozu machen wir das?“

„Damit wir unsere Fingerabdrücke belegen können und sich ein dritter, fremder Abdruck einwandfrei identifizieren lässt. Ich will hoffen, dass die Familie Klein regelmäßig den Fernseher hat reinigen lassen und sich nicht noch mehr Personen darauf verewigt haben.“

Er zog seine Jacke über. Wenn jemand Handschuhe bei einer Straftat trug, wollte er unbedingt Fingerabdrücke vermeiden. Wenn die Abdrücke vorher aktenkundig aufgenommen worden waren, konnte man den Täter sehr schnell identifizieren. Finn hoffte, dass die Gesuchte genau das zu vermeiden versucht hatte.

War das der Fehler, auf den alle warteten? Der Beweis, dass es das perfekte Verbrechen nicht gab? War die Frau irgendwo schon einmal auffällig geworden?

Finn nahm Katja noch einmal in den Arm und lief aus dem Zimmer. Der Polizist auf dem Gang schrak zusammen, als der SOKO-Leiter die Tür aufriss und eilig vorbeistürmte.

„Ist alles in Ordnung bei euch?“, rief er ihm hinterher.

Steinmann überhörte seinen Ruf.

21.

Siborski wartete vor dem Hotel auf ihn.

„Wie geht es Katja?“, wollte der Oberkommissar wissen, als sie das noch immer abgeriegelte Gebäude betraten.

Die übrigen Gäste waren unproblematisch in anderen Hotels und Pensionen untergebracht worden.

Steinmann zuckte mit den Schultern. „Sie ist froh, wieder frei zu sein, aber ob es ihr gut geht, wissen wir erst in ein paar Tagen.“

Eine Streifenbesatzung war noch vor Ort als Tatortwache eingeteilt. Die Männer grüßten und meldeten, dass es keine besonderen Vorkommnisse gegeben habe. Finn bedankte sich und lief mit Peter Siborski die Treppe hinauf. Dennis Krugs Leichnam war natürlich längst abtransportiert worden. Der Anblick des besudelten Sessels und der verschmierten Wand ließ die beiden Kriminalpolizisten frösteln.

„Hast du alles dabei?“, fragte Finn.

„Natürlich“, knurrte Siborski. „Ich bin ja kein Anfänger.“

Er stellte einen großen Kasten vor den Fernseher. Steinmann sah ihm über die Schulter, als er den Behälter entriegelte und fächerförmig öffnete. Mehrere verschiedene Pinselsorten, Magnetstäbe und Pulverarten kamen zum Vorschein. Zwei kleine Sprühflaschen enthielten spezielle Chemikalien, mit denen sich plastikartige Abziehbilder der Abdrücke herstellen ließen. Siborski prüfte die Beschaffenheit des TV-Gehäuses.

„Der ist mit sehr glattem Lack überzogen“, sagte der Spurensicherer. „Ich versuche es mit fluoreszierendem Magnetpulver. Gib mir den langen Magnetstab bitte.“

Steinmann reichte ihm das gewünschte Arbeitsgerät und beobachtete, wie Siborski das Magnetpulver in einen kleinen Becher füllte. Dann tauchte er die Spitze des Stabes in das Pulver hinein. Die darin untergemischten Eisenspäne hafteten sofort am Stab und zogen das eigentliche Pulver mit sich – ein Pinsel ohne Borsten war entstanden.

„Ich habe eine Probe von mir und Katja dabei", sagte Finn. „Dann können wir gleich hier vor Ort eine erste Prüfung vornehmen."

„Gut", brummte Peter Siborski konzentriert und staubte den Bildschirm des Fernsehers damit ein. „Das Pulver haftet einwandfrei. Ich dachte zuerst, wir müssten das Gerät noch eindampfen."

Das Material wurde fleckig. Finn nahm aus dem Kasten zwei UV-Brillen heraus und bereitete die Spezialleuchte vor.

„Wir hätten prüfen sollen…", sagte Siborski stirnrunzelnd, „… ob der Raum Jalousien hat."

„Hat er", sagte Finn. „Wir können völlig abdunkeln."

„Gut", murmelte Siborski wieder.

Er war ganz in seinem Element. Steinmann wurde klar, warum der pragmatische Oberkommissar den Erkennungsdienst zum Spezialgebiet für sich entdeckt hatte. Es entsprach einfach seinem Charakter – mit hochtechnisiertem Werkzeug den unverwechselbaren, verräterischen Spuren des Verbrechens hinterherzuschnüffeln. Fakten suchen, wo Fakten versteckt waren. Finn hatte am Anfang seiner Laufbahn auch die eine oder andere Sicherung vornehmen müssen, aber er war längst aus der Übung. Wieder einmal wurde er sich bewusst, wie unterschiedlich die Anforderungen im Polizeiberuf inzwischen geworden waren.

„Fertig", sagte Peter Siborski. „Jetzt den Raum abdunkeln."

Steinmann ließ die Jalousien herab. Durch einen schmalen Schlitz drang Laternenlicht. Er nahm ein Handtuch aus dem Bad und hängte es vor den kleinen Riss im Plastik.

„Das reicht", meinte Siborski und setzte die UV-Brille auf. „Bist du bereit?"

„Kann losgehen", sagte Finn und rückte die Brille zurecht.

Siborski schaltete die Speziallampe ein. Auf der Oberfläche des Flachbildfernsehers wurden faszinierende, bläulich fluoreszierende Linien sichtbar – und die Abdrücke mehrerer Finger. Es würden jedoch mehrere Nachbehandlungen nötig sein, bis die Spuren eindeutig erkennbar waren.

„Unser Problem ist“, erklärte Siborski ruhig, „dass du, Katja und die Fremde alle auf den Ein-/Aus-Schalter gedrückt haben. Siehst du? Das kann Tage dauern, bis wir da etwas herauslesen können.“

Finn nickte, obwohl sein Kollege ihn kaum sehen konnte. Ganz rechts unten befand sich ein großer, leuchtender Punkt auf dem Flachbildfernseher.

„Hoffentlich sind es nur drei Spuren übereinander“, meinte Steinmann.

Siborski rückte näher an das Gerät heran. „Ich denke schon. Das Gehäuse ist ansonsten blitzblank. Das ist ein sauberes Hotel, in dem ihr hier untergekommen seid.“

„Wir nehmen die Probe als Ganzes mit“, erklärte er weiter. „Ich habe einen Kollegen aus der Grundausbildung, der jetzt an der Otto-von-Guericke-Universität in Magdeburg arbeitet – der kann uns helfen.“

„Wie?“

„Die arbeiten in der Uni an einer neuen 3D-Messtechnik für die Spurensicherung. Damit sollen übereinander liegende Spuren untersucht werden können. Ich verfolge solche Entwicklungen natürlich mit Interesse. Zuletzt habe ich von dem Projekt nur Fortschritte gehört. Es sollen sogar mobile 3D-Scanner hergestellt werden. Ich weiß aber nicht, wie weit die inzwischen gekommen sind. Kann sein, dass das Projekt wieder eingestellt wurde.“

Steinmann und Siborski packten den Fernseher sorgfältig ein und trugen ihn zum Wagen.

„Ich rufe die Uni von der Inspektion aus gleich an“, sagte der Spurensicherer. „Wenn mein alter Kumpel erreichbar ist und uns helfen kann, schwinge ich mich ins Auto und fahre nach Magdeburg. Wie lange werde ich unterwegs sein?“

„Fünf Stunden“, schätzte Finn.

Die Polizisten fuhren zur Inspektion. Steinmann fertigte Fotos vom Fernseher und den bisher sichtbaren Abdrücken an, während Siborski versuchte, seinen Kollegen zu erreichen. Nach einer knappen Stunde Hin- und Hertelefonierens bekam er ihn endlich an die Strippe. Er schilderte die Spurenlage und wie wichtig ein Versuch sei.

„Das wäre prima, Holger“, sagte Siborski zum Abschied und trennte die Verbindung.

Steinmann wartete auf den Bericht des Oberkommissars.

„Wir haben Glück“, erklärte Siborski. „Das Projekt läuft noch und verfügt über einen einsatzbereiten Scanner im Labor. Ich mache mich sofort auf den Weg zur Uni.“

„Ich würde gerne mitkommen“, sagte Finn. „Aber ich darf Katja auf keinen Fall alleine lassen.“

Peter Siborski tippte sich an die Stirn und machte sich zusammen mit Kommissar Peters auf den Weg. Er wollte – falls die Untersuchung schnell vor sich ging – noch am nächsten Morgen die Rückreise antreten. Zehn Stunden Fahrt alleine am Steuer durfte er nicht riskieren.

22.

Otto-von-Guericke-Universität, Magdeburg, 7.39 Uhr

„Ein Fernseher?“, rief die Laborantin erschrocken. „Die schleppen hier einen Fernseher an? Du hast gesagt, dein Kollege bringt uns einen Spurenträger!“

„Das ist der Spurenträger“, grinste Siborski und stellte sich vor.

Er war früh am Morgen in Magdeburg angekommen und hatte mit Peters in einem Fast-Food-Restaurant gefrühstückt. Die beiden Polizisten aus Idar-Oberstein waren sehr gespannt auf die Untersuchung im Labor der Uni. Siborski hatte eine gewisse Vorstellung davon, wie das Gerät arbeitete, aber für Peters hörte sich das alles nach Science-Fiction an.

„Grüß dich, Holger“, sagte Siborski zu seinem Freund aus der Grundausbildung und deutete auf den Flachbildfernseher. „Das ist das gute Stück. Die Spuren befinden sich auf dem Ein-/Ausschalter.“

„Okay“, sagte Holger Bender. „Wir müssen die Stelle erst grob scannen, bevor wir uns an die Feinarbeit machen können. Wie alt sind die Abdrücke?“

„Insgesamt zwei Tage“, antwortete Peter Siborski. „Der jüngste stammt – wie wir glauben - von einer Frau, die zwei Menschen getötet hat. Darunter befinden sich noch zwei Spuren von Kollegen, die in diesen Fall involviert sind. Wir haben die Spur aber schon mit Pulver sichtbar gemacht. Verfälscht das die Daten?“

„Haben wir eine Vergleichsprobe?“, brachte sich die Laborantin ein.

„Ja“, sagte Peters und öffnete einen kleinen Behälter. „Hier ist ein Becher, auf dem extra zwei Spuren angebracht wurden.“

„Dann können wir die Veränderungen durch das Pulver kompensieren“, meinte die Assistentin.

„Den Becher sollten wir zuerst scannen“, sagte Holger Bender und nahm ihn vorsichtig aus Peters Händen.

Er stellte ihn unter ein Gerät, das wie eine Mischung aus Mikroskop und Kamera aussah.

„Wie funktioniert das?“, fragte Peters.

„Mit Licht“, erklärte Bender. „Der Digi-Dak, wie wir den Scanner nennen, schießt Licht auf den Spurenträger. Er erkennt die Höhe der Abdrücke im Mikrometerbereich. Warten Sie, ich zeige es Ihnen.“

Bender aktivierte den „Digi-Dak“. Eine Reihe von Bildschirmen meldete Arbeitsbereitschaft. Auf dem Becher tauchte ein winziger, weißer Lichtpunkt auf.

„Der Scanner misst jetzt, wann das Licht auf ein Hindernis trifft. Ein Fingerabdruck hinterlässt eine hauchdünne Schicht Fett und andere Absonderungen auf dem Träger. Fährt der Scanner nun über diese Oberfläche, kann er die dünne Schicht durch die Messung abbilden. Ein Relief entsteht – so ähnlich, wie sich heutzutage aus dem Weltraum Berge und Täler genau bestimmen lassen. Schauen Sie auf den rechten Bildschirm.“

Peters und Siborski beobachteten fasziniert, wie sich nach und nach auf dem Bildschirm das Abbild eines Fingerabdruckes aufbaute – genauer und detaillierter, als es die beiden je gesehen hatten.

„Kannst du mir den Scanner einpacken?“, sagte Siborski scherzhaft.

„Warte noch ein paar Jahre“, sagte Bender. „Dann gibt es diese Technik vielleicht schon als tragbares Gerät für den Außeneinsatz.“

Der Scanner summte leise vor sich hin. Da die Abtastung eine Weile dauerte, unterhielten sich Siborski und Bender bei einem Kaffee über alte Zeiten. Peters ließ sich von der Laborantin die Funktionsweise in allen Einzelheiten demonstrieren und betrachtete Beispielbilder, die während der Laborversuche angefertigt worden waren.

Als die Abdrücke von Katja Neisinger und Steinmann im System verankert waren, schoben die Männer den Fernseher langsam unter den Digi-Dak. Erst als Bender zufrieden war, aktivierte er den Scan-Vorgang.

„Das ist keine Herausforderung für uns", sagte er sichtlich stolz auf das Projekt. „Die drei übereinander liegenden Fingerabdrücke können nach dem Abtasten mit Hilfe des Computers schichtweise voneinander getrennt werden. Schwieriger wäre es, wenn sich der gesuchte Abdruck ganz unten befinden würde."

„Wir glauben, dass es der jüngste sein muss", sagte Peter Siborski.

Erneut mussten die Teilnehmer des unerwarteten Feldversuches warten. Nach einer halben Stunde hatte der Scanner den Dreifachabdruck komplett abgetastet. Die Bildschirme präsentierten ein heilloses Durcheinander – bis Holger Bender das Relief drehte und in einer bestimmten Mikrometerhöhe einfach abschnitt. Über eine Touchpad-Funktion ließ sich der abgesonderte Teil zur Seite ziehen.

Das Ergebnis sah sauber aus – eine Evolution der 3D-Technik. Bender gab einige neue Befehle ein und versuchte, die beiden unteren Fingerabdrücke ebenfalls zu trennen. Im ersten Anlauf saß der virtuelle Schnitt zu hoch, aber nach dem zweiten schob sich ein deutlich erkennbarer, sehr schmaler Abdruck zur Seite.

„Datenabgleich läuft", murmelte die Laborantin gedankenverloren. „Übereinstimmungserkennung aktiv."

In rascher Folge ordnete der Computer die 3D-Scans des Digi-Dak einander zu. Finn Steinmanns und Katja Neisingers Abdrücke ließen sich einwandfrei identifizieren.

Peter Siborski und Kommissar Peters starrten den letzten Fingerabdruck atemlos an.

„Das ist sie, Holger", knurrte der Spurensicherer. „Das Miststück hat einen jungen Polizisten mit dem Beil erschlagen. Er war kaum älter als deine Mitarbeiterin. Nur wenige Augenblicke, bevor sie diesen Abdruck gemacht hat, tötete sie ihn. Hat ihm einfach den Kopf gespalten."

Die Laborantin sah schaudernd auf das Bild.

„Kannst du mir die Bilder ausdrucken?", fragte Peter Siborski. „Ich nehme an, dass ihr hier keinen Zugang zum Datennetz der Polizei habt?"

„Nein, natürlich nicht", antwortete Bender und wies seine Helferin an, Ausdrucke anzufertigen.

Siborski griff zu seinem Handy und wählte Steinmanns Nummer. Der SOKO-Leiter meldete sich sofort.

„Ja?"

„Wir haben ihren Abdruck, Finn. Sie hat tatsächlich mit blanken Fingern den Fernseher angefasst."

„Ausgezeichnet", sagte Steinmann. „Jetzt müssen wir darauf hoffen, dass sie schon einmal registriert worden ist. Schickt bitte eine Mail mit dem Abdruck."

„Machen wir."

„Gut. Dann sehen wir uns heute Abend. Gute Fahrt."

Siborski packte mit Peters den Fernseher wieder ein und sendete dann über den Uni-Rechner das Abbild des Fingerabdruckes an die Inspektion. Als das erledigt war, schüttelte er Holger Bender die Hand zum Abschied.

„Danke, mein Freund. Das war ein kurzer Besuch heute. Das nächste Mal gehen wir einen trinken, versprochen."

„Ich erinnere dich daran", erwiderte Bender. „Viel Glück bei euren Ermittlungen. Ich hoffe, ihr fangt die Beil-Mörderin."

„Das hoffen wir alle", sagten die Polizisten aus Idar-Oberstein und trugen die wertvolle Fracht zum Wagen.

„Jetzt müssen wir Glück haben", meinte Siborski, als sie auf die Autobahn rollten. „Hoffentlich hat sie Dreck am Stecken."

23.

Polizeiinspektion Idar-Oberstein,
fünfundzwanzig Minuten nach Empfang der E-Mail

Stefanie Gorges las den Abzug in das System der Polizei ein. In der AFIS-Datenbank waren mehrere Millionen Fingerabdrücke gespeichert. Der Computer suchte jetzt nach Übereinstimmungen.

Finn Steinmann saß neben der dunkelhaarigen Gorges und starrte gebannt auf den Bildschirm, auf dem in unregelmäßigen Abständen Statusmeldungen auftauchten.

Gerade als er sich erheben und eine Tasse Kaffee holen wollte, blieb das Suchsystem stehen – und meldete einen Treffer.

„Die Personaldaten kommen rein", sagte Stefanie Gorges gespannt. „Eleonore Dahlheimer, zweiundfünfzig Jahre. Registriert wegen Urkundenfälschung. Sie hat als medizinische Betreuerin in einem Gefängnis gearbeitet und einem inhaftierten Straftäter Medikamente mit von ihr selbst unterschriebenen Rezepten besorgt. Man hat sie zu drei Jahren Haft auf Bewährung verurteilt und mit sofortiger Wirkung aus dem Dienstverhältnis entlassen."

Steinmann setzte sich langsam wieder hin. Den Kaffee hatte er vergessen.

„Welche Auflagen hatte sie in der Bewährung?", fragte er.

Stefanie Gorges Blick wanderte über den gespeicherten Text. „Keine. Da sie nicht selbst abhängig von Medikamenten ist, wurde ihr kein Bewährungshelfer zugeteilt. Die Meldepflicht betrifft sie nur bei einem Wohnortwechsel."

Finn überflog die erfassten Daten von Eleonore Dahlheimer.

„Sie war in der JVA Diez“, brummte er. „Dort sitzen die ganz schweren Jungs. Auch die mit der anschließenden Sicherungsverwahrung.“

Ihr Porträt zeigte eine durchschnittlich aussehende Frau mit kurzen Haaren. Ein fleckiges oder krankes Hautbild war nicht zu erkennen.

Stefanie Gorges scrollte den Text ein Stück nach unten. Ein Vermerk vom Amtsgericht Diez war eingetragen worden. Dort unterlag Eleonore Dahlheimer der Meldepflicht.

„Sie ist vor einem halben Jahr nach Idar-Oberstein gezogen“, sagte die Kommissarin.

Steinmann betrachtete das Bild auf dem Schirm. Er konnte nichts Feindseliges in dem Gesicht erkennen. Sie kam ihm sogar irgendwie bekannt vor, aber er konnte sie nicht zuordnen.

„Ich will mehr über sie wissen“, sagte er. „Stell mir bitte so viele Informationen wie möglich zusammen. Da sie des zweifachen Mordes verdächtigt wird, können wir uns einen Durchsuchungsbeschluss für ihre Wohnung besorgen.“

Stefanie Gorges nickte und begann, eine Zusammenfassung zu erstellen, und zog auch Daten des Einwohnermeldeamtes hinzu. Steinmann ordnete den Einsatz dreier Streifenfahrzeuge an. Er selbst wollte mit Frank Müller und Abramo Tremante daran teilnehmen. Während sich die Männer vorbereiteten und ihre schusssicheren Kevlar-Westen anlegten, telefonierte er mit dem für seine SOKO zuständigen Staatsanwalt in Bad Kreuznach. Wie erwartet gab es keine Probleme – die Grundlage für den Durchsuchungsbeschluss war eindeutig. Steinmann informierte den Inspektionsleiter über den bevorstehenden Einsatz.

Stefanie Gorges händigte ihm mehrere Ausdrucke von Eleonore Dahlheimers Foto aus. Steinmann verteilte sie an seine Leute und hängte eines davon im Besprechungszimmer an die Pinnwand.

„Vergesst nicht, dass die Frau gefährlich ist“, sagte er auf dem Weg zu den Fahrzeugen. „Wir wissen, dass sie mit Krugs Waffe in der Waldhütte geschossen hat. Sie ist wahrscheinlich kein guter Schütze, aber auf kurze Distanz kann sie uns richtig Schwierigkeiten machen. Wenn wir auf sie treffen, wird nicht verhandelt oder diskutiert. Wir schalten sie sofort aus und nehmen sie fest. Sie darf auf keinen Fall die Möglichkeit zu großen Gegenreaktionen haben. Prägt euch ihr Gesicht ein, falls es doch zu einer Flucht kommt."

Frank Müller lenkte Wagen 60-10. Steinmann nahm auf dem Rücksitz Platz und telefonierte mit Katja Neisinger.

„Wir wissen jetzt, wer die Frau ist", sagte er aufgeregt anstelle einer Begrüßung. „Wir sind auf dem Weg zu ihr, um sie festzunehmen."

Seine Freundin stieß einen Seufzer aus. „Das ist großartig, Finn. Wenn sie hinter Schloss und Riegel ist, kann ich vielleicht wieder schlafen. Weißt du schon, warum sie hinter uns her ist?"

„Nein", antwortete er. „Sie wird es mir sagen, wenn ich ihr die Handschellen anlege."

Steinmann blickte aus dem Fenster. Es war noch mitten am Tag, und doch verschwamm die Welt außerhalb des Wagens in grauem Schimmer. Die drei Einsatzfahrzeuge verließen das Kernstadtgebiet, fuhren durch einen Tunnel und durchquerten ein weites Tal, in dem sich viele Märkte und Filialen niedergelassen haben. Der Kriminalhauptkommissar wusste, dass hier lange Zeit eines der größten Depots der US-Army gestanden hatte. Als sich die Aktivitäten der Vereinigten Staaten mehr nach Osteuropa verschoben, war das Depot verschwunden und hatte Industrie und Handel Platz gemacht. Direkt an diesem Gewerbepark lag einer der äußeren Stadtteile, in dessen Zentrum ein Hochhaus gebaut worden war. Das Gebäude ragte wuchtig aus dem überschaubaren Ort heraus.

Die kleine Kolonne passierte den Bau und bog nach rechts ab, unter einer Bahnüberführung hindurch. Die Straße stieg langsam an und führte die Polizisten nach einem Kilometer wieder aus dem Ort hinaus. Steinmanns Blick fiel auf einen dicht bewaldeten Hügelkamm zu seiner Linken, auf der rechten Seite war das Gelände etwas flacher. Nach ein paar Kurven kamen schon die

Häuser des nächsten Ortes in Sicht, der ebenfalls zur Edelsteinstadt gehörte.

„60-10 an 60-30 und 60-50", sagte Frank Müller ins Funkgerät. „Im nächsten Ort bis zum Zentrum fahren. Dort links abbiegen und Stopp Nähe Sportplatz."

Die Beamten sammelten sich am angegebenen Punkt. Eleonore Dahlheimers Wohnung lag in einer Querstraße. Dort hatte sie sich vor einem halben Jahr niedergelassen. Der Ort war ruhig, niemand begegnete den Polizisten zu dieser Zeit.

„Wir nähern uns der Wohnung vorsichtig", erklärte Steinmann. „Niemand steht direkt vor einer Tür oder einem Fenster. Haltet stets Mauerwerk zwischen euch und dem Wohnungsinneren."

Er meldete der Zentrale den Beginn des Einsatzes. Die Digitalfunktechnik ermöglichte es ihnen, die Streifenwagen als Relaisstationen zu benutzen und auch während des Zugriffes Kontakt mit der Inspektion zu halten. Steinmann ordnete an, dass die Zentrale nicht von sich aus einen Ruf absetzen sollte. Er wollte nicht riskieren, dass während eines Anschleichvorgangs die Funkgeräte losplärrten. Die Männer rückten ihre Ausrüstung zurecht. Frank Müller nahm die Maschinenpistole aus dem Sicherungsbehälter und hoffte, der Aufmarsch würde die Anwohner nicht verschrecken. Er kannte einige Leute aus dem Ort.

„Da ist die Wohnung", sagte Steinmann und beobachtete drei Minuten lang das Haus, in dem Eleonore Dahlheimer das Untergeschoss gemietet hatte. „Sieht jemand von euch den roten Kombi?"

Das Fahrzeug war nicht hier – was die Schlussfolgerung nahe legte, das Eleonore Dahlheimer ebenfalls nicht da war.

Drei Polizisten entfernten sich und sicherten das Haus zur Waldseite hin ab. Sie bewegten sich vorsichtig zwischen Bäumen und Sträuchern und hielten den Blick ununterbrochen auf die Fenster des Hauses gerichtet.

Finn strich seine Jacke glatt und ging mit Abramo Tremante und Frank Müller zur Wohnungstür der Verdächtigen.

Zwei leere Hülsen hatten die Spurensicherer in der Waldhütte entdeckt, die eigentlichen Geschosse steckten tief in der Wand und in dem verfilzten Hirschkopf. Wenn Eleonore Dahlheimer nicht noch weitere Schussversuche gemacht hatte, verfügte sie über mindestens achtundzwanzig Schuss. Damit konnte auch ein Ungeübter grässlichen Schaden anrichten.

Tremante und Steinmann stellten sich seitlich versetzt an der Tür auf. Frank Müller postierte sich hinter einem Mauervorsprung und entsicherte die Maschinenpistole. Er hielt sie mit beiden Händen locker an der Hüfte.

Finn nickte seinen Kollegen zu. Frank Müller gab den anderen Beamten durch einen kurzen Funkspruch zu verstehen, dass es jetzt losging.

Steinmann fasste die Klingel ins Auge und las die Namen darauf. Der untere Button gehörte zur Erdgeschosswohnung. Im Klingelgehäuse befand sich kein Namenshinweis, wie beispielsweise ein Zettel mit der Aufschrift „E. Dahlheimer“. Sie schien keinen Wert darauf zu legen. Die anderen beiden Gehäuse waren beschriftet. Das Gebäude war als Mehrfamilienhaus gebaut worden, was bedeutete, dass hinter der Tür ein kleines Treppenhaus auf die Einsatzgruppe wartete.

Finn drückte kurzerhand auf die oberste Klingel und wartete einen Moment. Der Türsummer brummte ohne Nachfrage, das elektronische Schloss wurde entriegelt. Tremante schob die Tür auf. Steinmann machte sich eine Gedankennotiz, die unvorsichtige Person in der Dachwohnung zu rügen. Es war nicht das erste Mal, dass er auf diese Weise so einfach in ein Haus gelangt war.

Die Tür zu Eleonore Dahlheimers Wohnung befand sich zwei Meter entfernt auf der linken Seite des Ganges. Frank Müller hatte das beste Blickfeld und zeigte Steinmann freie Bahn an. Der Kriminalhauptkommissar rückte mit Tremante in das Treppenhaus vor und schickte den jungen Polizisten sofort in die oberen Stockwerke. Der Bursche machte seine Sache bisher gut.

Die bullige Gestalt Müllers folgte ihnen auf dem Fuße. Steinmann lauschte und hörte Tremante, der oben leise auf eine Person einsprach. Er war zufrieden. Von oben drohte nun keine unliebsame Überraschung mehr.

Der SOKO-Leiter holte tief Luft und legte seinen Finger auf den Klingelschalter, der sich an Eleonore Dahlheimers Tür befand.

Ein gewöhnlicher Gong ertönte in der Wohnung. Steinmann drückte seinen Rücken an die Wand im Flur. Er bückte sich und zog ein Endoskop aus der Tasche. Dann schob er das dünne und biegsame Sichtgerät vorsichtig unter dem Türblatt hindurch und bewegte die Optik hin und her. Die Lichtverhältnisse in der Wohnung waren günstig, er hatte gute Sicht mit der Schlangenkamera und sah keine Bewegung hinter der Tür.

Steinmann hielt den Blick auf dem Visier und gab Müller mit der Hand ein Zeichen. Der Oberkommissar drückte erneut auf den Klingelschalter.

„Frau Dahlheimer?“, rief Finn. „Mein Name ist Steinmann von der Polizeiinspektion Idar-Oberstein. Ich muss Sie bitten, Ihre Wohnungstür zu öffnen. Ich habe einen Durchsuchungsbeschluss – falls Sie nicht öffnen, bin ich berechtigt, mir Zugang zu verschaffen.“

Steinmann zuckte erschrocken zusammen, als er mit dem Endoskop einen Schatten erkannte, der blitzschnell aus einem Raum auf der linken Seite herausschoss und in einem gegenüberliegenden Zimmer verschwand. Frank Müller riss augenblicklich die Maschinenpistole hoch und drehte sich auf dem Absatz von der Tür weg, als er Finns Reaktion bemerkte.

Beide erwarteten einen Feuerüberfall von Eleonore Dahlheimer, aber nichts geschah. Steinmann kauerte unverändert auf dem Boden und blickte nach ein paar Sekunden wieder in die Optik hinein.

Er schnappte nach Luft, als er durch die Schlangenkamera ein Ungeheuer erspähte, welches sich dem Sichtgerät mit den vorsichtigen Bewegungen eines Jägers näherte und durch den Blickwinkel übergroß wirkte.

„Eine Katze“, flüsterte Finn. „Es ist nur eine Katze, Frank.“

Müller fluchte unterdrückt und senkte den kurzen Lauf der Maschinenpistole wieder. Tremante kam die Treppe herunter und postierte sich hinter den beiden älteren Männern.

„Was jetzt?“, raunte Müller.

„Ich glaube, es ist niemand da“, gab Steinmann zurück und untersuchte den einfachen Schließmechanismus der Tür. „Die kriegen wir leicht auf. Hast du Kommissar Dietrich dabei?“

Müller zog den Riemen der Maschinenpistole über die Schulter und öffnete eine kleine Tasche an seinem Gürtel. Darin befand sich ein Pick-Set, eine Sammlung verschiedener Hilfsmittel, mit denen sich Zugang zu abgeschlossenen Bereichen verschaffen ließ. Steinmann sah noch einmal in die Optik des Endoskops. Die Katze kauerte nach wie vor hinter der Tür und beobachtete argwöhnisch die Bewegungen der Schlangenkamera. Ihr Schwanz bewegte sich unruhig auf und ab. Sie versperrte dem Hauptkommissar die Sicht auf den Rest des Flurs, aber er war sicher, dass die Wohnung leer war.

Steinmann wurde aus Eleonore Dahlheimer nicht schlau. Er stellte sich die Frau vor, wie sie abends vor dem Fernseher saß und die Katze auf ihrem Schoß unter dem Kinn kraulte. Dann verließ sie das Haus und erschlug einen jungen Polizeibeamten, quälte eine Schwangere mit blutgierigen Zecken und erschreckte zwischendurch Menschen mit Abbildern verstorbener Leute.

Finn schob einen dünnen Pick in das Schloss und bewegte ihn, bis der Stift einrastete. Er hatte ein klassisches Fünf-Stift-Schloss vor sich, das dem Pick keinen großen Widerstand leistete. Es dauerte nur ein paar Augenblicke, bis Steinmann mit dem Spanner das Kerngehäuse des Schlosses drehen konnte und die Tür entriegelte.

Das Holzblatt öffnete sich einen Spalt und gab den Blick ins Innere der Wohnung frei. Finn reichte Müller das Pick-Set. Der Oberkommissar verstaute es sorgfältig in der Gürteltasche und nahm die Maschinenpistole wieder von der Schulter.

„Die Katze wird uns nichts tun, Frank“, sagte Steinmann und schob die Tür vollends auf.

Das Tier hatte sich bereits aus dem Staub gemacht und irgendwo versteckt. Müller drückte auf die Sprechen-Taste seines Funkgerätes. Er wartete drei Sekunden, ehe er redete.

„Hier Müller", brummte er. „Die Tür ist offen, die Zielperson scheint nicht da zu sein. Wir gehen jetzt in die Wohnung. Wie ist die Lage draußen? Kommen."

„Hier Becker", antwortete einer der Außenposten. „Alles ruhig. Wir haben niemanden gesehen, der sich aus dem Haus schleichen wollte. Kommen."

„Hier Müller. Gut. Stellt einen Mann auf Sicherung, die anderen zwei kommen rein zur Durchsuchung. Kommen."

„Hier Becker. Verstanden und Ende."

Steinmann nickte zufrieden und drang in die Wohnung ein. Es roch nichtssagend, der Flur machte einen sauberen Eindruck. Der dunkle, graue Teppich wirkte frisch gesaugt. Eleonore Dahlheimer war ein ordentlicher Mensch. Der SOKO-Leiter blieb vor dem ersten Raum auf der linken Seite stehen. Durch die Fenster blickte man auf den Wald hinter dem Haus. Im Sommer mochte dieses Zimmer von Licht durchflutet sein. Den Möbeln nach war es die Wohnstube, aber Steinmann sah keinen Fernseher.

In einem Regal standen einige Bücher. Finn neigte den Kopf und las die Titel. Es waren ausnahmslos Sachbücher esoterischen Inhalts.

„Das Leben nach dem Tode", stand dort ebenso wie „Wer war ich vorher?" oder „Von der Macht der Druiden: Geheime Kräfte in uns".

Ein Titel stach ihm besonders ins Auge. Vielleicht war es die Schriftart oder die Farbe des Einbandes – er wusste es nicht genau. Steinmann spürte Unbehagen, als er das knapp zweihundert Seiten dicke Buch aus dem Regal zog.

„Das Gesetz der wandernden Toten" stand auf dem Cover.

Direkt nach dem Buchdeckel folgte ein Zitat aus einem alten Horrorfilm.

„Wenn in der Hölle kein Platz mehr ist, kehren die Toten auf die Erde zurück."

Eleonore Dahlheimer schien sich für diese Themen sehr zu interessieren. In fast jedem der Bücher erkannte Steinmann Markierungen und Eselsohren. Er nahm sich vor, später ein paar Eindrücke zu erlesen. Großmutter Dorothea hätte an dem einen oder anderen Titel sicher Interesse gehabt.

„Finn? Abramo?", rief Frank Müller. „Das müsst ihr sehen, kommt her."

Der Hauptkommissar verließ die Wohnstube. Tremante kam aus einem anderen Raum.

„Wo bist du?" rief Finn.

„Ganz hinten, letzte Tür", antwortete der Oberkommissar. „Ich glaube, es ist das Schlafzimmer."

Steinmann tauschte mit Tremante einen fragenden Blick und folgte Müllers Stimme. Die Wohnung wurde zunehmend dunkler. Dicke, braune Vorhänge verhinderten, dass Neugierige von außen hereinschauen konnten. Selbst die Tapeten verströmten Düsternis.

Finn fand den Oberkommissar, der im Türrahmen des letzten Zimmers stand und die Sicht versperrte. Müller hatte das Licht einschalten müssen, weil die schweren Vorhänge zugezogen waren und den Raum in fast nachtschwarze Dunkelheit tauchten.

„Lass mich sehen", forderte Finn und wartete, bis Frank Müller zur Seite getreten war.

Der Streifenpolizist bewegte sich träge, als sei er von einem unheimlichen Zauber gebannt. Steinmann schob sich neben ihn und blieb fasziniert stehen.

Die Schlafstätte an der linken Wand war der einzige Hinweis darauf, dass es sich hier um Eleonore Dahlheimers Ruhezimmer handelte. Eigentlich war es nur eine fleckige Matratze, auf der ein alter Bundeswehr-Schlafsack lag. Sie hielt wohl nicht viel von richtigen Betten – es wirkte mehr wie das Lager eines Obdachlosen unter einer Brücke.

Finn zählte im Geiste die Schritte, die er benötigen würde, um den Raum abzuschreiten. Mit knapp sechs auf vier Metern Fläche war es das größte Zimmer der Wohnung. An der Decke brannte eine grelle Glühbirne ohne Lampenschirm.

Im Zentrum des seltsamen Zimmers standen neun lebensgroße Schaufensterpuppen, fünf Frauen und vier Männer, die alle mit unterschiedlichen Kleidungsstücken und Perücken drapiert waren. In der Mitte des Arrangements stand eine kleine Kiste. Steinmann sah jede einzelne der Puppen fasziniert an, bis ihm an einer Mann-Puppe etwas auffiel. Sie trug ein auffälliges Jackett in einem Schnitt, der schon lange nicht mehr modern war.

„Ich bin mir sicher", sagte Finn, „dass der Mann dort Fred Horjäger sein soll. Seine Tochter sagte etwas von einem Jackett."

Müller räusperte sich. „Wenn das Horjäger ist ... wer sind dann die anderen?"

Steinmann deutete auf eine weibliche Puppe, deren Kleidungsstil man am ehesten einer ganz alten Frau zuschreiben würde. Eine weitere Frauenpuppe war unbekleidet.

„Eine davon ist möglicherweise Konradts Frau", flüsterte er. „Deine Frage ist berechtigt. Wer sind die sieben anderen Puppen? Nach allem, was wir wissen und vermuten, muss es sich um die Abbilder toter Menschen handeln. Und wer ist die nackte Puppe? Ist sie jetzt in diesem Aufzug unterwegs?"

„Ich hätte fast eine Salve abgefeuert", gab Müller zu. „Du musst sie sehen, wenn das Licht ausgeschaltet ist."

„Zeig es mir", sagte Steinmann.

Frank Müller streckte den Arm aus und löschte das Licht. Der Draht in der Glühbirne glomm noch einen kurzen Moment nach, aber keiner der beiden Polizisten achtete noch darauf. Die neun Puppen standen wie Tolkiens Ringgeister im Schlafzimmer. Eleonore Dahlheimer hatte die Augen der Figuren mit fluoreszierender Farbe bearbeitet. Es sah aus, als würden die neun Toten mit glühendem Blick auf die unerwünschten Eindringlinge starren.

„Heilige Mutter Gottes", flüsterte Abramo Tremante hinter ihnen. „Habt ihr schon in die Kiste geschaut?"

„Nein", sagte Steinmann und zog ein paar dünne Handschuhe aus der Hosentasche.

Er näherte sich zögernd der reglosen Sammlung. Finn wusste, er hatte es nur mit Schaufensterpuppen zu tun, und dennoch war es ihm, als stünden ihm tatsächlich neun Leichen gegenüber. Ein eigentümlicher Geruch ging von ihnen aus, ein Duftgemisch aus alter Wäsche, Schweiß und sogar Mutterboden.

„Schalte das Licht bitte wieder ein“, sagte er, ohne sich umzudrehen.

Müller drückte den Schalter. Steinmann sah nach unten und betrachtete die Schuhe der Puppen. Bei der deutlich als alte Frau erkennbaren Figur fand er eine Menge eingetrockneten Drecks an der Sohle. Das musste Gerda Konradt sein. Eleonore Dahlheimer war in diesem Aufzug im Garten gewesen und hatte den Ehemann heimgesucht.

Eine andere Puppe sah wie ein ganz junger Mensch aus, nach den schrill-bunten Kleidern ein männlicher Teenager aus den neunziger Jahren.

„Die stammen alle aus unterschiedlichen Zeiten“, sagte Frank Müller hinter ihm.

„Ja“, murmelte Steinmann zustimmend. „Und bei Fred Horjäger hat es angefangen. Er trägt die ältesten Kleider. Ich glaube, die folgen in regelmäßigen Abständen aufeinander.“

„Wie alt war Eleonore Dahlheimer, als Horjäger starb?“

Finn rechnete nach. Die Gesuchte war jetzt zweiundfünfzig. „Sie muss sechzehn gewesen sein“, sagte er. „Sie fing schon wenige Wochen nach seinem Tod an, ihn darzustellen.“

„So jung?“

Steinmann nickte. Er fragte sich, wer die übrigen sieben Familien waren, die von Erscheinungen gequält wurden. Ein öffentlicher Aufruf mochte notwendig sein, um das herauszufinden.

‚Es sei denn, wir erwischen Eleonore bald‘, überlegte Finn.

Die Chancen dafür standen gut – sie konnte nicht mehr in ihre Wohnung zurück. Die Polizei kannte ihr Auto und ihr Aussehen. Es war nur eine Frage der Zeit, bis sie der Fahndung ins Netz ging und dingfest gemacht wurde.

Er setzte sich in der Mitte der Puppensammlung vor die mahagonifarbene Kiste und betrachtete sie eingehend. Sie maß etwa vierzig Zentimeter im Quadrat und wies kein Schloss auf. Der Deckel ließ sich über ein simples Scharnier ganz einfach anheben.

Steinmann öffnete die Kiste langsam. Sie war ausgelegt mit schwarzem Schaumstoff, um den Inhalt zu schützen. Ein merkwürdiger Geruch stieg in seine Nase.

In der Kiste lag – säuberlich ausgebreitet – eine aus hautfarbenen Flicken zusammengesetzte Gesichtsmaske. Er hätte sie herausnehmen und aufsetzen können. Sie wurde mit einem Gummiband wie ein Faschingsartikel auf dem Kopf fixiert.

„Riecht wie beim Zahnarzt", sagte Müller hinter Finn und sah ihm über die Schultern. „Was meinst du, ist das echte Haut? Hat sie von jedem Toten ein Stück herausgeschnitten und sich diese Maske gebaut?"

„Ich weiß es nicht. Aber ich kann mich an den Anblick erinnern. Sie trug sie, als sie mich in Trier attackiert hat, und wenn Katja jetzt hier wäre, würde sie darin ihre Peinigerin erkennen. Ich dachte damals schon, dass es wie ein Flickenteppich aussah. Der junge Kollege muss furchtbar erschrocken sein, als sie so vor ihm auftauchte. Deswegen hat er sich nicht bewegt."

„Wie halten die Stücke zusammen?", fragte Tremante. „Ich kann keine Nähte erkennen. Verhält sich Menschenhaut wie Leder?"

Finn hob mit seinen behandschuhten Händen die Maske aus der Kiste. Sie war weich und durchaus in der Lage, sich an das Gesicht eines Trägers anzuschmiegen. Er hob sie über seinen Kopf und betrachtete das unheimliche Fundstück von unten.

„Die Stücke sind aufgeklebt", sagte Steinmann. „Seht ihr? Scheint normales Leder zu sein."

Tremante hob einen Zeigefinger. „Eleonore Dahlheimer hat diese Maske aber nicht getragen, als sie Konradt erschlug. Er sprach eindeutig von seiner Frau, nicht von so einem … Ungeheuer."

In Steinmanns Jackentasche klingelte es. Er zuckte zusammen, als ihn das schrille Geräusch aus den Gedanken riss und den mystisch angehauchten Raum in die reale Welt zerrte. Er legte das Beweisstück vorsichtig wieder in die Kiste.

„Ja?"

„Gorges hier. Ich habe ein paar Sachen über Eleonore, die du wissen solltest."

„Schieß los."

„Sie arbeitet als mobiler Pflegedienst, vorwiegend in der Altenbetreuung. Zum Kreis ihrer Leute gehörten auch Konradts Frau und Horjägers Witwe. Sie hat also unmittelbaren Kontakt gehabt im letzten halben Jahr."

„Das erklärt, warum sie das Äußere der Verstorbenen so gut imitieren kann. Es muss ihr irgendwie gelungen sein, an das Blut von Frau Horjäger heranzukommen. Jetzt müssen wir herausfinden, wer die anderen sind."

„Welche anderen?", fragte Stefanie Gorges.

Steinmann beschrieb ihr den Fund im Schlafzimmer sehr eindringlich. Die Kriminalkommissarin hörte schweigend zu.

„Vielleicht finden wir einige der Toten unter ihren Patienten", überlegte sie laut. „Das liegt nahe, oder?"

„Gute Idee", stimmte Finn zu. „Setz jemanden daran, eine Liste zu erstellen und lass bei den Leuten vorsichtig anfragen, ob es etwas zu erzählen gibt. Und lass prüfen, ob auf den Totenscheinen irgendwelche Merkwürdigkeiten aufgetaucht sind. Vielleicht haben die jeweiligen Ärzte fehlende Hautstücke übersehen."

„Okay."

„Hast du außerdem etwas für mich?", hakte Steinmann nach.

Er spürte, dass Stefanie Gorges noch eine Information für ihn auf Lager hielt.

„Ich habe mir ihre Akte übermitteln lassen. In den Computerunterlagen bei dem Fingerabdruck wurde nicht erwähnt, mit welchem Knastbruder sie angebändelt hat."

„Und? Hast du herausgefunden, wer es ist? Ist es ein Mann oder eine Frau?"

„Es ist ein Mann, Finn. Er wäre in der Lage dazu, einen Menschen dazu zu bringen, Jagd auf euch zu machen. Es ist ein alter Bekannter von uns. Du hast ihn auf der Kirschweiler Festung verhaftet."

Steinmann ging ins Wohnzimmer und setzte sich auf einen Sessel.

„Viktor von Stahl", sagte er.

„Ja."

Steinmann überlegte. Von Stahl hatte sich in die Kriminalhistorie als „Dunkler Druide" eingetragen. Vor knapp zwei Jahren war der Totenbaum-Fall in der Region in aller Munde gewesen.

Viktor von Stahl war nicht gefährlich im Sinne von roher, physischer Gewalt. Dieser Mann verfügte über etwas weit Schrecklicheres als Brutalität. Er hatte eine ganz besondere Waffe, furchteinflößender als jede Pistole. Er konnte den Verstand eines Menschen mit Hypnose massiv beeinflussen und hatte diese Fähigkeit genutzt, um sie zu willenlosen Werkzeugen zu machen. Seine Motive waren von unglaublichem Egoismus geprägt – ein Monster in Menschengestalt.

„Ich wusste nicht, dass er in Diez sitzt", murmelte Finn. „Bei der Schwere seines Verbrechens hätte ich es mir aber gleich denken können."

„Glaub mir, Finn", sagte Stefanie Gorges. „Von Stahl hockt gemütlich in seiner Zelle und wartet darauf, dass Eleonore Erfolg hat. Ich bin sicher, dass er sie beeinflusst hat."

Steinmann seufzte. „Das ist zu einfach, Stefanie. Du vergisst da etwas: Sie hat schon vor siebenunddreißig Jahren angefangen, tote Menschen zu imitieren. Zu der Zeit war von Stahl noch ein kleines Kind."

„Aber er muss etwas damit zu tun haben!"

„Das sehe ich durchaus auch so. Seine Rolle ist aber vielleicht eine andere, als wir uns gerade denken. So oder so – ich werde mit ihm reden müssen. Setz dich bitte mit der Gefängnisleitung in Verbindung und arrangiere ein Gespräch."

24.

JVA Diez, früher Nachmittag

Die Justizvollzugsanstalt liegt am östlichen Rand von Diez, an der Grenze von Rheinland-Pfalz zu Hessen. Direkt an Diez schließt sich Limburg an, und die JVA bildet mit ihrer großen Fläche das Verbindungsstück zwischen den beiden Kleinstädten.

Hinter dem wuchtigen Bauwerk liegen große Ackerflächen, weiter im Norden bildete die Lahn ein natürliches Hindernis.

Diez ist seit der Mitte des 18. Jahrhunderts eine Gefängnisstadt. Das alte Grafenschloss wurde Anfang des 20. Jahrhunderts als Anstalt aufgegeben und der Strafvollzug in den Neubau umgesiedelt. Die JVA hatte dunkle Zeiten erlebt. Noch gegen Ende des Zweiten Weltkrieges waren hier Kriegsgefangene ums Leben gekommen.

In Diez werden die Langzeithäftlinge von Rheinland-Pfalz und dem Saarland untergebracht. Auch jene, die eine Sicherungsverwahrung erwartet – wie Viktor von Stahl.

Die Gefängnisleitung hatte einen sofortigen Besuchstermin möglich gemacht. Der „Dunkle Druide“ arbeitete in der Gärtnerei der Vollzugsanstalt.

Steinmann traf sich mit dem Direktor und besprach die Situation. Eleonore Dahlheimer hatte gute Arbeit geleistet, aber irgendwann war ihr Kontakt zu von Stahl auf eine andere Ebene gerückt. Aufgefallen waren die Fälschungen der Medikamentenrezepte, als eine Verwaltungsangestellte überraschend aus dem Erziehungsurlaub zurückkehrte und die falsche Handschrift erkannte.

Der Direktor erinnerte sich daran, dass sowohl Eleonore Dahlheimer als auch Viktor von Stahl die kurzen Ermittlungen damals stoisch über sich ergehen ließen. Der schmächtig wirkende Mann mit der Sonnenbrille hüllte sich in Schweigen, während die resolut wirkende Elli, wie der Direktor sie nannte, stets beteuerte, nicht mit dem Dunklen Druiden geschlafen zu haben.

Finn Steinmann bat darum, von Stahl auf offenem Feld zu begegnen. Er wollte es auf jeden Fall vermeiden, den Mann in einem geschlossenen Gesprächsraum zu konfrontieren.

„Ich will keine Zuspitzung", erklärte der Hauptkommissar dem Direktor. „Ich habe mich mit ihm geprügelt, bevor ich ihn verhaften konnte. Das wird wieder hochkommen, wenn ich ihm gegenüberstehe. Ein enges Zimmer würde da vielleicht wie ein Katalysator wirken."

Von Stahl arbeitete im Gewächshaus der Gärtnerei, die zwölf Inhaftierten als Arbeitsplatz diente. Derzeit wurden Tomatensamen gesät. Der Dunkle Druide hatte sich als begnadeter Pflanzenkundler erwiesen – kein Wunder bei seiner Profession.

Steinmann begab sich mit einem kräftigen Wärter zum Gewächshaus. Der große Glaskasten wurde kurzerhand geräumt. Finn beobachtete, wie sich ein gebeugt wirkender Mann mit dunkler Sonnenbrille vom Boden erhob und aufmerksam in ihre Richtung blickte. Einer der Wärter bedeutete ihm, auf unangekündigten Besuch zu warten, dann war das gläserne Gebäude leer. Fünf Männer wurden an Steinmann vorbeigeführt und warfen ihm auffällig nichtssagende Blicke zu.

Der SOKO-Leiter steckte die Hände in die Hosentaschen und schlenderte langsam in das Gewächshaus. Von Stahl war knapp dreißig Meter von ihm entfernt. Steinmann wusste, dass ihn der extrem kurzsichtige Druide mit seinen Augen nicht erkennen konnte. Ein Unfall hatte seine Sehkraft fast versiegen lassen – er war bestenfalls in der Lage, rasche Bewegungen und großflächige Farben zu erkennen.

‚Unterschätz ihn nicht', warnte Steinmann sich selbst. ‚Vergiss niemals, was er seinen Opfern angetan hat.'

Finn wandte sich um. Der Wärter, der ihn hierher geführt hatte, betrat ebenfalls das Gewächshaus. Es war vereinbart, dass er sich im Hintergrund halten und nur dann in Erscheinung treten sollte, wenn etwas Unvorhergesehenes geschah.

Als Steinmann bis auf zehn Meter an den wartenden Viktor von Stahl herangekommen war, breitete dieser die Arme zu einem Willkommensgruß aus.

Er war sichtlich älter geworden. Der Alltag der JVA hatte Spuren in seinem Gesicht hinterlassen. Das Haar war schütterer geworden und er hatte an Gewicht verloren. Er sah aus der Distanz wie ein alter, hagerer Mann aus. Aber seine Miene trug immer noch den Ausdruck von Überlegenheit zur Schau. Steinmann wertete es als Zeichen dafür, dass es dem physisch unscheinbar wirkenden Mann gelungen war, sich gegenüber den kräftigen und rohen Mitgefangenen zu behaupten. Er erinnerte sich an die Blicke, mit denen ihn die fünf Männer vorhin bedacht hatten. Es gehörte nur wenig Fantasie dazu, sich auszumalen, zu was Viktor von Stahl in der Lage war, wenn er mit einem anderen Menschen allein gelassen wurde. Vielleicht fraßen ihm die Arbeiter der Gärtnerei mittlerweile aus der Hand.

Der Dunkle Druide war immer noch gefährlich.

„Ich dachte mir, dass Sie mich irgendwann einmal besuchen würden", sagte Viktor lächelnd und senkte seine Arme wieder.

Steinmann blieb schweigend stehen und musterte ihn. Er suchte nach einem Anzeichen von Nervosität oder Unruhe bei von Stahl. Wie er da mit schmutzigen Händen und einer Gürteltasche voller Tomatensamen vor ihm stand, wirkte er harmlos.

Der Gefangene ging in die Hocke und setzte seine Arbeit fort. Mit sorgsamen, fast sanften Bewegungen bettete er die Samen in die saftig aussehende Erde des Gewächshauses.

„Sind Sie gekommen, um mir bei meiner Arbeit zuzusehen?", fragte er.

„Nein. Ich glaube, Sie wissen, warum ich hier bin", antwortete Finn.

Er erinnerte sich daran, dass eine sehr alte Frau aus Idar-Oberstein den Dunklen Druiden als „Dämon" bezeichnet hatte.

Ein verrückter, aber genialer Dämon, der versucht hatte, sich selbst zu einer Gottheit zu erheben.

Von Stahl lehnte sich nach hinten und setzte sich auf seine Fersen. Er rieb sich Dreckkrumen von den Fingerspitzen und lächelte schwach.

„Ihre gepresste Stimme verrät Sie, Hauptkommissar Steinmann“, sagte er, ohne den Kopf anzuheben. „Sie sind wütend auf mich, weil Sie glauben, dass ich Ihnen Schaden zufügen will. Und das kann nur bedeuten, das Elli Sie gefunden hat.“

„Schön“, sagte Steinmann, mühsam seinen Zorn unterdrückend. „Das spart Zeit. Lassen Sie uns ohne Umschweife gleich über Elli reden.“

„Ich werde Ihnen helfen, so gut ich kann“, erklärte von Stahl.

Finn neigte den Kopf zur Seite.

„Sind Sie jetzt überrascht?“, fuhr Viktor fort. „Ich muss Ihnen gestehen, dass mir Elli Angst einflößt. Sie halten mich vielleicht für einen Verrückten, aber Elli … Elli hat es geschafft, eine sehr lange Zeit wahnsinnig zu sein, ohne jemandem aufzufallen.“

„Wussten Sie, was Elli nach der Verurteilung tun würde?“

Der Dunkle Druide beugte sich nach vorne und zog mit seinen Fingern Furchen in die dunkle Erde.

„Nein. Woher auch? Seit sie aus dem Dienstverhältnis entlassen worden ist, habe ich keinen Kontakt mehr zu ihr. Ich kenne ihre Gefühlswelt, wie sie vor einem Jahr war, aber was in der Folgezeit geschehen ist …“

Von Stahl zuckte mit den Schultern. „Wenn ich ganz ehrlich bin, ist es mir auch egal. Meinetwegen kann sie Ihnen eine Bombe unter das Auto legen.“

Steinmann fühlte sich in eine Sackgasse manövriert. Von Stahls Offenheit irritierte ihn mehr, als er zugeben wollte.

„Ist jetzt der Moment gekommen, in dem Sie mir Hafterleichterungen vorschlagen?“, fragte der Inhaftierte, ohne den Kopf zu heben. „Können Sie das mit Ihrem Gewissen vereinbaren? Denken Sie nur an die Leute, die ich lebendig begraben habe. Was werden die wohl sagen, wenn Sie mir jetzt plötzlich alle möglichen Annehmlichkeiten zukommen lassen? Verzeihung, die sind ja alle tot."

Steinmann bückte sich und setzte sein rechtes Knie auf der Erde ab. Er spürte die Feuchtigkeit, die vom Stoff seiner blauen Hose aufgesaugt wurde. Ein kalter, dunkler Fleck breitete sich aus. Er strich sich durch die Haare und zupfte an den Ärmeln seiner Jacke. Das Licht innerhalb des Gewächshauses ließ das matte Beige der Jacke ganz blass erscheinen. So grau wie in diesem Glaskasten hatten seine Haare noch nie gewirkt.

„Erzählen Sie mir, was Sie über Elli wissen, Herr von Stahl."

Der Druide richtete sich auf und sah ihn an. Finn erblickte sein eigenes Spiegelbild in von Stahls Sonnenbrille. Er konnte die Augen des Druiden nicht erkennen, wohl aber das knotige Narbengewebe, das sich rund um die Augenhöhlen wie kleine Schlangen in die Haut gefressen hatte. Steinmann wusste nur, dass der Unfall, der zu diesen Vernarbungen geführt hatte, irgendwo in Irland passiert war, aber den genauen Hergang hatte er bei den Vernehmungen nach dem Totenbaum-Fall nie aus von Stahl herausbekommen.

„Was habe ich eigentlich davon, Ihnen zu helfen?", fragte der Verurteilte.

Steinmann schwieg einen Moment und fand dann eine simple Antwort: „Nichts."

Von Stahl lächelte. „Sehr schön, Hauptkommissar. Sie sind ehrlich, das schätze ich in meiner aktuellen Behausung hoch ein. Sie kommen also mit leeren Händen zu mir und wünschen, mit vollen wieder zu gehen."

„So kann man es sagen. Wir haben das Fahndungsnetz um Eleonore Dahlheimer schon sehr eng gezogen. Es ist nur eine Frage der Zeit, bis wir sie stellen. Ich bin aber ein neugieriger Mensch – Sie wissen das. Ich stelle gerne die Frage nach dem Wieso."

Von Stahl lächelte breit. „Hier in der JVA wird nur nach dem Wer gefragt, Hauptkommissar. Wieso ist zweitrangig."

„Nicht für mich. Ich bin persönlich betroffen, ich will wissen, was der Grund für Ellis Handlungen ist."

„Ich habe meinen Preis, Steinmann."

„Ich kann Ihnen nichts anbieten. Weder Haftverkürzung noch Verlegung in den offenen Vollzug. Ihr Verbrechen wiegt zu schwer."

„Gut für mich, dass ich schon die Höchststrafe in Deutschland habe, sonst würden Sie mir jetzt vielleicht sogar mit Verschärfung drohen, wenn ich mein Wissen für mich behalte. Ich bin in einer exponierten Position, meinen Sie nicht auch?"

Finn sah zur Seite und betrachtete die gläsernen Wände des Gewächshauses. Der darüberliegende Himmel war eine einzige graue Fläche. Er fragte sich, ob die Sonne jemals wieder zum Vorschein kommen würde.

„Aber was für Sie gilt, gilt auch für mich", sagte von Stahl plötzlich.

„Was meinen Sie damit?", wollte Steinmann wissen.

„Die Neugierde. Ich bin interessiert an dem, was außerhalb dieser Mauern vor sich geht. Nicht an den großen Dingen aus den gefilterten Nachrichten, sondern an den kleinen. Haben Sie eine Vorstellung davon, wie sehr mein Intellekt hier einzuschlafen droht? Ein Gespräch wie dieses habe ich seit zwei Jahren nicht mehr geführt. Hier drehen sich die Unterhaltungen um das nächste Essen und um die Sehnsucht nach weiblichen Körpern. Wissen Sie, welch Erfindungsreichtum die Kerle hier haben? Ich habe gesehen, wie ein Mann aus Brotresten einen Penis gebastelt und seiner Freundin mit der Post geschickt hat. Kurz darauf hat sie ihn betrogen. Er hat um sich geschlagen im Speiseraum, um sich abzureagieren. Hat einem anderen Häftling die Nase gebrochen und ihm ein Messer in den Handrücken gerammt. Die anderen haben ungerührt weiter im Essen herumgestochert."

„Was wollen Sie?"

„Mein Preis ist gering, Herr Steinmann. Sie leisten mir jetzt Gesellschaft und helfen mir, die Tomaten einzusäen. Ich mache das immer in Handarbeit. Das lenkt ab von … all dem hier."

„Jammern ist unangebracht. Es hat seinen Grund, weshalb Sie hier sind."

„Ich weiß. Aber Sie vergessen das jetzt und unterhalten sich mit mir – und wenn Sie Ihre Sache gut machen, verrate ich Ihnen vielleicht, was ich über Elli weiß."

Finn klaubte einen Tomatensamen vom Boden auf und betrachtete ihn nachdenklich. Feuchte Erde klebte daran. Er drückte das kleine Körnchen wieder zurück und verstrich die Erde darüber. Seine langen Finger hoben sich vor dem dunklen Untergrund scharf ab.

„Einverstanden", sagte er. „Worüber möchten Sie reden?"

Von Stahl leckte sich hastig über die Lippen. „Erzählen Sie mir von Ihrer Großmutter, Hauptkommissar."

„Sie ist seit fast dreißig Jahren tot. Ich glaube nicht, dass eine Unterhaltung über sie Sinn ergeben würde."

Von Stahl reckte einen schmutzigen Finger in die Höhe. „Wir hatten eine Vereinbarung, Finn Steinmann. Erst wenn wir ein gutes Palaver gehalten haben, werde ich in ihrem Sinne reden."

Steinmann kniff mürrisch die Augen zusammen. „Meine Großmutter hat mich aufgezogen. Das ist vielleicht das Wichtigste, was ich Ihnen über sie sagen kann."

„Wussten Sie, dass sie eine Druidin war?"

Finn schüttelte den Kopf. Der Besuch bei von Stahl nahm einen gänzlich anderen Verlauf als geplant.

„Nein", sagte er. „Ich erfuhr es erst, nachdem … wir Sie erwischt hatten."

„Wer hat es Ihnen gesagt?"

„Niemand. Ihre alten Kollegen aus der Kreuznacher Loge haben mir ein Fotoalbum geschenkt, in dem Dorothea bei einer Versammlung zu sehen war. Erst da begriff ich, dass meine Großmutter das gleiche Hobby wie Sie ausgeübt hat."

Viktor lächelte breit. „Ja, das sind die kleinen Überraschungen des Lebens, nicht wahr?"

Steinmann lehnte sich zur Seite und zog ebenfalls eine Furche in die Erde. „Wieso interessiert Sie das überhaupt?"

„Wie ich schon sagte – ich bin neugierig. Ich wollte wissen, warum es einem gewöhnlichen Polizisten wie Ihnen gelingen konnte, mich zu fangen. Ihre Frau Großmutter muss Ihnen viel mit auf den Weg gegeben haben. Der Name Dorothea Steinmann hat in unseren Kreisen viel Gewicht. Sie war eine führende Persönlichkeit."

„Haben Sie sie gekannt?"

„Nein", gab von Stahl bedauernd zu. „Ich bin doch viel zu jung, um sie gekannt zu haben. Aber die älteren Kollegen aus der Loge sprachen über sie. Überwunden vom Enkel der großen Steinmann. Das gab mir einen gewissen Trost."

Die beiden ungleichen Männer arbeiteten ein paar Minuten schweigend nebeneinander, bis Finn die Stille beendete.

„Herr von Stahl ... ich muss wissen, wie Elli denkt und funktioniert. Sie bedroht nicht nur mein Leben, sondern auch das meiner Freundin und ..."

Er stockte. Jetzt hatte er viel von sich selbst verraten.

Von Stahl klatschte begeistert in die Hände. Sein Gesicht war urplötzlich von wilder Freude erfüllt. Er lachte. „Sie werden Vater? Das ist ... großartig, Finn Steinmann, um nicht zu sagen fantastisch. Ich beneide Sie, ganz ehrlich. Damit erreichen Sie eine Stufe, die mir verwehrt geblieben ist."

„Eine Stufe, die Sie nicht erreichen konnten? Wenn ich mich recht entsinne, haben Sie nie Interesse an Frauen gezeigt."

„Das stimmt", gab von Stahl unumwunden zu. „Aber Sie werden durch die Vaterschaft zu einem Gott erhoben, und das habe ich durch Ihre Intervention damals nicht erreicht. Eigentlich müsste ich Sie dafür hassen, aber mein Zorn ist verflogen. Ich habe meine Wut mit tausenden Tomatensamen in die Erde gepresst, Finn Steinmann. Sie sitzen auf heiligem Boden. Jeder vergrabene Samen verringert meinen Zorn, Polizist."

Der Mann mit der Sonnenbrille strich mit beiden Händen über den Boden. Es sah aus, als tanze er im Sitzen. Der Kriminalhauptkommissar spürte Schweiß auf seiner Haut.

„Was meinen Sie damit, dass ich zu einem Gott erhoben werde?"

„Nun, Sie gebieten über Leben und Tod Ihres Kindes. Es ist

Ihren Emotionen schutzlos ausgeliefert. Sein Wille geschehe, kommt Ihnen dieser Satz nicht bekannt vor? Das wird immer noch von eingepferchten Geistern jeden Sonntag in den Kirchen gemurmelt. Es bedeutet Macht, Steinmann. Sie können das Kind abrichten, an einen Pädophilen verkaufen oder einfach aus dem Fenster werfen. In Ihrem Fall wird das wahrscheinlich nicht eintreten – Sie werden es sicherlich auf Händen tragen … aber denken Sie an die Möglichkeiten! Denken Sie an die Macht, Steinmann!"

Finn fühlte, wie sich seine Rückenhaut unter einem eisigen Schauer langsam zusammenzog. Er war froh darüber, dass der Dunkle Druide nach seiner Haftstrafe in die Sicherungsverwahrung gehen würde. Viktor von Stahl war weit davon entfernt, ein normal denkender Mensch zu sein. Steinmann drehte sich um und suchte mit seinem Blick den unverändert wartenden Aufseher. Ihm wurde klar, dass unter Viktors Haut ein Vulkan loderte. Er durfte niemals ausbrechen. Als er sich wieder von Stahl zuwandte, zuckte er zusammen, denn das Gesicht seines Gegenübers war nur wenige Zentimeter von dem seinen entfernt. Viktor war unbemerkt näher gerückt.

„Denken Sie an die Möglichkeiten", hauchte der Dunkle Druide. „Herr sein über Leben und Tod. Das ist eine Macht, die Göttern zusteht."

„Viktor … Sie sind verrückt."

Von Stahl lächelte milde, wie ein alter Mann, der auf einen jüngeren herabsah. „Nein. Ich breche Konventionen."

Er zog sich von Steinmann zurück. Beide stopften ein paar Samenkörner in die Erde und rückten ein Stück weiter.

„Elli hat Angst vor dem Tod", sagte der Druide.

Finn wartete ein paar Sekunden, ehe er antwortete. Aus einem Grund, den er nicht kannte, schien von Stahl das Palaver für ausreichend zu halten. Er gab den Rhythmus der Unterhaltung vor. Steinmann wehrte sich nicht dagegen und folgte dem Strom.

„Jeder von uns hat Angst vor dem Tod", erwiderte er. „Die meisten Menschen verstecken diese Furcht in einer Kiste, die irgendwo tief in der Seele verborgen liegt. Manchmal öffnet sie sich."

„So ist Elli nicht, Finn Steinmann. Elli nicht. Sie hat so viel Angst vor dem Tod, dass sie ihn zum bestimmenden Teil ihres Lebens hat werden lassen. Sie versteckt diese Angst nicht, sondern trägt sie mit sich herum wie einen Rucksack. Sie sagten, Sie hätten das Fahndungsnetz sehr eng um sie gezogen. Waren Sie schon in ihrer Wohnung?"

„Ja."

„Es müssten neun gewesen sein. Wahrscheinlich in ihrem Schlafzimmer, richtig? Elli hat mir davon erzählt."

„Sie reden von den Puppen."

„Für uns sind das Puppen, ja", nickte Viktor. „Aber nicht für Elli."

„Sie hat sie alle unterschiedlich gekleidet", sagte Steinmann und formte mit den Händen die Silhouetten nach. „Wir glauben, dass es sich dabei um … Abbilder … von toten Menschen handelt. Hat sie mit Ihnen darüber gesprochen? Hat sie Ihnen Namen verraten, um wen es sich dabei handelt?"

„Nein, Steinmann. Namen kann ich Ihnen nicht nennen. Ich weiß, dass ein junger Mann dabei ist und zwei oder drei alte Frauen. Mir gegenüber hat Elli immer nur von der Zahl neun gesprochen."

„Warum?"

Um von Stahls Lippen huschte der Schatten eines Lächelns. „Sie wollte mir nacheifern. Die gleiche Zahl erreichen, die ich vorgelegt hatte, bis mich ein gewisser Finn Steinmann gestört hat. Haben Sie noch etwas gefunden? Etwas in einer Kiste vielleicht?"

Steinmann nickte. „Eine Maske."

„Ja", antwortete von Stahl erregt. „Wie sieht sie aus?"

„Sie scheint aus mehreren verschiedenen Hautstücken zusammengesetzt worden zu sein. Hat Elli Ihnen gesagt, was es damit auf sich hat?"

„Nicht direkt, Herr Steinmann, nicht direkt. Aber ich denke, dass sie diese Maske wählt, wenn sie alle auf einmal in sich trägt, verstehen Sie? Normalerweise ist Elli immer nur in einer der Varianten unterwegs, aber manchmal hält sie es für notwendig, alle mitzunehmen."

„Hat Eleonore Dahlheimer diese Menschen getötet?"

„Das weiß ich nicht, Hauptkommissar. Einige vielleicht. Den kranken Alten über die Schwelle geholfen, wie ein klassischer Todesengel. Den jungen Mann hat sie zufällig in seinen letzten Minuten begleitet, zusammen mit dessen Bruder."

„Sie kopiert nur Leute, die sie persönlich kennt. Das haben wir uns schon gedacht."

„Ja", brummte von Stahl beifällig. „Die Frage ist, warum tut sie das? Haben Sie dazu auch schon etwas gedacht, Finn Steinmann? Bisher haben Sie nur das Wer im Fahndungsnetz, aber nicht das Wieso. Zeigen Sie mir Ihre Neugierde."

„Vielleicht empfindet Elli Freude oder Lust dabei, wenn sie anderen Menschen mit ihrer Verkleidung Furcht einflößt", erklärte Steinmann. „Es könnte sich dabei um eine zwanghafte Handlung handeln."

Von Stahl lachte auf. „Jetzt tappen Sie auf ausgetretenen Pfaden, Finn. Sie gehen davon aus, dass Elli darauf abzielt, vorrangig niedere Bedürfnisse zu befriedigen. Was ist, wenn es genau umgekehrt ist? Die zentrale Frage ist von Ihnen noch nicht beantwortet: Warum läuft sie als verstorbener Mensch umher? Was passiert dann?"

„Man hält die Toten nicht mehr für tot", sagte Steinmann.

Von Stahl hob belehrend seine schmutzigen Finger. „Und jetzt bringen Sie meine allererste Aussage über Elli dazu."

Der Hauptkommissar stand auf und schlenderte nachdenklich ein paar Schritte zwischen den weitläufigen Beeten umher. Der Dunkle Druide erhob sich langsam und beobachtete ihn.

Steinmann strich sich wieder über die Haare. Sie fühlten sich schmutzig an. „Sie sagten, Elli hätte Angst vor dem Tod. Ist es das? Bekämpft sie ihre eigene Furcht, indem sie andere glauben lässt, die Toten würden wandeln?"

„Sie sind ganz nah dran, Finn. Ein Schritt fehlt noch. Stellen

Sie sich Elli noch ein wenig verrückter vor. Was passiert, wenn sie sich verkleidet?“

Steinmann drehte sich auf dem Absatz um. Feuchte Erde schmatzte unter seinen Schuhen.

„Elli nimmt ihre Identität an“, sagte er. „Die Toten sind nicht tot. Sie glaubt, die Leute zu … absorbieren, wenn … sie bei ihrem Tod dabei ist. Ihre Angst vor dem Unbekannten wird … gelindert.“

Von Stahl nickte und breitete wieder die Arme aus. „Voilà.“

„Das erklärt aber nicht die Angriffe auf Katja und mich“, hielt Steinmann dagegen.

„Nein, noch nicht“, sagte von Stahl. „Jetzt komme ich ins Spiel.“

„Sie haben Elli hypnotisiert und auf uns losgelassen.“

Der Dunkle Druide kicherte glucksend. „Nein, Steinmann. Ich sagte doch schon – meine Wut steckt in der Erde, auf der Sie stehen. Ich habe sie dort hineingepflanzt und nicht in Elli. Sie kam auf mich zu, nicht umgekehrt.“

„Was wollte sie von Ihnen?“

„Erinnern Sie sich daran, was ich im Begriff zu tun war? Bevor Sie mich festgenommen haben?“

Steinmanns Miene verdüsterte sich. „Sie haben Menschen geopfert, von Stahl. Wir dachten zuerst, Sie würden Ihren Lehrmeister wiedererwecken wollen, aber eigentlich haben Sie nur versucht, sich selbst zu einem Gott zu erheben.“

Er konnte einen abfälligen Tonfall nicht verbergen. Von Stahls Gesicht zeigte einen Herzschlag lang verletzten Stolz.

„Elli hat alles darüber gelesen und nachrecherchiert“, sagte der Dunkle Druide. „Sie glaubt, der Polizist Finn Steinmann trägt die Schuld daran, dass sie weiterhin Angst haben muss. Angst vor dem Tod, den ich besiegt hätte.“

Finn sprach seine nächsten Worte sehr langsam. „Glauben Sie das immer noch? Dass Sie es geschafft hätten?“

„Lebenslang mit Sicherungsverwahrung“, entgegnete von Stahl knarrend. „Ich kann glauben, was ich will. Es wird nichts an meiner Situation ändern. Und Elli glaubt es ebenfalls. Eine

Ironie, nicht wahr? Sie ist die Ertrinkende, und ich bin ihr Strohhalm."

„Wer bin dann ich in Ellis Welt?", wollte Steinmann wissen.

Der Mann mit der Sonnenbrille tat einen Schritt zur Seite, weg von der Erde, und stellte sich auf den Weg zwischen zwei Beete.

„In Ellis Augen …", erklärte von Stahl, „… sind Sie das Übel, das ausradiert werden muss, damit mein Vorhaben gelingen kann. Sie sind mein Antagonist, Finn Steinmann. Wenn Sie nicht mehr unter den Lebenden weilen, hofft Elli, ihre Angst vor dem Tod zu verlieren."

„Das ist …", begann Steinmann.

„… verrückt, ja, ich weiß", vervollständigte Viktor von Stahl den Satz. „Ich habe Elli gesagt, dass ich aus diesem Gefängnis nie herauskommen werde und sie niemals zurückholen könnte, sollte sie sterben. Aber das wollte sie nicht hören. Ich bin der, der ihr helfen kann, und Sie sind der, der das verhindern will, verstehen Sie? Ganz einfache Logik. Elli hat sich in diese Schlussfolgerung mit jedem Tag mehr hineingesteigert."

„Und es war aus Ihrer Sicht natürlich nicht notwendig, Ellis wachsende Wut zu senken", sagte Finn.

Von Stahl lächelte nachsichtig, zog die Schultern hoch und drehte die Handflächen nach oben.

„Wer sagt mir, dass Sie mich nicht anlügen, Herr von Stahl?"

„Niemand. Sie müssen mir ganz einfach Glauben schenken. Oder Elli fragen, wenn sie Sie zum letzten Mal konfrontieren wird."

Steinmann kniff die Augen zusammen. „Was meinen Sie damit?"

Von Stahl legte die Fingerspitzen zusammen. Er stand schmutzig zwischen den Tomatenbeeten, trug die Arbeitskleidung eines Häftlings und wirkte auf eigentümliche Weise trotzdem wie ein Lehrer.

„Da Sie Elli nach eigener Aussage so gut wie festgenommen haben, brechen für meine alte Freundin die letzten Stunden an. Sie wird sich nicht festnehmen lassen. Diese Option ist in ihrer Zukunft nicht enthalten. Sie wird mit aller Gewalt versuchen, Sie zu töten. Dann ist in ihrer Vorstellung der Weg frei, um von mir … aus der Anderswelt herausgeholt zu werden. Wenn sie bei Ihrem Angriff stirbt, ist es einkalkuliert. Ihr kann ja nichts passieren, verstehen Sie?“

Steinmann schüttelte den Kopf. „Elli hat mich bereits attackiert. Sie hat mich niedergeschlagen und ich lag wehrlos zu ihren Füßen. Aber ich stehe jetzt in der JVA Diez und rede mit einem inhaftierten Straftäter. Wieso hat sie mich nicht schon bei dieser Gelegenheit ausgeschaltet? Warum lebe ich noch, wenn ich doch Ihr Antagonist bin?“

Von Stahl zuckte erneut mit den Schultern. „Ich weiß es nicht. Wie ich schon sagte … Elli ist verrückt.“

‚Hier stimmt etwas nicht‘, dachte Finn. ‚Ein Puzzlestück fehlt noch. Er verrät mir nicht alles, was er weiß.‘

„Hat Elli Ihnen erzählt, woher ihre Todesangst kommt?“, fragte Steinmann und nahm eine Hand voll Samenkörner aus einem kleinen Eimer.

„Ja und nein“, antwortete von Stahl mit nasaler Stimme. „Sie hat mir ihre Lebensgeschichte erzählt. Das meiste davon ist langweilig – bis auf die permanente Angst, die sie mit den Auftritten bekämpft. Das einschneidende Ereignis geschah, als sie sechzehn wurde. Das war neunzehnhundertfünfundsiebzig. An einem einzigen Tag begegnete sie gleich mehrfach dem Tod. Damals fing es an.“

Finn setzte sich nieder, drückte die Samen in den Boden und klopfte die Hände aneinander. „Erzählen Sie mir die Geschichte?“

„Was habe ich davon?“, fragte von Stahl.

Steinmann langte in den Körnereimer. „Ich schenke Ihnen noch ein wenig Gesprächszeit – bevor Sie wieder über das Essen und weibliche Körper nachdenken müssen. Was halten Sie davon?“

Der Dunkle Druide blieb einen Moment stumm und regungslos stehen. Dann nickte er und nahm seinerseits ein paar Tomatensamen.

„Einverstanden“, sagte er und kniete nieder.

Bedächtig setzte er ein Korn nach dem anderen in den Mutterboden. „Was sagte ich? Ach ja, Elli war sechzehn …“

25.

Elli

„Mama?"

Elli krallte die Fingerspitzen in den rauen Holzboden und zog sich unter dem Bett hervor. Staubflusen, die sich in den Riefen und Rillen gesammelt hatten, verfingen sich in ihrem Nachthemd und wurden aus ihrem jahrelangen Schlaf gerissen.

Im Haus war es mucksmäuschenstill, seit die Schüsse verklungen waren. Immer noch tanzten kleine Kometen mit langen, glühenden Schweifen um Elli herum. Wenigstens war das Pfeifen in ihren Ohren leiser geworden. Das Mündungsfeuer der Schrotflinte, die ihr Vater durch das Loch in der Tür geschoben hatte, war so grell und laut gewesen, dass es den ganzen Raum mit Blitz und Donner erfüllt hatte.

Elli tastete ihren Körper ab. In der Schule hatte sie gelernt, dass Menschen durch einen plötzlichen Schock manchmal keine Schmerzen verspürten, und sie fürchtete sich davor, ein Loch im Bauch zu finden und nichts davon zu merken. Wie mochten sich ihre vom Schrot zerfetzten Därme anfühlen, wenn sie zufällig eine klaffende Wunde entdeckte?

Elli hob den Brustkorb vom Boden und sah unter sich. Sie konnte keine rote Spur erkennen. Sie war unverletzt. Kein Blut klebte an ihren Fingern.

„Mama?"

Niemand antwortete, aber vielleicht konnte die Stimme ihrer Mutter sie durch das Restpfeifen in ihren Ohren nicht erreichen. In der Luft lag ein durchdringender Geruch von entzündetem Patronenpulver. Die Schrotflinte war entsetzlich laut gewesen.

Elli rieb sich die Augen. Sie dachte einen Moment daran, das Licht einzuschalten, aber sie wollte ihren Vater nicht anlocken.

Ihren Vater, der gleich einem tumben Monster im Haus umhergetorkelt war und immer wieder mit der mächtigen Flinte geschossen hatte.

Elli erinnerte sich daran, wie es angefangen hatte. Die kleinen Sticheleien, weil Mama im Gegensatz zu ihrem Mann ein paar Kilo abgenommen hatte und von einem Italiener zum Abendessen eingeladen worden war.

Natürlich hatte sie abgelehnt – aber trotzdem tat ihr die Schmeichelei gut.

Bis ihr Mann, der lieber an seinen Waffen als an seiner Gattin spielte, mit hochrotem Kopf in der Küche stand und Marlis als dreckige Schlampe bezeichnete, als Itakerhure und billiges Flittchen.

Elli war dabei gewesen, als ihr Vater einen großen, schweren Kochtopfdeckel in die Hand genommen hatte und damit auf Mama einschlug, bis die Nase der hübschen Frau mit hässlichem Knacken in viele kleine Splitter zerbrochen war.

Eineinhalb Jahre hatte es gedauert, bis Marlis Dahlheimer wieder aussah wie früher.

„Ein schlimmer Sturz“, sagte Ellis Vater zu den Nachbarn.

„Schlimmer Sturz“, wiederholten die Nachbarn, und diejenigen, die die Wahrheit ahnten, schlugen heimlich ein Kreuz vor der Brust.

Wilhelm Dahlheimer war in der Folgezeit immer dicker geworden. Sein gewaltiger Schmerbauch drohte, seine Hemden zu sprengen. Sein Kopf war ununterbrochen von tiefroter Farbe, und mit seinen buschigen Augenbrauen und der hohen Stirn sah er fast wie der leibhaftige Teufel aus.

Dann war der schreckliche Tag gekommen, an dem Ellis Mama von einem adretten Versicherungsvertreter angesprochen worden war, und der nette Mann hatte sich angesichts ihres traurigen Gesichtsausdrucks aufrichtig um sie bemüht. Vielleicht war er auch nur der Ansicht gewesen, einen schnellen Treffer bei ihr zu landen.

Das war gestern gewesen. Gestern an der Tankstelle bei Fuhrs Hütte. Und irgendeiner von Papas fetten Freunden hatte sie gesehen.

Ellis Mama war in Tränen ausgebrochen, weil sich ihr Ehemann zu jemandem gewandelt hatte, den sie nie haben wollte, und sich ein wildfremder Mann rührender um sie kümmerte, als es Wilhelm jemals zustande gebracht hatte. Elli wusste das.

Papas fetter Freund wusste es nicht – er erzählte Wilhelm nur das, was er gesehen hatte.

Oder zu sehen geglaubt hatte.

„Willi, deine Frau lacht mit einem Kerl in einem schicken Sportwagen."

Ellis Vater arbeitete im großen Depot der US-Army. Seit er einige Male betrunken zur Arbeit erschienen war, hatte man ihn aus der Truck-Company als Fahrer entfernt und auf einen langweiligen Posten in einem der zahlreichen Lager eingesetzt. Den Führerschein war er seither los.

Heute Mittag war er schweigsam nach Hause gekommen, wieder mal mit erdbeerrotem Kopf und zusammengezogenen Augenbrauen. Elli hatte sich geekelt, als er schnaufend wie ein Walross durch die Wohnungstür gekommen war, mit feisten Backen, die noch fettig glänzten vom Essen aus der Kantine des Depots.

Er hatte sich im Keller verkrochen, schien dort seine Werkbank hin und her zu schieben, und er kam nicht hoch, bis es draußen dunkel geworden war.

Zu diesem Zeitpunkt lag Elli dösend auf ihrem Bett. Sie hörte, wie ihr Vater mit seinen 150 Kilogramm an ihrer Zimmertür vorbeistapfte, und sie hörte ihre Mutter, die ihn aus Richtung Küche mit sich überschlagender Stimme anflehte.

„Wilhelm, tu das Ding weg!"

Elli richtete sich ruckartig auf. Sie hörte, wie ihr Vater ganz ruhig „Marlis, du bist eine Schlampe" sagte, und dann donnerte ein grässlicher Feuerstoß aus dem Lauf seiner Flinte.

Elli sprang schreiend vom Bett und rannte zur Tür ihres Zimmers.

„Mama, Mama, Mama", brüllte schrill und griff nach dem Knauf.

Das Holz der Tür flog mit einem Mal in Kopfhöhe auseinander. Eine unterarmlange Flammenzunge loderte in ihr Zimmer hinein, nur dreißig Zentimeter von ihrem Gesicht entfernt. Elli rutschte wimmernd aus, geblendet vom Blitz der doppelläufigen Schrotflinte.

„Wilhelm, nicht die Kleine", hörte Elli jemanden rufen.

Es musste ihre Mutter gewesen sein, aber es hörte sich wie eine fremde, mit Wasser gurgelnde Person an.

Die Sechzehnjährige krabbelte auf allen vieren unter ihr Bett und versuchte zu erkennen, was sich an der Tür tat. In ihren Ohren pfiff und rauschte es, und das Einzige, was sie darüber hinaus noch hörte, war das charakteristische Entriegelungsknacken der Flinte. Sie wusste, dass ihr Vater jetzt zwei neue Hülsen in das Schrotgewehr schob, und dann sah sie plötzlich einen länglichen Schatten am Boden der Tür auftauchen.

Es war der Lauf der Schrotflinte, der durch das Loch im Holz geschoben wurde.

Elli krümmte sich, als aus einem der beiden Rohre eine grelle Feuerblume quoll, und sie spürte, dass ihr Bett ein ganzes Stück nach hinten geschoben wurde.

Sie schrie panisch auf und hörte über das Pfeifen und Knacken ihren Vater „Gut" sagen. Einer Eingebung folgend, presste sie die Hände vor den Mund. Vielleicht hielt Wilhelm Dahlheimer seine Tochter jetzt für tot, weil sie nicht mehr schrie.

Qualvolle zwanzig Sekunden lang geschah gar nichts. Dann vernahm Elli die Stimme ihres Vaters.

„Dreckfotze", sagte er, gefolgt von einem erneuten Donnerhall.

Elli sah durch das Loch das helle Licht des Schusses. Es war, als beobachte sie ein Gewitter aus dem Fenster ihres Zimmers. Es klackte wieder, als die Flinte geladen wurde.

Elli zitterte am ganzen Körper. Jetzt würde ihr Vater zu ihr kommen. Ganz bestimmt. Jede Faser in ihr gierte danach, nach ihrer Mama zu rufen, aber eine fiese Stimme murmelte ihr zu, dass von ihrer Mutter wahrscheinlich nicht mehr viel übrig war, nachdem zwei Mal aus nächster Nähe auf sie geschossen worden war. Mama Dahlheimer würde ihr nicht zu Hilfe kommen.

Niemand würde kommen. Das Haus stand abseits und hatte dicke Wände. Die nächsten Nachbarn waren zu weit entfernt und im Urlaub, wie sie gehört hatte.

„Elli?“

Die Stimme ihres Vaters klang ruhig und befehlsgewohnt.

„Elli!“

Immer noch sausten Funken und Kometen vor dem Auge der Heranwachsenden umher. Durch dieses Feuerwerk hindurch sah sie Wilhelms Kopf, den er durch das Loch im Holz steckte.

Sie fragte sich, warum er nicht einfach die Tür öffnete und hereinkam. Etwas schien ihn davon abzuhalten.

Was es auch war, Elli war dankbar dafür. Da sie nicht antwortete und still unter dem Bett lag, hielt er sie offenbar für erledigt, denn er zog sich zurück, stand einen Augenblick unschlüssig im Flur.

Elli schob den Kopf nach vorne und wagte einen Blick durch das Loch in der Tür. Ihr Vater rollte mit den Augen, sein Adamsapfel hüpfte auf und ab. Er drehte sich um, blickte in Richtung Küche…

‚Da liegt Mama‘, dachte Elli und heulte lautlos.

…und ging dann in die andere Richtung davon. Die Tochter der Dahlheimers hörte, wie er sich schwerfällig ächzend auf die Treppe zum Obergeschoss setzte und unverständliches Zeug murmelte. Es war das Letzte, was Elli von ihrem Vater hörte, denn danach dröhnte ein gewaltiger Doppelknall durch das Haus. Er hatte beide Läufe auf einmal gezündet, und direkt im Anschluss polterte etwas Schweres zu Boden.

Ellis Atem beruhigte sich nach ein paar Sekunden. Sie spürte, dass ihr keine Gefahr mehr drohte.

„Mama?“, getraute sie sich zu rufen.

Sie schlich schlotternd und gebeugt durch ihr Zimmer, hatte das Bedürfnis, auf das Klo zu gehen und den Darm zu leeren. Langsam zog sie das zerfetzte Türblatt auf und lauschte in den Flur hinein. Ihre Hände flatterten so stark, dass sie die Gelenke klappern hörte.

Pulvergeruch drang in ihre Nase. Elli zuckte zurück, als sie Wilhelm links auf der Treppe erblickte. Er saß auf der vierten Stufe und rührte sich nicht. Vielleicht dachte er gerade darüber nach, wen er als Nächstes erschießen sollte.

Elli ahnte, warum er so ruhig auf der Stufe saß.

„Papa?“

Sie setzte einen Fuß in den Flur, huschte zwei Meter nach links und stellte sich seitlich von ihrem Vater auf. Nur das hölzerne Geländer der Treppe trennte sie jetzt noch von ihm. Er bewegte sich nicht. Sie rutschte aus und konnte sich nur mit Mühe auf den Beinen halten. Der Boden war nass.

Die Jugendliche wurde immer noch vom Widerhall des Lichtblitzes irritiert, der ihre Augen malträtiert hatte. Die Wände rings um ihren Vater schienen eine andere Farbe angenommen zu haben, einen wesentlich dunkleren Ton als vorher.

„Papa? Bist du jetzt wieder ruhig? Nicht mehr schießen, bitte.“

Elli ging um den dicken Pfosten herum, der das untere Ende des mattbraunen Holzgeländers markierte. Ihre Füße stießen gegen einen metallischen Gegenstand. Es war die Flinte.

Sie schob das schwere Gewehr zur Seite und betrachtete ihren Vater. Oberhalb der Nase war sein Schädel grotesk aufgerissen und nach hinten geklappt. Die verbrannten Lippen zeugten von dem mächtigen Doppelschuss, den er sich direkt in den Kopf gefeuert hatte. Die Zähne, die noch übrig geblieben waren, standen schwarz und verkohlt wie gruselige Grabsteine in der kreisrunden Höhle, die einmal sein Mund gewesen war.

Elli blieb einige Sekunden vor ihm stehen. Bis auf ein paar überfahrene Tiere, die sie auf der Straße gesehen hatte, war ihr der Tod bisher noch nie begegnet. Jetzt saß ein 150-Kilo-Fettwanst, der einmal ihr Vater gewesen war, auf der Treppe und präsentierte ihr die blutige Wahrheit. Ein Teil seines Gehirns klebte wie eine lustige Girlande auf dem versifften Hemd.

Elli sah ihm zwischen die Beine, die er aufgrund seines mächtigen Bauchumfanges schon lange nicht mehr im Sitzen hatte schließen können. Ein brauner Fleck zeigte sich in seinem Schritt.

Wilhelms Tod war ein unästhetisches Geschmier und stank nach Kacke und Pulverdampf.

Elli presste die Hand vor den Mund und atmete hektisch den Geruch ihrer eigenen Haut ein. Sie ging einen Schritt rückwärts und dann zur Seite, schob damit den groben Holzblock des Treppengeländers wieder zwischen sich und die schiefsitzende Leiche Wilhelms.

Elli wandte den Kopf nach rechts und bewegte sich langsam an ihrem Zimmer vorbei in Richtung Küche. Sie spürte, dass ihr Tränen in die Augen schossen, als sie ihre Mutter flach auf dem gefliesten Boden liegen sah.

Wilhelm Dahlheimer hatte seiner Frau Marlis mit zwei einzeln abgefeuerten Schrotpatronen den Oberbauch perforiert und den Großteil der rechten Gesichtshälfte weggeschossen. Wahrscheinlich hatte er ihr den Körpertreffer zuerst zugefügt, da sie noch in der Lage gewesen war, ihn anzuflehen, wenigstens Elli in Ruhe zu lassen.

„Mama?“, krächzte die Sechzehnjährige mit zugeschnürter Kehle.

Sie schrie spitz auf, als der verunstaltete Körper auf dem Boden plötzlich zuckte und Blut hustete.

„Eeeeeiiiiii, Eeeeeeeiiiiii“, versuchte die Sterbende zu sagen.

Elli konnte sehen, wie sich die Zunge ihrer Mutter bewegte, und sie wusste im gleichen Moment, dass das Schicksal nun von ihr verlangte, die letzten Sekunden der Sterbenden zu begleiten. Sie sank neben der Schwerstverletzten auf die Knie und griff nach ihrer Hand.

Marlis Dahlheimer packte überraschend fest zu.

„Eeeeeeiiiii“, krähte sie wieder, und Elli begriff, dass sie versuchte, den Namen ihrer Tochter auszusprechen.

„Ich bin hier, Mama“, sagte sie. „Papa hat sich beruhigt. Es ist alles wieder okay. Er wird nie mehr schießen.“

Sie sah, wie eine einzelne Träne aus dem noch gesunden Auge ihrer Mutter rann. Die Frau musste unaussprechliche Qualen leiden. Elli wusste nicht, wie sie die Schmerzen lindern konnte, und entschied, dass es das Beste sein würde, wenn sie einfach bei ihr blieb.

Die Sterbende löste die Hand aus dem Griff ihrer Tochter und fuchtelte in der Luft herum. Elli folgte den Bewegungen, und nach ein paar Sekunden deutete ihre Mutter mit einem schwächlich ausgestreckten Zeigefinger in den Flur.

„Üüüüüüüürrrrr“, sagte sie, und ein Schwall Blut begleitete ihre Worte.

„Mama? Was meinst du?“, fragte Elli und sah in die Richtung, in die ihre Mutter zeigte.

Da war nichts – zumindest nichts, was sie sehen konnte.

„Ich weiß nicht … Üürr? Meinst du Tür? Meinst du die Tür? Ja, Papa hat meine Tür zerschossen, aber mir ist nichts passiert, hörst du?“

Marlis Dahlheimer spreizte die Finger und reckte die Hand nach Ellis Gesicht. Ihr Arm taumelte hin und her, wie der Kopf einer Kobra, die von einem Schlangenbeschwörer aus dem Korb gelockt wurde. Sanft strich sie dem Mädchen über die Wange, und zog sich dann mit einem kraftvollen Ruck an Ellis Schulter in eine halb sitzende Position.

Elli erschrak bis ins Mark, stützte aber instinktiv ihre Mutter ab und hielt sie aufrecht. Das zerfetzte Antlitz der Frau war ihrem jugendlichen, vollkommenen Gesicht ganz nahe. Das Mädchen konnte pulsierende Adern im offenen Fleisch der Wange sehen.

„Üüüüürrrrr“, röhrte Marlis, und dann packte sie mit ihrer Hand eine unsichtbare Klinke und zog daran.

Elli sah es ganz deutlich, die Bewegung war unverkennbar. Ihre Mutter öffnete eine Tür, die nur sie selbst sehen konnte. Sie musste direkt vor den beiden in der Luft stehen.

Elli versuchte, irgendetwas vor sich zu erkennen, einen Hauch von tröstender Magie, die Gewissheit, dass ihre Mutter an den berühmten besseren Ort gehen würde.

Aber da war nichts. Sie sah bloß in einen dunklen Flur, der mit Trümmerstücken und Blutspritzern übersät war. Es standen keine lächelnden Engel mit leuchtenden Flügeln vor ihnen.

Es stank nur nach Papas vollgeschissenen Hosen und dem Qualm der Flinte.

Elli seufzte unendlich traurig und wandte sich wieder dem Gesicht ihrer Mutter zu.

Mama Dahlheimer war in dem Moment gestorben, in dem sie die imaginäre Tür aufgezogen hatte. Die Sechzehnjährige hielt eine Tote umklammert, und als sie dessen gewahr wurde, entlud sich die Anspannung der letzten Minuten in einem Heulkrampf. Innerhalb weniger Augenblicke war sie zu einer Vollwaisen geworden.

Elli saß eine ganze Weile so da, weinte mal lautlos, mal laut schluchzend, und verfluchte die ganze Welt und jede romantische Verklärung des Todes. Es wäre besser gewesen, wenn ihr Vater sie ebenfalls getroffen hätte.

Nach einer halben Stunde hörte sie ein klapperndes Geräusch. Es war ein rhythmisches Klappern ihrer Zähne – sie schlotterte vor Kälte und Erschöpfung.

Elli ließ ihre Mutter zu Boden gleiten und achtete darauf, die Tote sorgsam zu betten. In der Eckbank der Küche fand sie eine grüne Tischdecke. Sie breitete den weichen Stoff langsam über ihrer Mutter aus und versuchte, der bizarren Szenerie so etwas wie Würde zurückzugeben. Mama Dahlheimer hätte es sicher so gewollt.

Sie beschloss, ihren fetten Vater nicht zuzudecken. Er hatte es nicht verdient, dass sich jemand um seine stinkenden Überreste kümmerte.

„Das hast du gut gemacht“, sagte ihre Mutter unter der grünen Decke. *„So fühle ich mich wohl.“*

„Danke, Mama“, sagte Elli und lächelte. „Was mache ich denn jetzt?“

„Du musst zu Oma fahren. Sie wird dir helfen bei den Dingen, die in den nächsten Tagen zu tun sind.“

„Aber es ist Papas Mama, nicht deine“, gab Elli zu bedenken. „Was ist, wenn sie mir nicht helfen will? Wenn sie dich auch Flittchen nennt.“

„Sie weiß, wie ihr Sohn ist. Sie hat vorausgesehen, dass irgendwann etwas passieren wird. Außerdem bist du ihr einziges Enkelkind. Du musst keine Angst haben.“

„Ja.“

Dann fiel Elli noch etwas ein.

„Mama? Du hast von einer Tür gesprochen, als du …“

„Ja.“

„Was ist das für eine Tür? Wohin führt sie?“

„Das musst du selbst herausfinden, meine Kleine.“

Elli betrachtete die Decke, die sich sanft um den Körper am Boden schmiegte und die Silhouette weich nachzeichnete. Im Bauch- und Kopfbereich bildeten sich dunkle Flecken im grünen Stoff. Die junge Frau wagte es nicht mehr, die Decke anzuheben, aber gleichzeitig drängte es sie, ihre Mutter in den Arm zu nehmen.

Mama war nicht mehr da. Erschossen von ihrem Ehemann. Elli war froh, dass ihr Vater sich selbst gerichtet hatte. Sie wäre nicht imstande gewesen, seine Nähe zu ertragen. Sie ekelte sich vor ihm, seit er angefangen hatte, plötzlich im Badezimmer aufzutauchen, wenn sie aus der Dusche stieg.

Ganz langsam sickerte die Gewissheit, von jetzt an allein zu sein, in Ellis Gedanken.

„Mama?“

Die Stoffsilhouette am Boden antwortete nicht.

„Mama?“

Ellis Herz raste schlagartig wieder wie wild los. Sie fürchtete sich davor, die Stimme ihrer Mutter nicht mehr zu hören und zu vergessen, wie sie ausgesehen hatte. Sie stand unschlüssig in der Küche und heulte. Unter der grünen Decke breitete sich ganz allmählich eine rote Lache aus. Sollte sie so ihre Mutter in Erinnerung behalten? Als grüne, blutende Gestalt auf den Küchenfliesen?

‚Ich weiß nicht mehr, welche Farbe ihre Hosen haben', dachte Elli erschüttert und verbarg das junge Gesicht in den Händen.

Zitternd kniete sie neben der stummen Leiche nieder und streckte die Hand nach der Decke aus.

„Elli! Was machst du da!“, bellte eine herrische Stimme.

Sie fuhr auf den Knien herum. Im Flur stand Wilhelm, breitbeinig wie ein Boxer, und deutete mit verschmierten Fingern auf sie.

„Geh weg von dem Flittchen!“, brüllte er. *„Du wirst sie vergessen, sofort!“*

Er wirkte wie eine nebelhafte Erscheinung. Seine Konturen waren undeutlich und verschwommen. Elli hatte schreckliche Angst – aber ihr verwirrter Verstand besaß noch genügend Schärfe. Sie hörte seine Stimme und fragte sich trotz ihrer Furcht, wie er es fertig brachte, mit aufgeklapptem Schädel zu ihr zu sprechen.

Ganz abgesehen davon, dass er genauso tot war wie seine Frau.

Die Gestalt im Flur löste sich auf. Elli schauderte und lehnte sich ein Stück nach vorne, bis ihre Kniescheiben knackten. Es gelang ihr, einen Blick auf die Treppe zu erhaschen. Wilhelm thronte dort immer noch in seiner sitzenden Position. Er hatte sich keinen Millimeter bewegt.

Elli atmete tief durch. Ihr Vater konnte nicht mehr aufstehen. Er würde nie mehr seine Frau als Flittchen bezeichnen. Er würde nie mehr auf den Hintern seiner Tochter starren, wenn sie aus der Duschkabine kam.

Er hatte sich den Schädel weggesprengt und sein Gehirn an die Wände verspritzt.

Elli warf einen verzweifelten Blick auf die grüne Decke, in der sich die dunklen Flecken weiter ausbreiteten, als hätte jemand eine Flasche Rotwein verschüttet.

Wenn Wilhelm nur Einbildung gewesen war, dann war die Stimme ihrer Mutter auch nur ein Produkt ihrer Fantasie.

Elli erhob sich vom Boden. Sie versuchte, ihre Atemzüge zu beruhigen und einen klaren Kopf zu bekommen.

Was musste sie jetzt tun?

‚Ich muss die Polizei rufen', dachte sie. ‚Und Oma anrufen, damit sie mich abholen kann.'

Sie drehte sich auf dem Absatz herum. Das Telefon stand normalerweise auf der kleinen Küchenkommode. Wilhelms Schrotfeuer hatte es von seinem Platz heruntergefegt. Das Telefon lag zerstört am Boden. Die Wählscheibe war zerbrochen, das Kabel des Hörers abgerissen.

Sie konnte niemanden anrufen.

„Was mache ich denn jetzt?", fragte sie laut und spürte, wie sich ihr Magen zusammenzog.

Ihr Fahrrad fiel ihr ein. Damit konnte sie zu ihrer Oma fahren. Es war dunkel draußen, aber sie durfte nicht hier bleiben. Irgendjemand musste informiert werden, aber bei den Nachbarn wollte sie nicht klingeln. Wie würde sich das anhören? Sie würde den Leuten nur unverständliches Zeug vorbrabbeln. Sie war sich nicht sicher, den Satz „Papa hat Mama erschossen" klar und deutlich sagen zu können.

‚Papa hat Mama erschossen, und mich wollte er auch töten.'

Sie hörte den Knall der Flinte in ihrer Erinnerung immer wieder, und jedes Mal wurden die gurgelnde Stimme ihrer Mutter lauter und lauter.

Elli gab sich einen Ruck und lief in ihr Zimmer. Sie vergewisserte sich, dass sich ihr Vater nicht von der Treppe erhob und mit ausgestreckten Armen auf sie zu wankte.

Dann zog sie sich schnell dickere Kleidungsstücke an. Es war kalt und nass draußen, und sie würde eine Weile auf dem Fahrrad sitzen.

‚Zu Oma fahren', dachte sie. ‚Oma weiß Rat. Oma nimmt mich in den Arm. Mama ist tot.' Sie heulte, während sie den Reißverschluss ihres Parkas zuzog. Ihr wurde schlecht. Sie dachte an die grässlichen Wunden ihrer Mutter. Die Schrotmunition hatte ihr hübsches Gesicht völlig zerrissen.

Ellis Knie wurden weich, und sie spürte, dass sie sich übergeben musste. Sie lief aus dem Zimmer. Neben der fetten Leiche auf der Treppe war die Tür zum Gästeklo. die Jugendliche rannte daran vorbei, riss die Tür auf und spie Gallenflüssigkeit in die Schüssel. Danach ging es ihr etwas besser.

Sie beeilte sich, ihr Fahrrad aus dem Keller zu holen, und nahm den Haustürschlüssel aus dem Schlüsselkasten. Die Leiche ihres Vaters saß hinter ihr auf der Treppe. Im Halbschatten sah es aus, als würde er sich nur ausruhen und seine Tochter beobachten.

Elli drehte sich um lehnte das Fahrrad gegen die Wand.

‚Wie war die Farbe von Mamas Hose?', überlegte sie.

Dann fasste sie sich ein Herz, lief zurück in die Küche und hob die Decke von ihrer Mutter. Ihre Kehle schnürte sich zu, als sie das halbe Gesicht erblickte.

Die Hose war lila. Ein dunkles Lila. Darüber trug ihre Mutter ein Hemd mit vielen kleinen Blumen. Elli prägte sich alles genau ein. Sie durfte es nicht vergessen. Niemals.

‚So sieht meine Mama aus', dachte sie. ‚So wird sie immer aussehen. In dieser Kleidung ist sie gegangen. Sie wartet hinter der Tür.'

„Tschüss, Mama", sagte sie mit erstickter Stimme und wischte sich über die Augen. „Ich fahre jetzt zu Oma."

Elli rannte aus dem Haus und schwang sich auf das Fahrrad. Sie kam gut voran. Um schneller an ihr Ziel zu kommen, nahm sie die Abkürzung durch den Wald. Sie mochte die Strecke bei hellem Tageslicht sehr gerne, doch nun war es neblig, kalt und dunkel. Der Wald um sie herum knackte und knarzte. Das Holz schien ihr zuzuflüstern.

„Na, junger Mensch?", fragten die Bäume. „Wie war die Farbe der Hose?"

Elli schüttelte den Kopf und verfluchte die Stimmen, die sie hörte.

‚Lila', dachte sie. ‚Ich darf es nicht vergessen.'

Die Tränen erschwerten ihre Sicht. Feine Wassertropfen trieben durch das Scheinwerferlicht ihres Fahrrads.

Unvermittelt dröhnte Motorengeräusch auf und ein Sportwagen zog knapp an ihr vorbei. Elli erschrak und wäre fast vom Sattel gefallen. Das Fahrrad schlingerte hin und her. Sie keuchte.

‚War da wirklich eine Tür?‘, fragte sie sich. ‚Ist ein Teil von Mama da durchgeschlüpft? Die Seele? Ist Papa auch da? Lässt er sie dort in Ruhe?‘

Elli radelte monoton weiter. Ihre Gedanken kreisten um die Tür. Sie klammerte sich an den Glauben, ihre Mutter sei an einen besseren Ort gegangen, ein Ort, an dem keine fetten Männer mit Schrotflinten um sich schossen.

Ein Ort, irgendwo hinter dieser Tür.

Urplötzlich tauchte ein schreiender Hirsch im Licht der Fahrradlampe auf. Elli bremste scharf und riss das Rad herum. Sie kam einen halben Meter vor dem riesigen Tier zum Stillstand.

Der gewaltige Hirsch schwang panisch seinen Kopf herum. Das Geweih war so groß, dass er sie damit fast erwischt hätte. Er war schwer verletzt. Zwei seiner Beine waren gebrochen und sein Brustkorb an der Flanke tief eingedrückt. Der Koloss rollte mit den Augen und sah sie an.

Elli hatte diesen Ausdruck schon einmal gesehen. Es war noch nicht lange her. Mama hatte genauso trübe Augen gehabt.

Sie stieg vom Rad, legte es auf den Boden und sah den Hirsch ernst an. Das Licht ihres Fahrrads erlosch. Der summende Dynamo versorgte die Lampe nicht mehr mit Strom.

„Ich weiß nicht, ob es auch für dich eine Tür gibt“, sagte sie.

Dann erregte flackernder Feuerschein ihre Aufmerksamkeit. Sie ging zum Rand des Waldweges und sah den Abhang hinunter. Etwa dreißig Meter tiefer lag ein Sportwagen, dessen linker Vorderreifen Feuer gefangen hatte. Es war das Auto, das sie vorhin beinahe vom Rad gestoßen hätte.

Elli sah, dass sich der Fahrer im Fahrzeuginneren noch bewegte. Sie drehte sich zu dem Hirsch um. Das Tier bemerkte ihren Blick und versuchte, von ihr fortzukriechen.

Elli ließ den Hirsch allein und ging hinunter zu dem Auto.

Tod.

Überall Tod.

26.

„Es war Fred Horjägers Wagen“, ergänzte Stefanie Gorges, als Finn seinen Bericht beendete. „Sie hat zugesehen, wie er verbrannt ist und ihn kurz darauf kopiert.“

Steinmann nickte bestätigend. „So muss es abgelaufen sein. Kurz nachdem sie den Unfall meldete, ging ein anderer Notruf in der Zentrale ein. Die Kollegen rückten zum Haus der Dahlheimers aus und fanden das Ehepaar tot vor. Stefanie hat den Bericht aus dem Archiv gekramt. Die Tat von Wilhelm Dahlheimer sorgte damals für großen Wirbel. Horjägers Unfalltod ging gänzlich unter und war nur eine Randnotiz in den Zeitungen. Eine Verbindung sah niemand. Warum auch?“

„Also bist du der Ansicht“, fragte Siborski, „dass von Stahl dir die Wahrheit erzählt hat?“

Steinmann rückte auf seinem Stuhl hin und her. „Ich habe seine Aussagen überdacht. Ich gehe davon aus, dass er mir nicht alles erzählt hat, was es zu sagen gegeben hätte, aber das, was er preisgab, entspricht den Tatsachen. Sorgen bereiten mir die Dinge, die er ausließ.“

„Eleonore Dahlheimer ist jetzt am Zug“, knurrte Frank Müller. „Niemand hat sie gesehen, seitdem sie ihre Wohnung verlassen hat. Die Streifen halten die Augen offen, aber … wenn sie sich verkrochen hat, wird das schwierig.“

Sein tiefer Bass dröhnte schwer im Besprechungszimmer der SOKO.

Katja Neisinger regte sich im Hintergrund. Als sie sprach, drehten sich alle Mitglieder von Steinmanns Team zu ihr um. Bisher hatte sie sich ruhig verhalten. Finns langer Bericht vom Besuch in der JVA Diez hatte sie nachdenklich gemacht. Ihr Gesicht und der sichtbare Teil ihrer Haut waren von Rötungen übersät, als hätte sie eine schwere Form von Akne.

„Warum hat … Elli … mich nicht getötet, als sie die Chance dazu gehabt hat?"

Steinmann schüttelte den Kopf. „Ich weiß es nicht. Wenn von Stahl recht hat, geht es hauptsächlich um mich. Vielleicht hätte sie es getan, wenn ich ebenfalls in ihrer Gewalt gewesen wäre. Sie will mir Leid zufügen. Ich habe verhindert, dass von Stahl die Tür für sie öffnen konnte. Dass sie ihn ohne die Festnahme nie getroffen hätte, blendet sie aus."

Abramo Tremante wandte den Blick aus dem Fenster. „Elli muss über die Jahre immer mehr Furcht vor dieser Tür aufgebaut haben."

Die anderen sahen ihn fragend an. Steinmann wusste, worauf der junge Polizist hinauswollte.

„Ja", sagte er. „Das ist denkbar. Sie hat nie herausgefunden, ob und was sich dahinter verbirgt. Ihre Mutter blieb ihr verwehrt. Ich könnte mir vorstellen, dass sie jeden, dessen Sterben sie begleitet hat, nach dieser Tür gefragt hat. Im Grunde ist Ellis Geist in dieser Nacht eingefroren."

„Liegt da auch der Grund für die Maskerade verborgen?", fragte Siborski. „Ich verstehe immer noch nicht, warum sie die Toten kopiert."

„Sie nimmt dann ihre Identität an", antwortete Finn. „Von Stahl betonte mehrfach, wie sehr sie sich davor fürchtete, ihre Mutter zu vergessen. Sie war an diesem schicksalhaften Abend nur von Tod umgeben. Ihre Eltern, der große Hirsch, der verbrennende Mann im Auto … Eleonore Dahlheimer wehrt sich gegen den Tod, indem sie die Verstorbenen wandeln lässt."

Tremante hatte eine Idee. „Zwei der Puppen aus Ellis Schlafzimmer könnten ihre Mutter und die Großmutter sein. Wenn sie Fred Horjäger kurz nach seinem Tod schon … vor dem Vergessen bewahrte … dann hat sie das sicher auch mit ihren Blutsverwandten getan, oder?"

Stefanie Gorges hob die Hand. „Könnte sein, Abramo. Du sagst, sie bewahrt die Leute vor dem Vergessen. Aber warum lässt sie es manchmal überhaupt dazu kommen? Hätte sie Horjäger noch retten können? Wir wissen es nicht. Und weshalb hat sie Oskar Konradt und unseren Kollegen erschlagen?"

„Vielleicht war Horjäger noch am Leben, als sie ihn fand. Es könnte sein, das er der Erste war, den sie nach der Tür gefragt hat. Und Konradt wurde aus einem Grund getötet, den ich von Anfang an befürchtet habe", sagte Steinmann betrübt und sah auf seine Schuhe. „Mit ein paar Gespensterauftritten hätte sie mich nicht hierhin locken können. Mit einem Mord schon. Konradt ist nur gestorben, um die Polizei auf den Plan zu rufen."

„Aber warum ausgerechnet hier?", hakte Frank Müller nach. „Sie hätte dich in Trier oder Mainz genauso erwischen können."

„Der Grund dafür ist eventuell sehr profan", erwiderte Siborski an Steinmanns Stelle. „Elli hat weder Zeit noch Geld, von hier aus ihr Programm in Mainz oder Trier durchzuziehen. Sie ist ja berufstätig, trotz allem, und ihr entstanden nach der Entlassung aus Diez viele Kosten. Wir haben das überprüft. Das dürfen wir hier nicht vergessen. Vordergründig ist sie eine ganz normale Frau mit medizinischer Ausbildung."

„Sie muss gehofft haben", ergänzte Stefanie Gorges, „als Krankenschwester oder Arzthelferin der Lösung des Rätsels näher zu sein. Sie wird nach vielen Türen in ihrem Berufsleben gefragt haben. Ich mag mir gar nicht vorstellen, wie viele Sterbende sie damit belästigt hat."

„Hast du dir die Puppen angesehen?", fragte Steinmann.

„Ja", sagte sie. „Wir haben Bilder davon angefertigt. In der Wohnung befand sich eine Kundenkartei, die wir gerade abklappern. Sie hat aber noch nicht lange als mobile Pflegerin gearbeitet. Ein großer Teil ihres Arbeitslebens weist sie als Krankenschwester aus, die in zwei Kliniken beschäftigt war."

„Wann ist Elli nach Diez gekommen?", wollte Finn wissen.

„Kurz nachdem von Stahl dort inhaftiert wurde", antwortete Stefanie Gorges. „Der Verdacht liegt nahe, dass sie ganz gezielt in Diez arbeiten wollte, weil er dort in ihrem Zugriffsbereich war."

Müller holte tief Luft und wollte gerade etwas sagen, als ein Kollege der Kripo den Kopf zur Tür reinstreckte.

„Sorry, Leute, kann einer von euch eine Anzeige aufnehmen? Da ist eine ältere Frau, die ihre Nachbarn beschuldigt. Wir stecken mitten in einer Recherche fest."

Steinmann blickte in die Runde. Siborski stand auf.

„Komm, ich mach das schnell", sagte er. „Das Wesentliche wurde ja besprochen."

Siborski verließ das Zimmer. Finn formulierte Richtlinien für die Straßenfahndung. Er wollte gerade den Einsatz eines SEK-Teams anfordern, als Siborski mit der Frau am Besprechungsraum vorbeikam. Aus den Augenwinkeln sah Steinmann, dass sie ihre Jacke über den Arm gelegt hatte und hinter dem Oberkommissar ging.

‚Seltsame Kleidung', dachte der SOKO-Leiter, als die beiden die Tür passierten und außer Sichtweite waren.

Die Frau trug eine lilafarbene Hose und ein Hemd mit Blümchenmuster.

Etwas machte Klick in Finns Kopf. Er stand ruckartig auf. Innerhalb eines Sekundenbruchteils brach ihm der Schweiß aus. Sie mussten Elli nicht mehr suchen.

Sie war von selbst gekommen.

Die nackte Puppe.

Elli wandelte in der Gestalt ihrer Mutter.

Vierter Teil

Schachmatt

27.

Elli

Sie hatte gewartet, bis Steinmann und die Schwangere im Inneren des Gebäudes verschwunden waren und dann die Fenster beobachtet.

Letztlich war es ganz einfach. Sie betrat mit entwaffnender Schüchternheit die Polizeiinspektion, etwas gebeugt, ganz die unterwürfige Bürgerin spielend.

Sie müsse eine Anzeige aufgeben, teilte sie den freundlichen Beamten hinter der Glasscheibe der Zentrale mit.

Ihre Nachbarn und so.

Wirklich fürchterlich.

„Das muss ich Ihnen erzählen, Herr Polizist."

Sie wirkte so harmlos mit der beigen Jacke und der winzigen Handtasche, die sie ganz offen am Handgelenk trug. Die Tasche war nicht sehr groß und flach. Sie bot gerade mal Platz für zwei Geldbeutel und ein paar Frauenutensilien.

Oder für eine Walther P99Q mit zwei vollen Magazinen.

Elli stand ganz ruhig im Foyer der Inspektion und wartete auf den Beamten, der sie in Empfang nehmen sollte. Es war der kritischste Moment, denn der Eingangsbereich der Wache fungierte als Schleuse. Wenn sie hier und jetzt erwischt wurde, war sie gescheitert.

Ein höflicher, aber übermüdet wirkender Mann stellte sich als Oberkommissar Siborski vor. Er zögerte nicht lange und führte sie ins Herz des Gebäudes. Elli versuchte sich an die Beschreibungen, die sie bekommen hatte, zu erinnern. Es gelang ihr nur teilweise, aber das war nun egal. Die Wache schien zu dieser späteren Stunde nicht mehr voll besetzt zu sein. Ihr Plan war klar definiert. Sie musste so schnell wie möglich das Büro mit den vielen Akten finden und gleichzeitig die Polizisten in Schach halten.

Sie blickte links und rechts in die Räume hinein, während sie hinter Siborski herstapfte.

Dann sah sie den Hauptkommissar und Katja Neisinger mit einigen anderen Beamten. Steinmann schien sie zu bemerken.

Ellis Herzfrequenz steigerte sich, und innerhalb einer Millisekunde entschied sie sich zum Handeln.

Sie starrte konzentriert auf Siborskis Rücken und öffnete mit der rechten Hand die Handtasche. Zuerst verschwand das Ersatzmagazin in einer ihrer Hosentaschen. Dann ließ sie ihre Jacke vom Arm gleiten und steckte die Hand in die Tasche. Das Griffstück der P99Q schmiegte sich angenehm kühl an ihre Haut.

Hatte Steinmann sie bemerkt? War er imstande gewesen, sie in diesem winzigen Moment zu erkennen?

„Elli", sagte jemand hinter ihr. „Bleiben Sie stehen."

Sie hielt an. Lichtblitze tanzten vor ihren Augen. Es war so weit. Von jetzt ab musste sie ihrem Instinkt folgen. Die Tür wartete auf sie. Sie würde zwei Mal hindurch gehen – einmal vorwärts, und mit Viktors Hilfe wieder rückwärts. Sie musste nur den verdammten Mistkerl auslöschen, der den Weg versperrt hielt.

Den Hund, der hinter ihr stand.

Siborski stoppte ebenfalls und drehte sich zu ihr um. Er lächelte milde, als er die Jacke am Boden sah. Er begriff nicht, was vor sich ging.

Er lächelte immer noch, als Elli einen dunklen Gegenstand aus ihrer Handtasche zog und auf ihn richtete. Sein Gehirn war nicht in der Lage, die Bedrohung schnell genug zu erkennen – zu verrückt und abwegig schien es, dass jemand auf dem Hauptflur der Inspektion, inmitten von annähernd dreißig Polizisten, eine Waffe in böswilliger Absicht ziehen könne.

Elli hatte geübt mit der Pistole. Sie war sicherlich kein Meisterschütze, aber es reichte aus, den Finger zu krümmen und ein

Ziel in zwei Metern Entfernung zu treffen. Sie verriss die P99Q beim ersten Schuss, weil der Abzug noch schwerfällig war und sie die Hand dabei nach rechts zog.

Mündungsfeuer flammte grell auf. Ein ohrenbetäubender Knall ertönte, und Peter Siborski wurde von einem Hammerschlag nach hinten geworfen.

Elli machte auf dem Absatz kehrt und richtete die Pistole auf den Bereich hinter sich. Sie sah Steinmann, der mit einem Sprung zurück ins Besprechungszimmer hechtete und dort zu Boden stürzte. Sie reagierte automatisch und feuerte. Das Projektil riss eine tiefe Schramme in die Wand.

‚Ich darf keine Munition verschwenden', dachte sie.

Elli wartete.

28.

Steinmann sah roten Nebel aus Siborskis Oberkörper aufsteigen. Noch während der Oberkommissar nach hinten kippte, wandte sich Elli um.

Finn sprang aus dem Stand zurück in das Besprechungszimmer. Hinter ihm peitschte ein zweiter Schuss. Er hörte das Pfeifen des Projektils und das Knirschen abplatzenden Putzes. Einzelne Brocken fielen zu Boden.

Augenblicklich herrschte Geschrei in den Büros. Eine undenkbare Situation war eingetreten: Jemand benutzte eine Handfeuerwaffe innerhalb der Wache.

Elli hatte die SOKO mit heruntergelassenen Hosen erwischt. Die meisten Polizisten hielten die Dienstpistolen unter Verschluss, nur selten stolzierte jemand mit einer Waffe über den Flur.

„Siborski wurde getroffen“, brüllte Steinmann über die aufgeregten Rufe der anderen Männer und Frauen hinweg. „Elli Dahlheimer ist im Flur, Vorsicht!“

Er drängte Katja in die Ecke des Zimmers und warf zwei Schreibtische um. Abramo Tremante half ihm, schnell einen Schutzwall zusammenzuschieben.

„Duck dich, Katja“, sagte Finn barsch. „Hat jemand seine Pistole dabei?“

Müller hielt die P99 schon beidhändig im Anschlag und behielt die Tür im Blick. Tremante fummelte seine Pistole umständlich aus dem Halfter. Die Hände des jungen Beamten zitterten stark. Er überreichte Steinmann seine Walther.

„Ich kann das nicht, Herr Steinmann. Nehmen Sie sie bitte. Ich kann das nicht.“

Steinmann nickte und schloss seine Finger um den Griff der P99.

Tödliche Ruhe war auf dem Flur und in den Büros eingekehrt. Die Luft schien elektrisch aufgeladen. Jeder wartete auf Ellis nächsten Zug. Hatte sie Siborski getötet oder lag der Oberkommissar schwer verletzt auf dem Gang?

Steinmann schob sich an der Wand zur Tür hin. Frank Müller blieb hinter ihm und zielte auf den Rahmen der Tür, bereit, jede plötzlich auftauchende Gefahr zu eliminieren.

Finn war unschlüssig, ob er Elli direkt ansprechen sollte. Wenn Viktor von Stahls Worte der Wahrheit entsprachen, loderte in ihr ein unbändiger Hass auf ihn. Er wollte sie nicht noch mehr reizen.

Im Büro gegenüber erkannte er die Köpfe zweier weiblicher Kollegen hinter dem Schreibtisch. Die jüngere der beiden sah ihn mit großen Augen an. Steinmann spreizte den kleinen Finger und den Daumen ab und tat so, als würde er telefonieren. Dann zeichnete er spiegelverkehrt die Buchstaben S-E-K in die Luft. Die Polizistin begriff, was er verlangte, streckte den Arm aus und langte nach dem Telefon.

Finn rechnete im Kopf nach. Er wusste, dass die Eingreiftruppe mindestens neunzig Minuten brauchen würde, bis sie hier eintraf. So lange musste er die Situation unter Kontrolle behalten. Das SEK war besser ausgerüstet und konnte notfalls in die direkte Konfrontation mit Elli gehen.

Er hoffte, dass die zwei Männer in der Zentrale am Eingang richtig reagierten und die Streifen informierten. Vier Wagen waren derzeit unterwegs, acht Polizisten, die Kevlar-Westen trugen und über Maschinenpistolen verfügten. An die Waffenkammer bei der Zentrale kamen sie jetzt nicht heran.

Steinmann überlegte, wie er Katja aus dem Gebäude herausbekommen konnte. Aus dem Fenster durfte er nicht mit ihr steigen, dazu war sie nicht mehr in der Lage. Elli konnte genau dem Moment in den Raum kommen, wenn er und Katja im Fensterrahmen saßen und ein leichtes, unbewegtes Ziel boten.

„Ist sie noch im Flur?", flüsterte Müller hinter ihm.

Steinmann zuckte mit den Schultern. Durch das Geschrei direkt nach den Schüssen waren alle anderen Geräusche überdeckt worden.

Tremante tippte Frank Müller auf die Schulter. Katja Neisinger hatte ihm einen kleinen Handspiegel in die Hand gedrückt. Müller nahm den handflächengroßen Spiegel und reichte ihn an Finn weiter.

Der Kriminalhauptkommissar ging in die Hocke und schob den Spiegel langsam über den Boden. Aus dem anderen Büro kam ein bestätigendes Winken der jungen Polizistin. Das SEK war alarmiert, die Maschinerie rollte jetzt an. Finn hoffte, dass die Verantwortlichen einen Hubschrauber einsetzen würden.

Er rückte den Spiegel ein winziges Stück in den Flur hinein. Das Erste, was er damit erfasste, waren Siborskis Füße. Die Fersen zeigten nach unten – der Mann lag auf dem Rücken. Es ließ sich nicht erkennen, ob er noch atmete oder schon tot war.

Steinmann neigte das Glas etwas nach hinten, um bessere Sicht zu erhalten. Er erkannte zwei ausgestreckte Arme, die schnell größer wurden.

Müller riss ihn an der Schulter zurück, als Elli mit nunmehr zwei Pistolen im Türrahmen auftauchte. Sie hatte Siborskis Dienstwaffe an sich genommen und feuerte beidhändig in das Besprechungszimmer hinein. Sie schwenkte wild die beiden Walther-Pistolen, versuchte alle Ziele auf einmal zu erfassen und traf doch keines davon. Steinmann reagierte instinktiv und erwiderte ihre Attacke mit einem ungezielten Schuss aus der Hüfte.

Beißender Pulverdampf erfüllte die Luft. Elli sprang zur Seite und verschwand aus dem Sichtbereich der Polizisten. Steinmanns Herz pochte hart bis zu seinem Hals. Sein Mund fühlte sich wie ausgetrocknet an. Er wandte sich zu dem Schutzwall um, hinter dem sich Katja versteckte und sah zwei Löcher im Pressholz der umgeworfenen Tische. Ihm fuhr ein Stich durch die Brust. Dann erblickte er Tremante, der sich hinter dem Wall erhob und auf seine Hände starrte.

Sie glänzten nass.
„Herr Steinmann?“, murmelte er irritiert.
Finn stürzte auf die Barrikade zu und sah darüber hinweg. Katja lag auf dem Rücken und hielt ihren Bauch umklammert.
„Geplatzt“, sagte sie mit verzerrtem Gesicht. „Die Blase ist geplatzt. Scheiße. Ich laufe aus. Finn?“
„Ja?“
„Ich muss so schnell wie möglich ins Krankenhaus. Falls das nicht geht, werden wir das Kind hier zur Welt bringen müssen.“
Abramo Tremante bekreuzigte sich hektisch.
„Solange Elli auf dem Flur steht“, fluchte der junge Mann, „kommen wir aus dem Zimmer nicht heraus.“
Steinmann behielt die Tür im Auge. Frank Müller hatte die Pistole unverändert auf den Gang gerichtet. Er würde notfalls einen ganzen Tag lang so stehen bleiben.
„Wir müssen sie ausschalten“, knurrte Finn leise. „Wir haben keine Zeit, um auf das SEK zu warten. Wenn das Kind schnell kommt, sind wir wehrlos.“
Müller nickte. „Dann müssen wir auf den Flur. Wir können Katja nicht aus dem Fenster kriechen lassen.“
„Vielleicht doch“, raunte Tremante. „Eine der Streifenbesatzungen könnte sich außen am Gebäude vorarbeiten und sie aufnehmen.“
Steinmann leckte sich die Lippen. Sie waren spröde und aufgerissen.
„Das ist sehr gefährlich“, flüsterte er. „Katja ist hilflos, wenn wir sie da rausreichen. Es wäre möglich …“
„Finn?“, rief Katja.
„Was ist?“
„Wir machen das so.“
„Katja, es ist zu …“
„Ich entscheide das. Ich muss hier raus, okay? Wir sind alle in Gefahr. Du vielleicht am allermeisten.“
Er sah ihr tief in die Augen. Obwohl sie sehr müde war, strahlte ihr Blick Entschlossenheit aus.

Er wandte sich mit ausgestreckter Waffe zur Tür und zog sein Handy aus der Tasche. Er wählte die Zentrale an und wartete. Seine Nummer war den Männern bekannt.

„Herr Steinmann?“, murmelte der Beamte irritiert. „Ich dachte, Sie wären ...“

„Bin ich auch“, sagte Finn schnell. „Wir sitzen hinten im Besprechungszimmer fest.“

„Das SEK fragt nach einer Lage.“

„Später“, antwortete er knapp. „Zuerst schicken Sie zwei Mann zu Fuß außen an der Gebäudewand unter unser Fenster. Die Männer sollen nach Möglichkeit einen Stuhl oder eine kleine Trittleiter mitbringen. Sie müssen meine Freundin in Empfang nehmen und sofort ins Krankenhaus bringen. Haben Sie alles verstanden?“

„Verstanden.“

„Gut. Veranlassen Sie das jetzt. Ich bleibe am Telefon.“

Er wartete und hörte, wie der Kollege mit anderen Personen sprach. Die Worte klangen hektisch.

Lichtblitze flammten grell im Gang auf, hallende Donnerschläge dröhnten durch das Gebäude, als plötzlich mehrere Schüsse auf dem Flur abgegeben wurden. Staubwolken und Dampf wallten vor der Tür, kleine Mauerbrocken spritzten umher und bedeckten den Boden mit einer sandigen Schicht. Steinmann ließ das Handy fallen, drückte sich an die Wand und zielte mit verbissenem Blick auf den Durchgang.

Er schob sich nach vorne und versuchte, den rechten Flurbereich zu überblicken. Irgendwo in Richtung Eingang befand sich offenbar ein Polizist mit einer Waffe und lieferte sich ein Feuergefecht mit Elli.

Nach den Schüssen kehrte wieder quälende Ruhe ein. Finn wagte es nicht, nach dem Rechten zu fragen. Seine Sorge galt Katja. Ein Querschläger konnte jederzeit ins Zimmer gelenkt werden und ...

Er wusste, die Kugel würde Katja treffen. Der brutale Witz, der gerade vom Schicksal erzählt wurde, hatte seine Pointe noch nicht endgültig erreicht.

‚Ich muss Elli ausschalten‘, dachte er. ‚Ich brauche einen Überblick.‘

Er entschied sich innerhalb eines Sekundenbruchteils und setzte sein Vorhaben ohne nachzudenken sofort in die Tat um. Mit gespreizten Beinen stellte er sich seitlich zur Tür auf, vollführte einen blitzschnellen Ausfallschritt, sah Elli als drohenden Schatten im Gang stehen und verschwand sofort wieder im Besprechungszimmer.

Sie heulte wie eine Harpyie und reagierte auf sein überraschendes Auftauchen mit zwei unplatzierten Schüssen, die jaulend in die Wände fuhren. Frank Müller wippte nervös auf den Füßen und sah Steinmann anklagend an.

„Sie steht am Ende des Flurs“, flüsterte der Hauptkommissar und ignorierte Müllers Blick. „Auf der linken Seite, sechs Meter von unserer Tür entfernt.“

Müller dachte nach. „Dann steht sie direkt vor der Zwischentür zum zweiten Treppenhaus, richtig?“

Steinmann nickte.

„Ein Trupp könnte sich von oben ihrer Position nähern und sie von hinten überraschen, meinst du nicht auch?“, fragte der Oberkommissar weiter.

„Das wäre möglich“, flüsterte Finn. „Aber die Tür ist aus Milchglas – die Männer müssen sie öffnen, um klare Sicht zu haben. Das gibt ihr die Chance zu einer Gegenreaktion. Es sei denn …“

„Was?“, bohrte Frank Müller nach.

„Es sei denn, wir lenken sie ab“, erklärte Steinmann

Eine Minute verrann, ohne dass sich etwas tat. Dann klaubte Finn sein Handy vom Boden auf. Die Verbindung stand noch.

„Zuhören“, sagte der Hauptkommissar. „Nähert euch der Frau von oben, über das nächste Stockwerk. Sie steht genau vor der Zwischentür. Gebt mir ein Zeichen auf das Telefon, wenn die Männer bereit sind, dann werden wir sie ablenken. “

„Verstanden“, sagte der Kollege. „Es stehen zwei Mann bereit, die Ärztin durch das Fenster in Empfang zu nehmen. Soll ich sie losschicken?“

„Okay“, entschied Steinmann. „Sie muss hier raus.“

„Verstanden“, bestätigte die Zentrale.

Finn steckte sein Handy in die Brusttasche und wartete mit angespannten Muskeln auf das vereinbarte Zeichen.

Nach vier Minuten vibrierte sein Telefon genau drei Mal. Der Trupp stand auf Position, irgendwo hinter der Glastür. Er musste darauf vertrauen, dass die Polizisten erkannten, wann der beste Moment für einen Zugriff gekommen war.

Es lag nun an ihm, Eleonore Dahlheimers Aufmerksamkeit zu binden. Während der vergangenen Minuten hatte er überlegt, wie er das bewerkstelligen konnte.

„Marlis?“, sagte er laut. „Marlis, sind Sie da? Ich würde gerne mit Ihnen über Ihre Tochter Elli reden.“

Steinmann hörte auf dem Gang das überraschte Nach-Luft-schnappen einer Frau. Er spürte, dass sie sich bewegte.

„Wir reden nicht mit dir“, fauchte sie.

„Es ist wichtig, Marlis“, fuhr Steinmann ungerührt fort. „Ich möchte mit Ihnen über das reden, was hinter der Tür ist.“

„Finn“, flüsterte Müller mit aufgerissenen Augen. „Darauf wird sie keine Antwort haben!“

Steinmann nickte. „Ich weiß.“

„Was wissen Sie über die Tür?“, fragte die Stimme auf dem mit Mauerbrocken übersäten Gang plötzlich.

Irgendwie klang sie jetzt anders. Die Worte waren unterschiedlich betont, weicher, jugendlicher. Steinmann erhob sich aus seiner kauernden Haltung. Seine Knie schmerzten und er drückte seinen Rücken durch.

„Nein, Elli“, sagte er. „Ich möchte mit deiner Mutter reden.“

„Sag mir, was du über die Tür weißt, Polizist“, fauchte sie.

„Nein.“

Frank Müller hob die Waffe und kniff die Augen zusammen. Sie kam immer näher auf das Besprechungszimmer zu. Wann wollte das Team hinter der Glasscheibe reagieren? Worauf warteten die Kollegen?

„Was ist hinter der Tür?“, schrie Elli. „Ich will es wissen!“

Feine Staubkörnchen hoben sich unvermittelt vom Boden des Ganges, als ein kräftiger Luftzug über sie hinwegwehte.

Dann hörten Steinmann und Müller Eleonore Dahlheimer verärgert und erschrocken fauchen, gefolgt von vier rasch aufeinander abgegebenen Schüssen. Glas splitterte. Das Klirren vermischte sich mit dem Schmerzensschrei eines Mannes.

Finn spürte einen kalten Lufthauch in seinem Nacken. Er wusste, Abramo Tremante und Katja Neisinger waren jetzt absolut schutzlos. Er zwang sich dazu, sich nicht umzudrehen, sondern die Tür im Blick zu behalten.

Er stellte sich Elli vor, die jetzt auf die Glasscheibe hinter sich zielte.

‚Sie dreht uns den Rücken zu.'

Er sah eine Chance, sie ohne Gegenwehr ausschalten zu können, und drehte sich mit seiner Pistole auf dem Absatz in den Gang hinein. Glassplitter lagen überall auf dem Boden und Rauchschwaden trieben schwer in der Luft. An den Wänden prangten Schmauchspuren.

Die Männer, die sich vom oberen Stock an Elli herangearbeitet hatten, zogen sich wieder zurück. Steinmann erkannte ihre Schatten und Bewegungen hinter der aufgerissenen Scheibe der Zwischentür.

Elli war nicht mehr auf dem Flur. Links und rechts von ihrer ursprünglichen Position befanden sich Räume. In einen von ihnen musste sie hineingelaufen sein. War sie getroffen worden? Steinmann erkannte kein Blut auf dem Boden – außer jenem, in welchem Peter Siborski mit kaum wahrnehmbaren Atemzügen lag.

Frank Müller schob sich hinter Finn auf den Gang. Er blickte den KHK fragend an. Steinmann deutete mit dem Zeigefinger auf die beiden Räume vor der Glastür.

Beide Männer wussten, dass Siborski erst dann sicher geborgen werden konnte, wenn Elli ausgeschaltet war.

Im Zimmer auf der rechten Seite schien die Beleuchtung defekt zu sein. Dort befanden sich der Kopierer und viele Akten. Das

Licht flackerte unstet, als habe die Röhre an der Decke durch das Feuergefecht Schaden genommen. Vielleicht hatte ein Querschläger die Leuchtstoffröhre getroffen?

Aber dann drang ein unverkennbarer Geruch in seine Nase. Viel zu oft hatte er ihn in den letzten Jahren wahrnehmen müssen.

„Es brennt", rief Müller. „Sie hat das Papier in Brand gesteckt!"

Das Gesicht des Oberkommissars verhärtete sich, als er urplötzlich vorwärts stürmte und mit vorgehaltener Waffe das Kopierzimmer erreichte. Steinmann befand sich noch einen Schritt hinter ihm, als ein Schuss aus dem gegenüberliegenden, der Straße zugewandten Raum abgefeuert wurde und den bulligen Müller von hinten am linken Oberarm streifte.

Steinmann packte gedankenschnell zu und riss den Oberkommissar zurück.

„Anderes Zimmer, sie ist im anderen Zimmer", rief Finn, und dann peitschten weitere Schüsse.

Er duckte sich unwillkürlich zusammen, aber der Angriff war nicht gegen ihn und Müller gerichtet. Stattdessen hörte er Katja Neisinger schreien, vermischt mit aufgeregten Rufen von Tremante und ihm unbekannten Männern auf der Straße.

„Neeeiiin!", schrie Steinmann.

Der Zugriffsversuch über das obere Stockwerk hatte Eleonore Dahlheimer in diesen Raum hineingezwungen, und dort musste sie zufällig aus dem Fenster geblickt haben.

Er allein trug die Schuld daran, wenn Katja jetzt erschossen wurde.

Steinmann sprang brüllend in das Zimmer hinein und feuerte aus der Bewegung heraus zweimal mit seiner P99. Er traf Elli oberhalb des rechten Schlüsselbeins, die zweite Kugel pfiff durch das Fenster in den dunklen Himmel über Idar-Oberstein. Die Getroffene wirbelte wie eine schwerfällige Tänzerin auf der Stelle umher und gab einen ungezielten Schuss ab.

Steinmann konnte nicht mehr bremsen. Er gab ein zu leichtes

Ziel ab. Der Hauptkommissar riss die Arme vor das Gesicht und krachte heftig gegen das zerschossene Glas des Fensters. Er sah den alten Bau des Hallenbades, der genau gegenüber der Inspektion lag, auf sich zurasen. Dann durchbrach er die Scheibe, kippte auf dem erhöhten Metallrahmen wie auf einer Wippe nach vorne und stürzte kopfüber auf den Bürgersteig.

Steinmann ruderte noch mit den Armen und konnte sich irgendwie so von der Wand abdrücken, dass er sich überschlug. Er krachte mit Hüfte und Rücken auf den harten Boden, seine Fersen knallten dumpf auf den Teer der Straße, die direkt am Inspektionsgebäude vorbeiführte. Er hatte Glück, dass das Zimmer im Erdgeschoss lag und der Sturz nicht lebensgefährlich war.

Jedes Quentchen Luft wurde dennoch aus seinem Körper gepresst, Sterne tanzten vor seinen Augen. Er sah nach oben, an der Wand der Inspektion hoch, und durch den grellen Lichtwirbel erkannte er das schmerzverzerrte Gesicht einer Frau.

Sie hing keine zwei Meter über ihm aus dem Fenster und richtete eine Waffe auf ihn.

Er stellte entsetzt fest, dass er Tremantes P99 nicht mehr in der Hand hielt. Gedankenschnell rollte er seinen schmerzenden Körper zur Seite.

Ellis Schuss prallte als Querschläger vom Boden ab, jaulte davon und richtete keinen Schaden an. Steinmann kam keuchend auf die Füße.

Er blickte nicht zum Fenster zurück, sondern stolperte zu Katja Neisinger, die sich dicht an die Wand gekauert hatte, um Ellis Angriff zu entgehen. Ein paar Meter weiter trug ein Streifenpolizist keuchend einen verletzten Kollegen um die Ecke des Gebäudes.

Finn zog die Schwangere ohne Rücksicht auf die Beine. Wieder wurde ein Schuss abgefeuert, aber er kam aus dem Inneren des Gebäudes. Er hörte Frank Müllers kräftige Stimme, Tremante rief ihnen irgendetwas zu und aus der Ferne kamen Fahrzeuge mit Martinshörnern auf die Inspektion zu.

Abramo Tremante schrie plötzlich ein paar Dezibel lauter und übertönte alle anderen Geräusche.

„Sie ist aus dem Fenster raus! Sie ist raus!“

Steinmann trieb Katja Neisinger vor sich her und deckte ihren Körper mit seinem ab. Er glaubte nicht, dass Tremante seine schwangere Freundin gemeint hatte, und riskierte einen raschen Schulterblick.

Die verschwitzte Wutfratze Ellis befand sich kaum sieben Meter hinter ihnen – verfolgte Finn und Katja, bewaffnet mit nur noch einer Pistole.

Sie bot ein groteskes Bild. Mit dem von Schweiß und Pulverdampf verschmierten Make-up hatte ihr verzerrtes Gesicht etwas Unnatürliches an sich. Ihr rechter Arm hing schlaff herab, der andere, mit der Waffe, war ausgestreckt und pendelte wild hin und her.

Auf wahnwitzige Weise sah sie jetzt tatsächlich wie eine Untote aus.

„Oma?“

„Ja, Finn?“

Der kleine Junge deutete an dem prächtigen Baum in die Höhe.

„Siehst du da oben den großen Apfel, Oma?“

„Ja. Der ist toll, nicht wahr?“

„Den würde ich jetzt gerne essen“, sagte der Junge begeistert. „Er schmeckt sicher richtig lecker.“

„Dann musst du ihn dir holen, Finn“, entgegnete Dorothea Steinmann. *„Ich bin zu alt, um auf diesen Baum zu klettern. Aber nimm dir doch einen Apfel von denen, die etwas tiefer hängen.“*

Finn schüttelte den Kopf und begann, an dem Stamm des Apfelbaumes emporzusteigen.

„Ich will den großen haben“, sagte er und erklomm den nächsten Ast.

„Dann musst du auch bereit sein, den Preis dafür zu zahlen, Finn.“

Der Junge stoppte und sah zu seiner Großmutter hinab. „Was bedeutet das?"

„Es bedeutet", erklärte sie, *„dass Dinge, die für uns von Wert sind, oft nur durch große Mühen erlangt werden können. Manchmal kostet es einfach nur viel Geld oder Schweiß oder vielleicht auch enorme Schmerzen."*

Der Junge überlegte. „So wie bei den Frauen, denen du bei der Geburt hilfst? Zahlen die auch einen Preis dafür, dass sie Babys haben wollen?"

Dorothea nickte. *„Oh ja, das tun sie."*

Finn sah an dem Baum hoch. „Wenn ich also wirklich diesen Apfel haben will …"

„… dann könnte es sein, dass der Baum etwas dafür von dir verlangt. Du musst bereit sein, es herzugeben, Finn, oder deine Handlungen noch einmal überdenken."

Er war mit dem errungenen Apfel beim Abstieg abgerutscht und drei Meter in die Tiefe gestürzt. Der Armbruch war nicht kompliziert und später sauber ausgeheilt. Den Apfel hatte er nie gegessen, sondern die Samenkörner in Großmutters Garten eingepflanzt.

Daran musste Finn denken, als er Katja Neisinger zum Laufen zwang und gleichzeitig den schweren Atem von Eleonore Dahlheimer hinter sich hörte.

Wohin sollte er flüchten? Er überquerte mit Katja die Straße, die hinauf zum Krankenhaus führte, und spürte, wie er der Verzweiflung anheimfiel. Es war zwecklos. Elli konnte jeden Augenblick schießen und ihn oder die Schwangere treffen. Bis die Kollegen aus der Inspektion hinter ihnen herkamen, konnte schon alles zu spät sein.

„Wenn du etwas wirklich haben willst, musst du bereit sein, etwas dafür herzugeben."

Finn traf eine Entscheidung. Sein Blut gefror zu Eis.

„Lauf!", schrie er …

… und blieb dann abrupt stehen.

29.

Dennis Krug war tot, weil Finn Katja Neisinger mit in die Edelsteinstadt gebracht hatte. Oskar Konradt war erschlagen worden, um ihn hierher zu locken. Seine Freundin hatte Schreckliches durchgemacht, nur damit ihm demonstriert wurde, wie sehr er unterlegen war.

Es war an der Zeit, einen Schlussstrich unter die Sache zu ziehen.

Steinmann war bereit, jedweden Preis zu zahlen, als er aus vollem Lauf bremste, kehrt machte und der überraschten Elli entgegensprang. Er wusste, er hatte keine andere Wahl, als seinen Angriff auf den Waffenarm der Verrückten zu richten. Jede Sekunde, die er für Katja gewann, erhöhte die Chance für sie und ihr gemeinsames Kind.

Elli prallte gegen ihn. Steinmann packte im selben Augenblick den Lauf und drückte ihn zur Seite. Seine Finger verdeckten die Mündung. Ein Schuss löste sich aus der P99. Die Kugel spaltete den kleinen Finger seiner linken Hand in zwei Hälften. Er spürte unglaubliche Hitze, als hätte er in einen Ofen hineingegriffen.

Die Wucht ihres Zusammenstoßes riss beide zu Boden. Sie wälzten sich verbissen auf dem Teer der Straße, und Elli gelang es, die Pistole in quälender Langsamkeit gegen seine Bemühungen in eine günstige Position zu bringen.

‚Wie viele Sekunden?', dachte Steinmann mit glasklarer Schärfe durch den Schmerz an seiner Hand hindurch. ‚Wie viele Sekunden ist Katja jetzt voraus?"

Er hörte aus der Distanz Polizisten rufen. Elli fletschte die Zähne.

„Jetzt gehen wir gemeinsam durch die Tür!", keuchte sie, und drückte ab.

Sie hatte keine Ahnung, ob sich überhaupt noch Munition im Magazin befand, und gluckste freudig, als ein greller Blitz aus der Mündung der Waffe zuckte.

Steinmanns Körper wurde in Schulterhöhe durchschlagen, ziemlich genau an der gleichen Stelle, an welcher er Elli vor ein paar Minuten in der Inspektion getroffen hatte.

Er schrie gellend auf, aber ein unbändiger Wille ließ ihn nicht das Bewusstsein verlieren. Stattdessen schlug er mit der noch gesunden Faust zu und traf Elli an der Schläfe.

Einmal.

Zweimal.

Die Pistole flog in hohem Bogen davon und verschwand aus ihrer Reichweite.

Steinmann gurgelte, als ihm Elli einhändig mit der Kraft absoluten Wahnsinns die Luft abschnürte und dann wie ein riesiges Insekt über seinen Körper krabbelte.

Sie presste ein Knie auf seinen Kehlkopf und legte ihr ganzes Gewicht auf diesen Punkt.

Sein Kopf fiel zur Seite, schwarze Schemen tanzten vor seinen Augen. Die Wunde an seiner Hand blutete durch die Schockreaktion kaum, aber die Schulterverletzung raubte ihm die Kraft.

Die Polizistenstimmen kamen näher. Elli würde letztendlich festgenommen werden, aber sie wollte mit aller Gewalt noch ihr Ziel erreichen.

‚Die Tür wartet‘, dachte Finn. ‚Aber mein Kind wird leben.‘

Dann weiteten sich seine Augen, als er Katja Neisinger erkannte, die keine vier Meter von ihnen entfernt stand und etwas in den Händen hielt.

„Frau Neisinger, tun Sie das nicht!“, brüllte Frank Müller und blieb schwer atmend stehen.

Hinter ihm kamen weitere Polizisten die Straße entlang gelaufen.

Ellis Mund stand weit offen. Speichel tropfte von ihrer Zunge auf Finns Gesicht herab. Ihr Knie rutschte von Finns Hals. Der Hauptkommissar sog hustend Luft in seine Lungen.

Katja schwankte, das konnte er deutlich sehen. Mit einer Hand hielt sie ihren aufgeblähten Bauch. Schmerzen schüttelten ihren Körper.

Mit der rechten Hand hielt sie die P99, die ihr genau vor die Füße gerutscht war, felsenfest auf Elli gerichtet. Hinter Katja leuchteten die blauen Reklameschilder einer Tankstelle und verliehen ihr etwas Majestätisches.

Elli fletschte die Zähne zu einem dämonischen Grinsen.

„Schön“, kicherte sie. „Dann versuchen wir es mit dem Zauberwort ‚Undugu‘.“

Katja Neisinger atmete plötzlich tief durch und ging einen Schritt zurück. Ihre Waffenhand durchlief ein Zittern, sie öffnete und schloss die Finger um den Griff der Walther in rhythmischen Bewegungen.

‚Du dreckiger Teufel‘, dachte Steinmann, und das Bild eines triumphierend grinsenden Mannes mit Sonnenbrille stand vor seinen Augen.

Viktor von Stahl hatte nicht gelogen, als er sagte, Elli nicht hypnotisiert zu haben. Er hatte etwas weit Schlimmeres getan – er hatte sie seine schrecklichste Waffe gelehrt. Das war der Grund für die Entführung. Die Zecken waren nur eine Ablenkung.

Katja neigte die Hand etwas nach unten, weg von Elli.

Jetzt zeigte die Mündung auf Finns Kopf.

‚Daher kannte sie Katjas PIN-Nummer‘, dachte Steinmann seltsam entrückt. ‚Katja hat sie im Dämmerzustand verraten.‘

Die Nasenflügel von Finns Lebensgefährtin bebten. Sie ficht einen fürchterlichen Kampf in sich aus. Etwas versuchte sie zu zwingen, den Vater ihres Kindes zu erschießen.

Dann zog sie die Augenbrauen zu einem wütenden Gesichtsausdruck zusammen. Einen Sekundenbruchteil später … hob sie die Waffe wieder an.

Mit eiskalter Miene hielt sie Elli im Blick.

„Nimm deine Finger von ihm …“, sagte Katja, „… und steh langsam auf.“

Was auch immer von Stahl Eleonore Dahlheimer beizubringen versucht hatte, war nicht ausreichend genug gewesen. Sie besaß nicht seine Macht, hatte Katja nicht bezwungen.

Mehrere Polizisten bildeten einen großen Halbkreis um Elli, die sich mit ausdruckslosem Gesicht erhob und ganz langsam eine Kette löste, die um ihren Hals hing und deren Anhänger unter dem Stoff der Bluse verborgen war. Anstatt eines Ziersteines befand sich ein kleiner Beutel darin. Die Streifenpolizisten rückten näher an sie heran. Finn drohte noch Gefahr, sie durften nicht blind angreifen. Elli stand immer noch mit einem Bein auf ihm.

Wortlos öffnete Elli den winzigen Beutel und griff hinein. Dann rieselten mehrere Körner auf Steinmann hinab.

Es waren Samen.

Tomatensamen.

Von Stahls Zorn.

Wie hatte der Dunkle Druide gesagt? Die Macht über Leben und Tod? Elli war gekommen – *geschickt worden* – um ihm zu demonstrieren, wie schnell man alles verlieren konnte.

„Vorsicht!", krähte Finn, aber es war zu spät.

Elli sprang mit vorgestreckten Armen Katja Neisinger entgegen, ihre eigene Wunde ignorierend, buchstäblich wie ein in die Enge getriebenes Raubtier.

Ihre Attacke galt dem Bauch der Schwangeren, dem Kind, das darin wartete, das Licht der Welt zu erblicken. Ihr Schwung hätte ausgereicht, Katja Neisinger umzureißen.

Die Gerichtsmedizinerin handelte ohne Zögern und zog den Abzug der P99 durch. Eleonore Dahlheimers Brustkorb wurde aus einem halben Meter Entfernung getroffen, noch bevor sie Katja erreichte. Die Rechtsmedizinerin hatte nicht vorbeischießen können. Elli taumelte zur Seite, an ihrem Angriffsziel vorbei, und schlug kraftlos mit dem Gesicht voran auf die Straße.

Frank Müller stützte Steinmanns Lebensgefährtin, während die anderen Polizisten bei dem SOKO-Leiter und bei Elli Erste Hilfe leisteten.

Aus dem Mund der untersetzten Frau quoll Blut. Katjas Schuss aus nächster Nähe musste ihre Lunge durchbohrt oder gar ihr Herz verletzt haben. Abramo Tremante war bei ihr.

Nur wenige Augenblicke später trafen Rettungsfahrzeuge ein. Steinmann lag mit erhobenem Oberkörper auf dem Bürgersteig und hielt Katjas Hand umklammert.

„Sie stirbt“, sagte Tremante leise.

Katja Neisinger nahm es mit unbewegter Miene zur Kenntnis.

Frank Müller winkte die Einsatzfahrzeuge heran. Von der Inspektion wurde gemeldet, dass es den Männern und Frauen gelungen war, den Brand im Kopierzimmer zu löschen. Es gab mehrere Verletzte, die leichte Brand- und Schnittwunden davongetragen hatten. Peter Siborskis Zustand war nach einer ersten Einschätzung kritisch, aber nicht akut lebensgefährlich.

Sie hatten Ellis Attacke überstanden. Der Maskentanz war vorbei.

Katja Neisinger wurde von einem Streifenwagen ins Krankenhaus gebracht, Steinmann und Siborski transportierte man mit den Rettungsfahrzeugen.

Eleonore Dahlheimer, Elli, wurde als Erste in einen der Krankenwagen verladen. Sie verstarb, kurz bevor sie das Hospital erreichte.

Die Sanitäter erzählten später mit blassen Gesichtern, dass die merkwürdige Frau nicht gestorben war wie andere Menschen. Trotz ihrer Verletzungen hatte sie gegen jemanden gekämpft, den nur sie sehen konnte, und um sich geschlagen wie eine Furie. Dabei stieß sie kaum verständliche Worte aus.

Zu Protokoll genommen wurden zwei Begriffe, die von den Sanitätern einwandfrei identifiziert werden konnten.

„Wilhelm“ und „Tür“.

30.

Steinmann erwachte in einem Krankenhauszimmer.

Er atmete ruhig und gleichmäßig, sah konzentriert an die Decke des Zimmers, bis seine Gedanken in geordneten Bahnen verliefen.

Sein Körper fühlte sich an wie gedämpft. Er spürte die Wirkung von Analgetika und starken Schmerzmitteln.

Er erinnerte sich an die Fahrt zum Krankenhaus, und daran, dass er furchtbare Angst um Katja und ihr gemeinsames Kind hatte, als sie beide voneinander getrennt wurden. Das Letzte, was er im OP noch mitbekommen hatte, war, dass Eleonore Dahlheimer nicht mehr lebte und dass sein Kind per Notkaiserschnitt geholt werden musste.

Er konzentrierte sich darauf, möglichst schnell zu Kräften zu kommen. Nach einer Weile drehte er seinen Kopf und sah sich im Zimmer um.

Er war nicht allein.

Frank Müller saß neben ihm auf einem Stuhl, dösend den Kopf zur Seite geneigt.

„Frank?“, sagte Finn.

Er war überrascht, wie kräftig seine Stimme klang.

Müller zuckte auf dem Stuhl zusammen und öffnete die Augen.

„He, Großer, da bist du ja wieder“, sagte der Oberkommissar und rieb sich das Gesicht.

„Wie geht es Katja?“, wollte Steinmann sofort wissen.

„Sie hat es überstanden, Finn.“

Der Hauptkommissar sah Müller stumm an. Es gab noch eine weitere Frage, die er sich nicht zu stellen getraute.

„Dein Sohn auch“, sagte Frank lächelnd.

Steinmann richtete den Blick auf die Zimmerdecke. Seine Augen füllten sich mit Tränen.

„Wie sieht er aus?“

„Das wirst du gleich sehen, mein Freund.“

„Wie meinst du das?“

Müller sah auf die Uhr. „Du hast noch dreißig Minuten, um fit genug für eine Rollstuhlfahrt zu werden.“

Finns Herz klopfte schneller, vertrieb mit jedem Schlag die Wirkung der Narkose. Er hob die Hand und betrachtete den Verband, der um seinen kleinen Finger gewickelt war. Er schien ihm verdächtig kurz zu sein.

„Wie viel haben sie entfernt?“, fragte er knapp, ohne Müller anzusehen.

„Etwa die Hälfte, soweit ich weiß“, sagte der Oberkommissar bedauernd. „Die Kugel hat dir die Knochen vollständig auseinander gerissen.“

„Was ist mit meiner Schulter?“

„Glatter Durchschuss. Wir fanden das Projektil unter dir. Es steckte tief im Teer.“

„Elli ist tot?“

„Ja. Sie starb, noch bevor sie das Krankenhaus erreicht hat.“

Finn nickte. „Wenn alles ausgeheilt ist, werde ich Viktor von Stahl einen Besuch abstatten müssen.“

Frank Müller brummte beifällig. „Aber jetzt ist der Fall erst einmal vorbei, Finn. Dein nächster Job ist es, deiner Lebensgefährtin ihr Kind zu bringen. Darauf hat sie nämlich bestanden, und deshalb bin ich hier. Wir haben die Ärzte ganz schön bequatschen müssen, um das durchzukriegen.“

Zwanzig Minuten später tauchte ein Arzt mit zwei Schwestern und einem Rollstuhl auf. Er prüfte Finns Zustand und den Sitz des Schulter- und Handverbandes.

„Wie fühlen Sie sich?“, fragte der Arzt schließlich.

„Es ging mir schon besser“, antwortete Finn. „Aber ich will mein Kind und meine Freundin sehen.“

„Ja, das Thema hatten wir vorhin auf dem Gang schon", sagte der Mediziner mit einem Seitenblick zu Frank Müller. „Es ist eine ungewöhnliche Konstellation und deshalb setzen wir uns jetzt ganz einfach mal über die Vorschriften hinweg. Das Krankenhaus hat noch etwas gut bei Ihnen vom letzten Jahr. Es sind zwei Ärzte – ein Kollege und ich – und diese beiden Schwestern informiert. Niemand sonst. Wir schieben Sie jetzt auf eigene Verantwortung im Rollstuhl zu Ihrer Lebensgefährtin. Sie haben maximal fünfzehn Minuten, bevor ich Sie eigenhändig wieder in dieses Bett schaffe, haben Sie das verstanden?"

Steinmann grinste unbeholfen und drückte dem Arzt die Hand. Dann hoben ihn alle mit vereinten Kräften aus dem Bett. Es ging besser als erwartet, er konnte sogar auf den eigenen Beinen stehen. Er war dennoch froh, als er im Rollstuhl saß.

„Alles okay?", fragte der Arzt.

„Nur leichter Schwindel", sagte Finn.

In Wirklichkeit tanzten tausende Sterne um ihn herum, aber das war ihm jetzt egal. Seine Schulter pochte etwas.

„Dafür kommen wir in die Hölle", sagte der Arzt. „Hoffentlich geht die Wunde nicht auf."

„Ach was", knurrte Frank Müller. „Der ist zäh, glauben Sie mir. Kann es losgehen?"

Müller schob Steinmann auf den Gang der Station. Er schien den Weg zu kennen, denn er drückte den Rollstuhl zielgerichtet zu den Aufzügen des Krankenhauses. Die Schwestern und der Arzt begleiteten die beiden.

Finn spürte, wie er mit jeder Sekunde aufgeregter wurde. In wenigen Augenblicken würde er sein Kind zu sehen bekommen. Ein Junge, wie Katja es vorausgesagt hatte.

Der Fahrstuhl hielt an, und Müller nahm sofort wieder strammen Schritt auf. Sie kamen auf die Station 35. Der Arzt und eine der Schwestern begaben sich sofort in ein Nebenzimmer.

„Bevor hier komplett umgebaut wurde, lagen die Babys in diesem Raum", sagte die bei Finn verbliebene Schwester. „Seit ein paar Jahren kommen die Kleinen jedoch immer gleich zu ihren Müttern. Sie fallen uns jetzt aber nicht um?"

„Ich reiße mich zusammen", sagte er.

Dann wurde seine Aufmerksamkeit von einem Rollwagen gefesselt, das sich als Babybett entpuppte.

„Herzlichen Glückwunsch, Papa", sagte Müller hinter ihm und schniefte plötzlich.

Finn drückte sich ein Stück nach vorne, um einen Blick auf seinen Jungen zu erhaschen. Er sah nicht viel, da man das Kind warm eingepackt hatte. Er erblickte nur einen Teil des Gesichtes.

Alle schwiegen ein paar Sekunden lang, ließen Steinmann mit den Eindrücken allein. Der Hauptkommissar lächelte.

„Ich kann ihn atmen hören", sagte er und drehte sich zu Frank Müller um. „Ganz kleine Atemzüge."

Steinmann verbarg das Gesicht in den Händen, rieb sich das Wasser aus den Augen.

Er hatte es hinter sich. Die Last der Bedrohung fiel erst jetzt endgültig von ihm ab.

Finn legte eine Hand auf den Rahmen des fahrbaren Kinderbettchens und wurde so vor die Tür eines Zimmers geschoben. Ein weiterer Doktor tauchte auf, zwinkerte ihm verschwörerisch zu und öffnete dann leise die Tür.

Steinmann konnte von seinem Blickwinkel aus den Raum nicht überblicken. Er sah nur den Arzt, der jemanden ansprach.

„Hallo. Sind Sie bereit, Frau Neisinger? Ja? Schön, dann wollen wir mal."

Er wandte sich zu Finn und dem Kinderrollbett.

„Vor der Tür stehen nämlich ein paar Herren, die wollen Sie unbedingt besuchen kommen."

Steinmanns Herz klopfte noch schneller. Gleich würde die kleine Familie zum ersten Mal vollkommen sein.

Dann schob ihn Frank Müller in die Zukunft.

Nachwort und Danksagung

Die Entstehungsgeschichte von „Maskentanz“ würde ein eigenes Büchlein füllen. Nach den ersten drei Steinmann-Romanen veränderte sich mein berufliches Umfeld, und infolgedessen verkürzte sich die Zeit für die Hunsrück-Krimis.

Aber es gab da eine Gruppe von Menschen, die nicht aufgehört hat, mich mit Anfragen anzutreiben, die mir immer wieder bewusst gemacht hat, welche Fangemeinde sich um Finn Steinmanns Abenteuer inzwischen aufgebaut hat.

Ich meine natürlich Sie, liebe Leserinnen und Leser. Dass „Maskentanz“ nun erschien, ist Ihre Errungenschaft.

Meine Frau Susanne hat einen nicht minder großen Anteil daran. Schon bei den drei Vorgängerbüchern war ihre Aufgabe die des Motivators, Trösters und Schulterklopfers – manchmal aber auch die des Mahners und Galeerentrommlers. Ich verwandelte mich schon in Steinmanns ersten Abenteuern in einen manchmal ungenießbaren Schreiberling. Meine Frau hat während des langen Schreibprozesses von „Maskentanz“ eine Potenzierung jenes Ungeheuers ertragen müssen, eine Gestalt, die wir in unserem Haus „Grummel Griesgram“ nennen.

Wir wollen hoffen, dass dieser Kerl jetzt erst einmal das Weite gesucht hat.

Als Testleser fungierten diesmal neben meiner Frau meine Verlegerin Ulrike Schmoll und der Musiker Detlef „Deddy“ Schwindling. Die Anmerkungen und Anregungen der Testleser flossen fast unverändert in meine Romane ein. Für diese wichtige Arbeit möchte ich mich von ganzem Herzen bedanken. Es ist für mich immer ein dramatischer Moment, wenn das neueste

Buch in andere Hände gegeben wird und sich beweisen muss.

Ebenfalls bedanken möchte ich mich bei Wolfgang Huhmann, der mir für ein Gespräch zur Verfügung stand und wichtige Hinweise zu Arbeit und Technik der Polizei geben konnte.

Einige Leser werden das Kapitel mit dem 3D-Scanner vielleicht für Science-Fiction gehalten haben. Dieses Gerät existiert tatsächlich. Eines seiner Haupteinsatzgebiete ist die Untersuchung von sich überlagernden Spuren. Ich stieß darauf während der Recherche zu „Maskentanz" und habe den Digi-Dak kurzerhand in das Buch eingebaut.

Ich habe für „Maskentanz" die Stadt Idar-Oberstein etwas den Bedürfnissen der Geschichte angepasst. Zu diesen Anpassungen gehören beispielsweise die Umbenennung eines Hotels oder die Platzierung eines Sendemastes. Ob der Hundeführer der Inspektion tatsächlich „Heffe" genannt wird, weiß ich nicht – aber Sie sehen schon: Das Idar-Oberstein der Steinmann-Romane ist ein nicht ganz hundertprozentiges Abbild der Stadt.

Aber fast.

Auf keinen Fall unerwähnt darf die Arbeit von Michaela Stümke bleiben. Sie prägt mit ihren einzigartigen Fotografien seit dem Erstling „Strohbär" das Gesicht der Serie. Für das Bild von „Maskentanz" erschuf sie eigens ein winziges Fotostudio aus schwarzer Kartonage, um die Ausleuchtung der Tomatenpflanze so gut wie möglich gestalten zu können. Dafür möchte ich mich ebenfalls ganz herzlich bedanken.

Wenn Ihnen, liebe Leserinnen und Leser, der vorliegende Roman gefallen hat, hat sich nicht nur meine, sondern auch die Mühe all dieser Menschen gelohnt.

Wie ich Sie kenne, werden Sie mir schon bald wieder eine bestimmte Frage stellen …

Thomas A. Ruhk, im Juli 2013

Finn Steinmanns erster Fall

Thomas A. Ruhk
„Strohbär“
13,5 x 20,0 cm, Pb
270 Seiten
ISBN 978-3-934524-90-3

Der anonyme Anrufer spricht „von einem Stück Gerechtigkeit“, das die Polizisten in der leerstehenden Schmiede erwarte. Der furchtbare Anblick der nack-ten männlichen Leiche inmitten eines Strohkreises schockiert selbst die abgebrühtesten Kollegen, denn die sorgfältige Herrichtung des Tatorts deutet auf einen Ritual-Mord hin.
Kriminalhauptkommissar Finn Steinmann, Spezialist für Verbrechen mit okkultem Hintergrund, leitet die einberufene SoKo, die sich kurze Zeit später mit weiteren immer grauenvolleren Strohkreis-Tatorten auseinandersetzen muss, denn der Täter führt seinen Rachefeldzug kontinuierlich fort. Er beginnt die SoKo für seine Zwecke zu instrumentalisieren.

„Flüssige Erzählweise … aber nichts für schwache Nerven.“ (Marc Schütz, Nahe-Zeitung)

„Vorsicht (Lese-)Suchtgefahr!“ (Magazin Durchblick)

Finn Steinmanns zweiter Fall

Thomas A. Ruhk
„Totenbaum“
13,5 x 20,0 cm, Pb
288 Seiten
ISBN 978-3-934524-96-5

Durch Zufall entdecken Spaziergängerinnen eine skelettierte Hand, die unter einer gigantischen Fichte aus dem Waldboden herausragt. Dadurch wird die Polizei auf eine entsetzliche Verbrechensserie aufmerksam. Ebenfalls gefundene Stäbe mit Oghamschrift lassen die Nähe zur Druidenszene vermuten.
Finn Steinmann, Spezialist für okkulte Kriminalfälle, wird wieder in die Ermittlungen eingeschaltet. Für den Leiter der SoKo „Totenbaum“ beginnt ein gefährliches Spiel, denn die Suche nach dem sogenannten „Dunklen Druiden“ führt ihn zunehmend in die eigene Vergangenheit, offenbart seine angeschlagene Psyche, und macht ihn so für seinen dämonischen Gegenspieler angreifbar.

Finn Steinmanns dritter Fall

Thomas A. Ruhk
„Zonenkrieger"
13,5 x 20,0 cm, Pb
288 Seiten
ISBN 978-3-86911-016-5

Eine junge Frau taucht nachts mit einer schweren Schädelverletzung im Garten eines Rentnerehepaars auf. Zur gleichen Zeit wird der inzwischen pensionierte Kriminalkommissar Horst Engel vermisst. Sein Verschwinden scheint in Verbindung mit einem geheimnisvollen, privaten Auftrag zu stehen. Er soll die Tochter eines befreundeten Unternehmers observiert haben.

Okkult-Spezialist Finn Steinmann wird in die Ermittlungen einbezogen. In beiden Fällen führt die Spur zu den „Zonenkriegern", einer mysteriösen Jugendbande, die dem Vandalismus in der Stadt den Kampf angesagt hat und durch ihre zunehmende Radikalisierung Mord und Totschlag billigend in Kauf nimmt.

Während Steinmann und sein Team verzweifelt nach dem Ex-Kollegen und Freund fahnden, um dessen Leben sie inzwischen fürchten müssen, bahnt sich eine Katastrophe an …